尼山之光
——文化『两创』的济宁答卷

中共济宁市委宣传部
济宁市文学艺术界联合会 编

山东文艺出版社

图书在版编目（CIP）数据

尼山之光：文化"两创"的济宁答卷 / 中共济宁市委宣传部，济宁市文学艺术界联合会编 . —济南：山东文艺出版社，2023.9
ISBN 978-7-5329-6549-6

Ⅰ．①尼… Ⅱ．①中… ②济… Ⅲ．①报告文学—作品集—中国—当代 Ⅳ．① I25

中国国家版本馆 CIP 数据核字（2023）第 162043 号

# 尼山之光：文化"两创"的济宁答卷
NISHAN ZHIGUANG：WENHUA LIANGCHUANG DE JINING DAJUAN
中共济宁市委宣传部　济宁市文学艺术界联合会　编

| | |
|---|---|
| 主管单位 | 山东出版传媒股份有限公司 |
| 出版发行 | 山东文艺出版社 |
| 社　　址 | 山东省济南市英雄山路 189 号 |
| 邮　　编 | 250002 |
| 网　　址 | www.sdwypress.com |
| 读者服务 | 0531-82098776（总编室） |
| | 0531-82098775（市场营销部） |
| 电子邮箱 | sdwy@sdpress.com.cn |
| 印　　刷 | 济南新先锋彩印有限公司 |
| 开　　本 | 710 毫米 × 1000 毫米　1/16 |
| 印　　张 | 21.5 |
| 字　　数 | 400 千 |
| 版　　次 | 2023 年 9 月第 1 版 |
| 印　　次 | 2023 年 9 月第 1 次印刷 |
| 书　　号 | ISBN 978-7-5329-6549-6 |
| 定　　价 | 75.00 元 |

版权专有，侵权必究。如有图书质量问题，请与出版社联系调换。

# 序 尼山小天下,光焰万世长

邱华栋

2023年7月盛夏的一天，我前往曲阜尼山圣境。车子转过一座小山，一面如镜的湖泊忽然铺展开来，下车望北，高台之上，一尊泛着金铜光芒的孔子塑像，正面向圣水湖，以交手礼微微颔首，面目慈祥温厚，眼底波澜不惊，无条件地收揽着四季的色彩变幻。周围地势开敞，天地之间似乎有一种浩然之气，站在孔子像近前，但见尼山圣境有容乃大，空间徐缓而宁静地展开，我内心顿时弥漫出一种肃穆之情。

拾级而上，我们缓缓走向这尊高大却亲切的孔子像。据当地朋友介绍，这尊孔子像高达72米，由雕塑家吴显林担纲设计，他以唐代画家吴道子所绘《先师孔子行教图》中的孔子像为参考，塑造了这位儒家智者的尊像。尼山大学堂坐落在孔子像的左边不远处，那是一组依山而建的层叠式建筑群。我们信步而去，但见这组建筑虽然是退台式建筑形制，显示了退让和谦虚的恭敬姿态，却依然显出恢宏的气势。

尼山大学堂内部空间层次丰富，缓步穿行其中，我只感到大学堂果然是文明化育的课堂、民族艺术的殿堂和精神滋养的学堂。墙壁上有声名卓著的东阳木雕和生动逼真的山西泥塑，历史人物身上穿着苏州刺绣，墙上挂着福州漆画，还有景德镇的陶瓷器具，这些艺术形态与儒学的内容紧密贴合，使大学堂既庄严肃穆，又鲜活灵动。

在大学堂的一座大厅堂中，我们或坐或立，观赏了名为《天下归仁》的灯光秀，这是一出独特的演出设计，整台节目以繁复变幻的灯光来呈现，结合了影音、烟雾等现代媒介的通感交织，又有水墨氤氲和点染，配乐和伴奏却是中国传统乐器所演奏的古调，加上或缥缈的吟唱或如金石迸裂的节奏缭绕其间，声光电色，刹那翻涌，以独到的写意方式复原了历史的风云际会、圣贤的浩荡情怀、儒学的万千风姿。歌舞表演《金声玉振》用"风雅颂"三篇共九章，讲述了孔子从时间中阔步走来，成为万世师表的圣人的历程。与此同时梳理了我们的文明史，从上古神话到如今，在跨越两千多年的时空中，儒学从涓涓细流汇聚力量，源远流长滋养万民，在中华民族伟大复兴的今天绽放光芒。

尼山这一处圣地，用虚实之法复原我们中国人心中的孔子，孔子尊像确实代表了我们的史书中对于这位圣人的想象，褒衣缓带，拱手施礼，身长擎天，是一位历经沧桑的和蔼老人。因此尼山是一处胜景，这位代表着中国精神视野高度的智者，好像随时都欢迎人们前去讨要指点。但我更加感兴趣的是，孔子之伟大足以使一切与之相关的事物沐上圣光。那么，孔子的诞生地尼山在今天，为什么依旧要模仿历史的流动呢？在孔子影响力的延长线上，孔子的故土是如何参与到当下的精神生产和人们的精神流通之中的呢？

人们所熟知的春秋战国往往可以被简略地描述为，一个礼崩乐坏、战乱频仍、社会裂变，同时各种学说蓬勃生长、百家争鸣的年代，在毁灭的灰烬中又随时可能迸发燎原的火星。这种概括自然是正确的，却也是轻飘飘的。因为我们忽视了一个事实，孔子周游列国，颠沛流离，他的学说迟迟无法落地。想一想吧，上古时期，人们尊崇的是自然神，既有自然神，那么人间的事情究竟让谁说了算呢，这就造成了混乱。五帝之一的颛顼绝地天通，整顿天神与世俗的秩序，将沟通天地的权力限制在巫祝贵族阶层；商朝大量采用"人牲"祭祀和占卜，帝辛展开了重要却失败的抑制神权的改革，最后成为亡国之君且背负千古骂名；周朝总结了经验，尊礼尚施，事鬼敬神而远之，讲究礼仪乐制。到孔子降生于尼山之时，周朝已享500年国祚，而从此前泛滥的神灵崇拜到此时，已经过去了2000余年。谁能够确认自己所处的时代将蕴藏翻天覆地的变动，谁敢于参与甚至引领剧变？

孔子的伟大在于他通晓了变化，并且在为变化之后的世界做思想准备。他的重要准备是什么？开设私学，投身教育。也许历史的幸运正在于孔子在他郁郁不得志之时，以广纳弟子潜隐和筹备，其有教无类和因材施教的教育理念，直接革新了本是西周礼乐文化话语形态的"王官之学"。从此以后，每一个普通人都有可能通往成才之路。后世，包括那个直嚷着"天生我材必有用"的李白何曾不是受惠于这种全新的教育。作为后世子孙的我们,能够宏观地对历史进行总结,是因为从此不再被天神、祖先神,或者是神在人间的代理人摆布,人抢夺了神权,通过学习就可以明白事理、接近真相,通古今之变,究天人之际。

春秋末期,"六经"散佚不全,孔子收集整编"六经",对上古以来中国文化实现了全面的继承,孔子在传承中又有创新,所谓"述而不作"实际上是"述中有作"。以经学为基础的儒学不仅仅传承了我们民族的核心价值观,还开启了一种以理性为基础的学术思想,即理性是要通过自觉意识生长脱胎而成的,研习理性也是立心立命的关键。我们容易忽视孔子对于儿子鲤的教化背后有这样一层含义。孔子强调"不学诗,无以言""不学礼,无以立"。说话和处事,还需要专门学《诗》《礼》?是的,只有通过现实和历史情境的比对,人们才能够真实地拥有看待文明的框架。我们虽然能够从商人的甲骨片上辨认出文字,但那些文字记录的是深不可测的命运和阴晴不定的天意,不具备人的伟大理性。在孔子生活的时期,中华文化正经历着与世界同频共振的"轴心时代",中华民族在理性思维上发生了一个大爆发,即帕森思所言"哲学的突破",人类意识到整体的存在、自身和自身的限度。人们开始理解自己的处境,并且能够为自己的时代精神做出新的阐释。

众所周知,孔子幼时在父亲去世后就由母亲带着离开了尼山,这次出走是为生存。孔子55岁开始周游列国十数载,又是为了什么?我们会说,是为了推行仁政,实现君子之道。那么,仁政归根究底是什么?是新型的政治思想,是对道德的终极关怀。君子之道又是什么?是终极的道德理想,又是对政治的灵魂滋养。在此基础上,孔子的"仁学"立足"孝悌",即对亲缘关系的爱,由此渐次扩展,爱众且继续推广至爱人。但仁爱思想并非强加于人,而是以修身为起点,以超越突破为路径,依靠自己的力量,完成此世的价值追求。在这个过程里,个体的责任意识和道德追求或多或少被激发出来,并且一代代传承者的力量将其传递汇聚,延伸至今。

2018年9月26日上午,第五届尼山世界文明论坛在尼山圣境开幕。以"同命同运相融相通:文明的相融与人类命运共同体"为主题,来自世界各地的专家学者,开展"文明对话",共同探讨实现文明相融相通的路径,为构建人类文明共同体献计。2023年的9月下旬，第九届尼山世界文明论坛即将举办，我相信，更多的学者、贤人汇聚尼山圣境，在孔子像身边，在大学堂里，一起领略先贤智慧，回应人类关切，以更加博大的胸怀，尊重差异，欣赏多元，容纳各方，碰撞出平衡纷争、消弭裂痕的智慧。文明对话，就是要让多样文明在互动中焕发光彩，让千姿百态的世界熠熠生辉。

孔子17岁时曾说过一句话："丘也，东南西北之人也。"立下了用行走的方式传播思想学说、从事教育事业的志向。他几乎一生行走在路上，把足迹留在巍巍泰山的川谷石径、荡荡中原的乡野田间、浩浩黄河的烟波林岸，终其一生创立的儒家思想，辉映着中华文明的赫烁长河。这本《尼山之光》里收录的文章，也是当代作家们以行走的方式，在济宁曲阜，在齐鲁大地，在中华国土上行走所采撷的精彩华章，相信读者会从中领略到那穿越两千多年还将泽被后世的尼山之光，儒学发扬光大之光。

中国作协书记处书记　邱华栋<br>2023年8月27日

# 目　录

| | | |
|---|---|---|
| 001 | **徐　剑** | 运河谣 |
| 029 | **李　舫** | 他乡有夫子 |
| 045 | **陈世旭** | 微山湖人 |
| 065 | **关仁山** | 金乡银山 |
| 081 | **王久辛** | 遍地风流 |
| 105 | **李青松** | 孔子的泗水 |
| 131 | **纪红建** | 正是梧桐飘香时 |
| 163 | **张子影** | 此心安处是吾乡 |
| 189 | **许　晨** | 天下"和为贵" |
| 229 | **李玉梅** | 当时明月在 |
| 251 | **柏祥伟** | 归　来 |
| 299 | **逄春阶** | 济宁"两创"：十年十问 |

尼山之光

运河谣

徐剑

徐剑，云南省昆明市大板桥人。火箭军政治工作部文艺创作室原主任，中国作家协会第八届、九届、十届全国委员，中国报告文学学会会长，文学创作一级，享受国务院特殊津贴，中宣部全国宣传文化系统"文化名家暨四个一批人才"。出版"导弹系列""西藏系列"的文学作品30余部，700万字，代表作有《大国长剑》《东方哈达》《大国重器》《经幡》《天晓1921》，曾获首届鲁迅文学奖、中宣部"五个一工程"奖、中国人民解放军文艺奖、中国图书奖、中华优秀出版物奖、中国好书、全军新作品一等奖等全国、全军文学奖，被中国文联评为"德艺双馨"文艺家。

## 一、祖国颂

那一年，乔羽刚好29岁，在赣南和闽西革命老区采访，忽然接到电影《上甘岭》导演沙蒙的电报，让他为志愿军战士写一首歌，要求电影没有人看了，那首电影插曲还在传唱。沙蒙告诉他，作曲选了刘炽，歌唱请了郭兰英。太好啦！乔羽高兴得就差喊青春万岁了。上一年，他刚与刘炽合作了《让我们荡起双桨》，一曲歌罢，激荡了一个青春中国的波涛。而郭兰英则是他心仪已久的女神，他早就想写首歌献给她了。

喊祖国万岁吧！沙蒙笑了，交代道，就写我和我的祖国。

好！乔羽回到长春电影制片厂，钻到机房看了一天样片。影棚里灯亮起时，他的眼前突然涌来一条大河，流淌于华夏大地的长江、黄河。写《红孩子》时，坐轮渡涉江，他第一次看到了长江，看到南方田野上的墨绿与陌上开花，波浪般的向他涌来。这可是抚育中华儿女成长的母亲河啊。在他乡，在异国的游子、战士，坐在上甘岭上回望故园与亲人时，他们的心中、眼中、梦中，荡漾的就是故乡门前的河啊，大大小小的河。乔羽心中也有一条大河，少年的河，母亲的河，那是流淌在济宁城郭的河。

## 二、运河谣

杜庆生惊叹这条大运河。

人间四月天,在济宁城,甫一见面,他便向我砸来一句话,运河是人类文明的伟大工程。瞠目结舌之余,不免对他的宏大叙事露出几分怯意。

杜庆生是老三届,凭着当年在济宁一中读书的功底,搭上恢复高考的"末班车",考入山东大学。在党政干部口纵横多年后,终于可以赋闲下来了,他没有含饴弄孙,而是去了济宁运河文化研究会,欲将运河之都的文脉与盛景寻找回来,重现光荣与梦想。上班第一天,他从书柜里翻出《史记》,拭去岁月之尘,抚摩良久,他觉得太史公的史书里,藏着中国运河的密码。都说,中国的第一条运河是吴王夫差的邗沟,可是司马迁并不苟同,他在长安城里眺望楚地,在竹简上写下一行汉隶:"荥阳下引河东南为鸿沟,以通宋、郑、陈、蔡、曹、卫,与济、汝、淮、泗会。于楚,西方则通渠汉水、云梦之野,东方则通沟江淮之间。于吴,则通渠三江、五湖。于齐,则通菑济之间。"太史公之说,在当代中国历史地理学先驱史念海的史学巨著《中国的运河》里得到了印证,这令杜庆生很惊讶。那一刻,真的颠覆了他从教科书里得到的认知:"最初开凿运河的不是吴王夫差,而吴国的第一条运河也不一定是邗沟。最初开凿运河的是楚国,而不是吴国。楚庄王时(公元前613年—前591年),孙叔敖曾经在云梦泽畔激沮水作云梦大泽之池。"楚相孙叔敖开中国运河之先,随后,才有伍子胥率吴军伐楚,吴国水军漂到云梦泽,时入秋冬,泽水浅落,水面上结了冰,船不能行,伍子胥便顿兵开运河,由汉

作者与杜庆生(左)

水而扬水,使吴国舳舻直抵郢都。《水经注》曰,这条运河叫子胥渎。而最令杜庆生兴奋的是,"于齐"这个字眼。太史公那段话,定音之锤落到了齐鲁大地。吴齐争霸时,吴军从新开的运河邗沟入淮,从泗水入鲁,剑锋直指齐国。可是淄济之间,隔着一座泰山,如何通渠?这都藏着一个个历史之谜啊,需要杜庆生去探秘。夫差会盟齐王后,如何从淄济之地,以舟师扬威晋地。而黄河和济水皆向东北入海,鸿沟未开凿,会盟晋侯并不容易。可是夫差伫立于泗水、济水边,彼时,眼前只是一片沼泽。吴王极目云水浩渺，大野泽外，还有雷泽、菏泽。彼摊开绵织地图，在三泽之间画了一条线，命令三军，照旧法，征夫，在淮济之间，开凿一条运河，通于商鲁之间。吴王舟师遂从菏水开入济水，直达与晋侯会盟之地——黄池。杜庆生越看越兴奋。他说，这是齐鲁大地上最早的运河，吴王开凿的这条运河叫菏水，分济水于定陶东北，"菏水由定陶东流，合泗水于湖陵县西六十里谷庭城下"。湖陵县治所在今山东济宁市鱼台县东南。

郦道元实地走过菏水。杜庆生极其肯定地说，《水经注》写道："余以水路求之，止有泗川耳。盖北达沂，西北迳于商、鲁而接于济矣。吴所浚广耳，非谓起自东北受沂西南注济也。"杜庆生曾走过这段运河，他熟悉太史公、郦道元笔下济宁运河历史地理坐标，沂水为泗水的支流，出于鲁城（曲阜市）东南，经流西南，会于泗水。

三千多年前，宋鲁之间的菏水，就从济宁境内流过。这等于说，济宁的运河文脉源远流长，一下提前了千年。这样的阅读与发现，令杜庆生一跃而起，击节而歌，中国古人真的了不起。

寻运河的文脉而去，涛声滚雪处，便有历史的回响。杜庆生沿古运河实地勘察，边读书，边行走，边做田野调查，樯橹白帆成梦，艄公的号子消失于云烟处。一千吨、两千吨、三千吨的铁船犁过运河水道，让他有今夕何夕的嗟叹。虽说隋朝和元朝是历史上两个短命的王朝，但真不能以帝国寿命来衡量其文功武治。其兴也勃焉，其亡也忽焉，皆与举一国之力开凿大运河有关。前者妇孺皆知，隋朝杨坚父子修大运河，先是隋文帝修广通渠，起初为军事目的，作攻打陈国之用。岂料，意外地解决了国都长安的粮食安全。后炀帝绍述文帝遗志，开凿了通济渠、永济渠、邗沟和江南河，结果搭上了江山社稷。可是隋开运河与科举，却为大唐的崛起，奠定了坚实的物质与人才基础。秦修长城，隋开运河，泱泱中华，一样丰功至伟啊。而大元帝国亦然，并非是一个只识弯弓射大雕的马背王朝，入主中原后，其在水利和文学艺术上的修为，同样可圈可点。彼将隋朝大运河截弯取直，全场从2700公里缩短到1792公里。而在济宁段仅为230公里，却成了京杭大运河的中心。元设行都水监，明称总理河道，清立河道总督，等于将帝国的水利部搬到了济宁城。明清两朝共有209任河道总督，林则徐是1831年外放任职，在济宁府仅做了半年多大清水官，便升任江苏巡抚。其在水监任上，严格治吏，冬天挑泥，疏通河道，方志上皆有记载。朝廷的重视也让济宁在元明清三朝，成了江北的小苏州。河渠纵横，园林众多，水榭楼阁，小桥流水，遍及任城内外。一座北方城郭，俨然有一派江南风光。

中国大运河沿岸有三十余座城郭，济宁何以成为运河之都？地理位置重要啊。三十年前，杜庆生曾任职汶上，详尽考证过运河出微山湖、过汶上、入济宁城的河段。元朝以降，中国政治中心北移，南宋经营百年的长江下游三角洲及太湖流域，乃富庶之地，恃为立国的命脉，粮食与财物须北运于大都。彼时，南北运河尚未开凿，漕粮只能从邗沟入淮，再由淮水运至黄河，逆河而上到中滦旱站（河南封丘县西南），陆运至御河的淇门（河南浚县西南），沿御河而下，至大都。然而，黄河本不可控，夏遇洪水，冬现浅滩，终非是一条理想的运道。公元1262年，郭守敬向元世祖面陈水利六事时，就有开凿南北运河的献策，但并未引起重视。二十年过后，元朝才着手开凿运河，即恢复古代泗水的运输，使漕舟出邗沟，入淮，转至泗水。可当时泗水只能到达济州城（济宁市）南鲁桥，因而要在济州城附近向北开凿一条运河，沟通泗水与汶水，西北流入大清河，再转至会通河入京。这段新开的运河长一百五十里，须经汶上县南旺镇，入汶水。它处于南北中段，地势上处于高位，向北三百里至临清，北比临清高九十尺，南比徐州沽头高一百一十六尺，两

南旺枢纽国家考古遗址公园

端低洼，中间高耸，是运河的水脊，或者驼峰。这成了当时开凿京杭大运河的一道难题。

明永乐九年（1411年）。工部尚书宋礼，采纳汶上农民水利专家白英的治河建议，建成集引水、蓄水、分水、排水于一体的南旺分水枢纽工程，确保了大运河五百余年畅通无阻。

20世纪50年代，苏联专家勘探，建议修位山工程，截断了大汶河水流，南旺镇运河的分水枢流从此断流。龙王庙前小汶河风水散尽，河床见底，露出了干涸的河床。

抚摩完这段历史，杜庆生站在南旺镇龙王庙前欲哭无泪。这已经不是他第一次来南旺，当然也不是最后一次。他发现，小汶河最后一滴水，是春天的那场雨，抑或是清晨天降甘露，落在他的头上、脸上，挟着泪水，滚落下来。这不是龙王的泪，不是小汶河桃花雨，而是人类的一滴泪水吧，但不是最后一滴！

## 三、地龙宴

龙王庙离刘全军的家，只有二百米。

刘家祖屋坐落在小汶河西岸，推开小院的门，便可看到龙王庙遗址，还有庙前那条废弃的运河。刘全军从蹒跚学步起，就在露底的运河埂上玩耍，而运河在他的视野里一天天变老，变丑，变成了一条干沟。那时，曾祖父刘步旺还活着，他行医一辈子，虽年过耄耋，白胡子飘飘，却一派仙风道骨状。春天里，他会坐在运河边那株老柳树下，观日出日落，云烟处，给重孙讲的是运河故事。当年，运河水很清，小汶河从南向北流过南旺三村。那时，南来北往的木船很多，桅杆上挂着白帆。等蓄水闸的河水满了，船再往济宁城或微山湖方向行驶。因为排队的船多，住在龙庙旁的老中医刘步旺的生意火爆。常有船家捎信来，让他去看病，多是伤风感冒，头痛脑热，也有船娘临盆。他从龙王庙前，解开拴船的缆绳，摇橹而去。

然，曾祖父运河的故事，成了刘全军梦中的传说。他以为自己的血脉与梦想，皆与运河人家息息相关。2004年春节前，他突然萌发回南旺镇到龙王庙创业的想法。

那年除夕，做完最后一桌年饭，刘全军摘下高高的厨师帽，脱下工作服，对济宁市金海聚酒楼经理说："老板，春节后开张，您再请一位大厨吧。"

"全军，说啥哩？"

"老板，我要辞职。"

"找到下家啦？兄弟，金海聚待您不薄啊，2001年应邀，我就给您每月开4000元工资，年年都在涨，您可是济宁城薪水最高的厨师长啊。"老板挽留他，几乎是苦口婆心。

"没找下家，我想辞职自己做餐饮。"刘全军道出了真相。

"到哪里干？"

"回南旺镇老家。"

"全军，是不是感冒脑子发热了？"老板不解，"南旺镇离济宁城六十多公里，离汶上县城也二十多里地，穷乡僻壤，做一桌金海聚的大菜，卖给谁吃呀。"

"老板，我不想做金海聚的大菜。"

"那您想卖啥子呀？"

"地龙宴！做农家精品菜。"

"泥鳅？"

"对！运河里的野生黄板鳅。"刘全军的脸上露出了笑容。

金海聚老板摇了摇头，说："兄弟，大材小用啊。可惜啦，一个国家级的大厨啊。"

那天晚上，济宁城鞭炮声四起，烟花的绚烂与华丽，映照着太白楼下的古运河与竹竿巷。刘全军骑着摩托回家，沐浴在早春的夜风中，风吹在脸上，多少还有一些冬季的凛冽。可是，刘全军格外清醒，他没有与这座古城、这条运河一样睡去。

刘家祖上是运河边上的老中医，可惜到了爷爷这一代，便断了杏林香火。曾祖父觉得儿子、孙子都不是学医的料，未将回春之术传给后人。

于是从爷爷到父亲，都到运河和微山湖里去打过鱼。后来，爷爷有了正式工作，进了六建公司，而爸爸则是地道的农民，小汶河的水干涸了，不再流经南旺三村，可是新凿运河依然可以浇灌，种出稻菽千重浪，与古运河的生魂共舞。刘全军不想重蹈父亲的覆辙，1994年，报考了济宁烹饪学校，毕业时，又转至南京金陵职业学院，拿到了全国厨师长上岗证，是济宁市寥寥无几的国厨。

黯淡了金字招牌，回到运河边上的村庄去做泥鳅宴，独自创业。徜徉在早春的夜风里，就像身后的烟花一样，刘全军觉得自己会在黑夜中灿烂绽放。那一年，刘全军刚26岁，是一切都可以重新开张的大好年华。

其实，刘全军早就把市场调查了一番，无论春夏秋冬，运河和大汶河里长着不少野生泥鳅，当地俗称地龙，野生储量不少。且离南旺三村三四里地的三里堡、十里闸，一天能供三四十斤地龙，而且收购价在35元一斤，做好了，一斤可以卖70元，稳赚不赔。这样做餐饮，何乐而不为呢。

回到老家，安安心心过了一个大年。正月十五一过，刘全军就张罗装修的事了，将祖上小院拿出来，开了一个明泰酒楼。父亲不解，放着济宁城的大厨不干，偏要来自己村里开饭店，亏了怎么办。

刘全军摇头，说："亏不了。我没有租房成本的压力，只赚不赔。"

"客人呢？"

"做回头客生意！"

"为何要守在村里开饭店？"

"祖爷爷就一代代守着龙王庙，守着古运河，开了百年乡村诊所，我为何不将运河的水运和血脉继下来，发扬光大呢。"

父亲觉得儿子说得在理，但是能否在村子里赚到钱，他将信将疑。

刘全军则深信不疑。他知道运河的地龙，又叫黄板鳅，圆圆的，长得肥，黑背，黄腹，是水中的人参，堪称运河一绝。过去卖不起价，或者还不为老百姓接受，是因为做得不好，土腥味太重。其实以他的大厨之技与经验，去土腥味并不困难啊。野生黄板鳅送到后，只要放在清水里吐水一天一夜，四个小时一换水，换三次清水，肚子里脏东西就吐干净了，土腥味也就消失了。做地龙宴时，讲究原汁原味，内脏不去，油一热，黄板鳅活着下锅，然后，撒一把大葱、姜和花椒，加一勺黄酱，焖上一刻钟即可，味香滑润，如海参入口。越新鲜的东西，越好吃。

刘全军便这样专做精品家常菜，以野生地龙为主，配之黄鳝等乡村宴。果然，明泰酒楼在古运河之畔，一夜之间声名鹊起，开张不久，便顾客盈门。乡亲们就冲着他的地龙而来，一天的流水可达到五千元，一年下来，可以收入三四十万元。他已经做了十五年，赚得盆满钵满，还在自家的宅基地上，盖了一千多平方米的房子。最幸运的是，2014 年，随着八省运河联合申遗成功，北京与济南来的专家，对龙王庙和小汶河、大汶河遗址进行联合考古，挖出了文物，恢复了古运河河道，并在龙王庙后边盖了一座济宁境内最大的运河博物馆。每天来博物馆参观的人络绎不绝，也成了明泰酒楼最大的客源。刘全军因为运河而生，因南旺而旺，成了古运河文化创新的受益者。

## 四、清水词

太阳有点偏西了。与杜庆生的访谈，已经进行了两个小时，他依旧口若悬河，滔滔不绝。下一个行程，安排的是登太白楼，乘舟游古运河。

这是济宁市打造的运河沉浸式体验项目,感受桨声灯影里的运河之都。

渔舟唱晚,那白帆点点的舳舻,从微山湖的运河水道驰来,驶进济宁城郭。伫立于太白楼上,能听到艄公的号子吗?这是太史公笔下的运河,还是郦道元远足过的运河,抑或是文天祥沦为囚徒后,解押元大都,路经济宁时苦吟过的运河,又或是乔羽少年记忆的那条母亲河?

冯家大院18号,一个少年跨出门槛,蓦然回首,竟然是农耕中国追慕的诗书人家。乔家老爷六十多岁喜得贵子,孩子刚十天,一枚炮弹从天而降,落在坐月子的娇妻床前,未爆。尘埃落定,母子平安。吉兆啊,大难不死,金童将来必一炮冲天。儿子钟灵毓秀,聪颖好学,还不到三岁就跟着老父亲背唐诗宋词、元曲小令。古汉语、文言文,成了他学前的下饭菜,信手拈来,出口成章。

穿过竹竿巷,沿运河岸边走过,有艄公摇橹归来吗?抑或是船娘踏

太白楼

古运河色，流光溢彩　尹新忠摄

着夕阳归来。乔羽少年失怙，由大嫂养大。对大河母亲，对摇桨的船娘，远行的儿郎有着非同寻常的情感。水一样的女人，水一样的清水词，大河一样宽阔的儿郎，运河之水淹没了他的童年、少年、青年。站在太白楼上，与谪仙对酒，与工部吟诗，为水而歌，为河而吟，第一首成名作便与水有关。让我们荡起双桨，小船儿推开波浪。清波于前，运河上下，东风破，秋风起，麦浪滚滚过后，又闻稻花香，是李白的江南，还是杜甫的北方？都是，也都不是，应该是志愿军战士美丽的祖国与河山。于是，船工的号子落尽，他摊开素笺，一支狼毫，写下定调的第一句歌词：一条大河波浪宽，风吹稻花香两岸……

这是写给上甘岭英雄的，写给长江的，写给运河儿女的。

## 五、梁山港

一直从事采矿业的张广宇之前做梦也没有想到，会在京杭大运河上建起来一个大港。

那时，他在位于汶上县的阳城煤矿当矿长，一年的出煤量是190万吨。可是他最大的梦想，是要与国家的输煤铁路干线联网，建一个煤炭物流园，将外省、外国的煤运进来，与济宁优质煤混合，炼焦，生产全国最好的焦炭，再卖到全国各地去。2014年，听说山西吕梁市兴县瓦塘镇至日照港的铁路，要经过汶上县，他高兴了好几夜，梦中都在笑。后来，这个喜讯坠落到运河里，沉下去，连泡影都未见。渐渐地，另一个版本的消息传出来，汶上落选，站台移到了梁山县，接驳梁山与东平站，设计方案都出来了。张广宇铁路物流园的梦想未泯，他找到了当时的省发改委铁道办主任，通晓铁路建设办事的流程，问他还有没有可以补救的措施。

铁道办主任摇头，建议他去莱芜建个卸煤站。张广宇说："不，莱芜太遥远了，隔着一座沂蒙山。"

"只能逼上梁山了。"铁道办主任笑着说。

煤矿驻地不在梁山，协调难度颇大。然而，张广宇还是硬着头皮找到当时的梁山县发改局负责人，对方给了他一个信息：有一家香港公司正在做瓦日铁路梁山物流园，搞了三年了，但遇到了卡点，前前后后已经投入了上百万元。

"我们给他们二百万元，买下所有信息资料和办证手续费。"于是，张广宇与这家香港公司的老板见面，两人一拍即合，付了对方二百万，让他们"金蝉脱壳"。

拿到这批资料，张广宇一夜未眠，连夜翻了一个晚上，拂晓将近时，突然看见梁山变成了"金山"。资料显示，这家香港公司不仅在做瓦日铁路物流站，还有个港口项目，欲将梁山古运河做成一个大港，与铁路煤炭货场连在一起。

这些尘封已久的资料里竟然藏着一个大港的设计规划！张广宇拍案叫绝。自古只有水泊梁山，哪来的运河梁山港啊！一个运河梦想，浪击水泊梁山。甫一落子，便将济宁能源格局下成一盘大棋局。那天清晨，晓色初露，他来到了窗前，极目远眺，梁山城郭仍旧沉睡在春天的晓色里，还有那曾绕水泊梁山的运河故道，仍然一派寂然。张广宇心中却有一股春流在奔突，他把梁山港蓝图熟记于心，轻拍栏杆，有一种莫名的激动。

瓦日铁路梁山煤矿物流园，配之与铁路站台比邻的运河。近1800公里的京杭运河航道，从梁山到杭州，正好是870公里。水运比铁路货运便宜，一吨煤能节省50余元，内河航运太有市场竞争力了。那一刻，晨雾迷茫，他仿佛看到百舸争流、千船竞发，去杭州、去上海、进长江、直抵朝天门。这是何等的气派啊！

第二天上午，他驱车去了瓦日铁路梁山站的货场，而就在货场边，有一条17公里长、废弃已久的运河故道，淤泥沉积、河水如墨。张广宇凝望运河故道，却喜上眉梢，心底勾画出打造梁山港的路径。

找到第一个助他的人，是当时的梁山县贾县长。相见地点就在济宁能源发展集团附近的一个小鱼馆。张广宇从家里拿来一瓶当地白酒金水晶，将酒斟上说："贾县长，运河边上喝金水晶，我们杯酒定梁山大港！"

"广宇。"贾县长笑了，"自古只有梁山水泊，哪来的大港？你不是在做梦吧！"

中国梦，梦运河！张广宇和盘托出那家香港公司的方案，说："人家做不成，咱两家联手，准能做到！"

贾县长一听，也心花怒放，说："广宇，上次煤矿的事情，冷落了梁山，这回铁路物流园和梁山港的事情，你可是真心的？"

"我以我心映水泊梁山呀。"

"好！就要你这句话。"贾县长倒满一杯金水晶，说，"干了这杯酒，我回去就向县委书记报告。"

金水晶杯酒定大港，一点也不逊于当年上水泊梁山。

东风起，吹绿了开始还春的梁山水泊。好消息借着春天的翅膀传了过来。山东省铁路办公室与瓦日铁路方联系妥了，对方派公司总经理过来，说在梁山接瓦日铁路运煤站点，可以办，济宁能源发展集团须先拿出1.5亿元的接驳经费。彼时，乃煤矿行业的至暗时刻，全国97%煤矿都在亏本，张广宇任矿长的汶上煤矿虽然不亏损，但要一下子拿出1.5

亿元资金来，也力不从心。只有向市国资委汇报了，请政府援手。

市国资委领导问他："广宇啊，上这么大项目，你有把握吗？铁路站台与港口建成了，会不会亏损？"

"不会！我算过账。"张广宇如数家珍，济宁市是一个用煤大市，一年用煤量是九千万吨至一亿吨，而济宁本土的煤矿，只能保障四五百万吨，缺口将近八千五百万吨，要从外省和外国购买，与兖州矿的好煤掺和炼焦炭。而在山东境内，每年需要煤炭四亿多吨，市场大着呢。还有煤从运河进入长三角，每吨运价仅三五十元，竞争优势太大了。市国资委主任一听，答道："那就报市委常委会吧。"

张广宇说："别急，在上市委常委会前，我请煤矿专家来专门讲一课。"结果张广宇如愿以偿。

2017年10月13日，第一列瓦日铁路的列车进场了。他建了一个现代化的无污染卸煤场。三分钟卸两个车皮，120吨煤炭，卡在转兜轴上，火车车厢瞬间翻一个底朝天，两个车皮的煤倒进了大漏斗。先进的喷淋设备保驾护航，不然煤尘飞扬，站在一旁的工作人员连口罩都不戴，三分便卸完。60节重载列车，3600吨煤，90分钟全部卸完，堪称梁山速度与奇迹。

奇迹还在后边，那就是梁山大港。然而逾越水泊梁山的第一道"水关"，却是17公里运河故道以及横在入口处的控水闸。古河道自大元年间修建，已经600年了。而淤泥壅阻，变成一条黑水河、死河，却是百余年间的事。然，运淮之河的管理，属于黄委。那段时间，他不知道跑了多少趟郑州，终于做通了黄委的工作，对那条臭水河进行疏浚。

中交疏浚水利设计院做了设计，连同建港，要花8个亿，交通部拨给了2.5个亿，其余都由市里与能源发展集团自筹。可是一座梁山港，步步惊心，一条运河故道，8个亿砸下去，河道通畅了，可以行船，眦邻铁道煤场的物流仓库与运河港池已经建好了，就剩下那道节制闸横于关前。万事俱备，只差船闸一开，运煤的船队、单机船就可以驶进来，装煤，远及苏杭、重庆。可是它刚建了两年，就花了两千多万。张广宇跑进济南城，辗转于多个部门，省里分管水利的一位处长断言："您拆不了。"

因为节制闸是南水北调工程重要的节制闸，防止污水倒灌河道。因此，所有的事情都卡在节制闸上了。

市里一位主管领导说，拆不了闸，投了几个亿进去，等于扔进了臭水河呀。

压力重如梁山，张广宇忧心如焚啊。他找到已擢升的梁山县委的贾书记，寻求古运河节制闸破解之道。

"没有节制哟。"贾书记自嘲道，"得陇望蜀，两杯酒喝下几个亿啊，广宇，我们办了一件'坏事'啦。"

"这是给梁山人民办的大好事呀！"张广宇反倒认真起来，"贾书记，投资方向没有错，这将造福梁山和济宁。"

"我知道。"贾书记哈哈一笑说，"难就难在这道节制闸上。你和我，还有梁山县委力有不逮，节制不了，往上，俺们都够不着呀。最后时刻，只有请济宁市委领导出面了。"

贾书记带着他去找新任济宁市市长汇报。市长亲自跑去北京一趟，仍无果。最后济宁市委书记拍板，利用全国两会召开的时机，向水利部领导汇报。那天下午，张广宇跟着济宁市委书记去了水利部，常务副部长带了四位司长与会。

"好事情啊。旧运河换新颜，这是落实总书记关于弘扬中华优秀传统文化，深入推动'两创'的具体行动，水利部理应支持，这是助力地方经济建设之举啊。"

梁山港

协商定案：节制闸国家刚投了二千多万元，不能造成国有资产浪费。节制闸可以改，但不能拆。这是一个皆大欢喜的结果。

闸门一改，可以通航了。2021年10月9日，驳船队浩浩荡荡开进来了。起初是700吨至800吨的船，后来，2000吨的煤船从梁山港直抵杭州城。仅2022年一年，梁山港及临港园区的营收就突破了156亿，利税达到2.7亿元。

古运河焕发生机，水泊梁山有了运河大港。

## 六、南旺闸

杜庆生每回汶上，必去南旺，从南旺一村走到南旺三村，沿着干沟般的大汶河河床，走了一程又一程，过了一村又一村，365里路啊，他走了20年。到了南旺三村明泰酒楼，总会去刘全军的馆子要杯茶喝，问问生意如何。然后，指着酒楼前的龙王庙遗址，说："小子，知道吗，那里是中国水利工程的奇迹和神话。两个月亮般的湖泊为大汶河存水，夏季汶水大，79道弯慢慢放过来，存于湖里，冬日河水浅，双湖放水，大运河行船的河道从不缺水。"

"听说过，可是现在干掉了。"刘全军忙着哩，有一搭没一搭地回他一句。

"我算过了，这些年来，村里有人占河道，河床上盖房的有45户人家，要搬啊。"

大运河申遗，罗哲文来了，杜庆生带罗老到龙王庙遗址前，站在小汶河、大汶河的合水处，感叹道："奇迹啊，水脊上行舟，船闸水关过渡，葛洲坝、三峡过船设计，都受到南旺闸的启示和影响啊。"

罗哲文接受了杜庆生的建议，提议在龙王庙前运河遗址考古发掘，有了重大的发现。后来，济宁运河博物馆在此崛起。那天下午，杜庆生专门带我看南旺镇过水闸遗迹，行走于古运河边，领略中国人的治水行舟智慧，感受南北文化交汇的温婉与雄风。那一刻，我对运河文化突然有了崇拜感。屏息静气在听。时，旷野无风，河堤上荆棘葳蕤，芳草萋萋连天涌。杜庆生说，运河是一个伟大的工程，让后世有一种景仰之情。一如运河的水一样，清凌凌的，接天与地。在汶上任职那几年，每每走过大运河，在龙王庙旧址流连，他都有一种莫名的失落。盛景不复啊！当年漕运的运河，水早已干涸，马可·波罗惊叹的东方奇迹不再。从西往东，好几头黄牛在河沟里啃草，白云悠悠，天地寂然，东风起，正是人间最美四月天。远处，秧田开始插秧了，蛙声不断，农耕中国的田园诗犹在啊。杜庆生将鲁西南的天空看了，把栏杆拍遍，遗憾啊，龙王庙前的石栏不在了，白帆桨声中的运河成了一个遥远的梦。就在那一刻，他心中暗暗发誓，余生要为南旺运河重现水天一色奔走哟，运河之水南旺来，就像故乡词作家乔羽先生写的那样，歌声不断桨声响，千里运河挂云帆。

## 七、夫妻船

一条运河水，转至17公里外旧河道里，便往梁山港驶去。将入港湾，河道遽然宽阔起来，水道足足有四五百米，满建波的心情也随之透亮起来。他驾着鲁枣庄号，靠到泊位上抛锚。妻子李大青跳上船坞，拉着缆绳，将船拴稳，准备装煤。

昨晚，接到港航公司指令，让他的船泊梁山港码头，装满一船煤，运至东平港。他的船载重量为一千吨，随时听候港务调度的命令。离港前，港航集团办公室打来电话，让他接受作家采访，他有点小小的激动。落座后，我们就从今日启航说起。

就是一个短航程，三两天可以往返，对于船家算是一桩轻松活。坐在小会客厅里，满建波有点急促，少了船老大的从容不迫，仿佛在自言自语。出梁山港，首站是济宁，然后过邓楼船闸，走京杭运河，过八里湾船闸，进东平湖，湖面在船尾退却，东平港就到了。假如从东平走小清河，就可以出海。

入海！大海对一个在运河船上长大的船长满建波，充满了诱惑。"村里有钱的船老大，现在都在换船，将河运船换成海运船，要去跑海运呢。"言毕，满建波眼神如炬。

"造一艘海船要多少钱？"

"少则四五千万，多则七八千万。"

"这么多钱啊。"我感叹道。

"是啊！所以才四五家人一起合伙造呀。"

"众人拾柴火焰高。你想过自己某一天也去跑海运吗？"我问道。

"当然想呀，哥哥已经卖了1500吨的铁壳船，去造甲板驳，准备跑海运。"满建波好生羡慕。

"你会有这一天的。"

"谢谢！"满建波将目光投向了窗外运河里的港湾。

梁山港建成后，满建波与哥哥满建党都挂靠在济宁能源发展集团旗下的中交润杨（山东）国际物流有限公司，一年一签合同。哥哥驾的是1500吨的船，他驾的是1000吨的驳船，长48米，宽9.8米，深3.4米，是台儿庄造的船。2016年购进的，那时因为钢材便宜，才花了80万元，满建波说自己捡了一个大便宜。都是夫妻船，他当船长，妻子李大青当大副。哥哥和嫂子亦然。没跑多久，时逢梁山港落成，挂靠在港航集团麾下，货源有了保证。他们兄弟沿着古运河这条黄金水道，穿行在梁山与苏州、杭州、徐州之间。水运很便宜，运到苏杭人间天堂，每吨才50元，运至台儿庄、枣庄、徐州，每吨30元，简直就是豆腐价。开始那两年生意好，真赚了一个钵满盆满。后来，柴油涨价了，从每吨3500元

京杭大运河　冯磊摄

飙升至9000元，因为运价不变，一船运煤费也就五万元，扣除过闸费和油钱，一趟仅剩一万多元。

哥哥嫌利薄，转身上岸，去造大船跑海运了。那一刻，满建波心里很不是滋味，望着运河，怅然极了。哥哥满建党是他入运河行船的第一位船长啊。

满建波老家在微山县留庄镇，滨湖之南的马口二村，坐落在京杭运河的水道上。南来北往的船只，从马口一村二村中央穿过，将万把人口的渔村一分为二。小时候，听惯了艄公的号子，也见过片片白帆，直遮云天。满家，祖祖辈辈都做渔人，爷爷打鱼，奶奶相随。爸爸开木船、水泥船，运砂石料，妈妈相随。他的童年、少年都在运河船上度过，妈妈用一根缆绳拴着他腰，怕他坠入运河里。八岁离船读书，上了村小学、镇中学，大学考不上，就去青岛黄海学院读中专，学的计算机和电焊工。毕业时，爸爸不由分说，独自下船，让他顶班，哥哥当了船长，他成了水手，父子船变成了兄弟船。爸爸临别时，赠他一句话，船上只有船长与水手，没有兄弟哥们。运河上，一切都听船长指挥，哥哥咋说他咋办。满建波点了点头，哥哥成了笑傲江河的船老大，而他就是一个小水手。跟了哥哥十年，大哥教会了他船上的一切船务，运河里如何行船，微山湖上如何避让，到码头上时如何靠岸，装船时不能离岸。水上生活，十载青春岁月，一望无际的苍茫，春波、秋波、清波、洪波、建波，让他与运河之水建立了生死别离的感情。后来，哥哥娶了嫂子石玉梅，他下船了，兄弟船变成了夫妻船。他拿着哥哥给的一笔钱，开了一个小店，可是生意并不好。后来，他盘了小店，到台儿庄建船闸，认识了同事的表妹李大青。彼时，她在青岛一家服装厂打工，君生之时我未生，君在青岛求学时，我不在。一座岛城，栈桥往事如烟雨，立即拉近两颗年轻的心。归来吧，娶你上船去当船嫂，像哥哥一样，也驾着一艘夫妻船，云游古运河，下苏杭，上天堂。

夫妻双双驾船，船上规矩嘛，他让李大青去问嫂子。嫂子怎么交代，她就怎么做。行船时，他心中只有海神娘娘，没有船上娇娘。到了停靠码头上，彼时，船上是水上人家，妻子变成了船娘，一切由老婆说了算。

"吵过架吗？"我问满建波。

满建波摇头，说："江河之间，行船人家最忌夫妻唱别别腔，须夫唱妻随，才能满载而归。"

"没有红过脸吗？"

"哪能没有一点矛盾，牙齿和舌头挨得那么近，有时也会互相咬到啊。"满建波感叹，到码头泊船，他驾船停靠，妻子抛缆绳时，风大，没听见他说的话，他声音又大了一点，妻子以为在骂她，泪水哗地出来了，弄得他后悔连连。古运河上，一年十一个月都在船上，孩子扔给了爷爷奶奶，或者姥爷姥姥，一年难得见几面。返航时，路过老家村子，将船停在服务区，坐交通船回村，住上一个晚上。次日，微山湖上晨曦初照，夫妻双双又踏上新的航程。

一条大河波浪宽，风吹稻花香两岸，我家就在岸上住，听惯了艄公的号子，看惯了船上的白帆。歌声在船上响了起来，在岸上唱了起来。在船上，在运河里，在人的心里久久回响。

这是美丽的祖国，这是我生长的地方……

其实，这就是运河人家的普通日子。天上，一对沙鸥飞翔；古运河上，驶过一艘艘夫妻船、兄弟船、父子船，追着沙鸥的啼鸣而去……

尼山之光

他乡有夫子

李舫

李舫，中国人民大学文艺学博士。《人民日报》（海外版）副总编辑，中国作协全委会委员，中国散文学会副会长，全国文化名家暨"四个一批"人才，曾获鲁迅文学奖，多次获得中国新闻奖。

有作品、评论数百万字，作品散见于《人民日报》《光明日报》《人民文学》《十月》《钟山》等报刊。担任"五个一工程"奖、中国电影华表奖、中国电视金鹰奖、鲁迅文学奖、中国儿童文学奖、徐迟文学奖、丰子恺华语散文奖等评委。代表作《春秋时代的春与秋》《在火中生莲》《沉沦的圣殿》《飘泊中的永恒》《千古斯文道场》等。编、译、著作四十余部，出版著作有《魔鬼的契约》《在响雷中炸响》《纸上乾坤》《自在心灵》等。担任中国文学"丝绸之路"大型名家精品文库主编，担任纪念改革开放四十年特辑《见证》主编，担任新世纪散文精品文库"观天下"主编。

公元前372年,孟子出生于邹国(今山东邹城),早年受业子思(孔伋,孔子之孙)之门人。为了推行自己的政见,建立理想社会,孟子学成之后开始周游列国,终其一生,游说诸侯。

我们不妨看看孟子的游历之路——游齐,入宋,过薛,归邹,至鲁,入滕,游魏,为卿于齐,最后归邹。这花费了他二十余年时间。其间,他曾会见过齐威王、宋康王、滕文公、邹穆公、鲁平公、梁惠王、梁襄王、齐宣王等多位君主,尽管此间不乏热情洋溢的对话,可是更有直言不讳、肆意批判。当时几个大国都致力于富国强兵,通过暴力实现统一,"圣王不作,诸侯放恣,处士横议,杨朱、墨翟之言盈天下"(《孟子·滕文公下》)。孟子仁政爱民的学说被认为是"迂远而阔于事情",没有得到实行的机会。晚年孟子回到了自己的家乡,传道授业解惑,与弟子们共同探讨治国方略,并将自己的思想著书立说,最终成就了《孟子》的辉煌篇章。

孟子,大丈夫也。在春秋战国战争频仍、礼崩乐坏的漫漫暗夜里,孟子横空出世,犹如一缕光,照亮了中华民族的未来。

# 一、何必曰利？亦有仁义而已矣

《孟子》一书开篇便记载孟子见梁惠王时关于义利的对话。

王曰："叟！不远千里而来，亦将有以利吾国乎？"

孟子对曰："王何必曰利？亦有仁义而已矣。"

梁惠王称孟子为"叟"，亦即"老先生"，知是孟子游历晚期之事。孟子将其列为章首，可见关乎全书主旨。孟子在滕国推行仁政失败后，听说梁惠王招纳贤士，于是率领门徒，"后车数十乘，从者数百人"，浩浩荡荡来到魏国。此时，梁惠王刚刚经历了一连串的军事失败，故而一见到孟子便急迫地问："老先生，您不远千里而来，能给我的国家带来什么利益？"于是，就有了二人这场关于仁爱义利的对话。

孟子对孔子备极尊崇，他在《孟子·公孙丑上》中说："自生民以来，未有盛于孔子也。"以孔孟为代表的儒家学派，将义利之说作为儒学第一要义。所以不难理解何以将孟子与梁惠王的这段对话作为全书的开篇。孟子所生活的战国中后期，周代以来的礼乐制度彻底崩坏，如何重建政治秩序成为最急迫的现实问题。然而，在这一问题上，诸子所言不甚相同。法家主张对内富国强兵，对外武力扩张，通过暴力重建政治秩序，此乃"霸道"。而孟子则对这种观点强烈反对，他主张行仁政，从王道，"得其民，斯得天下矣"，呼吁以仁政谋得民心，从而重建政治秩序。

简单的对话其实富含深义。同中国文明不同，人类的其他文明多是宗教文明，人与人之间和谐相处，靠的是"神的律令"，而在没有"神"作为立法者的前提下，儒家的仁义礼智信则提供了非常简单、高效的社会规范，这是孔孟之道的高明之处。

纪念孟母孟子大典上的乐舞表演

孟子的义利之辨不仅仅是利益分配的问题，还是修身、齐家、治国、平天下的道理。当彼之时，梁惠王所问"何以利吾国"的"利"不是民众物质利益的"利"，而是攻占他国土地、杀戮他国民众、"欲以富国强兵为利"的"利"，是梁惠王扩张疆域、臣服秦楚的"大欲"，所以才有孟子的回答："王何必曰利？亦有仁义而已矣。"在这里，孟子告诫梁惠王，同时也告诫那个时代的所有人，在一个混乱、纷争、无序的社会里，不应该只想着谋求一国之私利，而是要建立公平、正义，特别是人和人之间的良善与信任。

司马迁喜爱读孟子的书，他在《史记·荀子孟卿列传》中写道："余读《孟子》书，至梁惠王问'何以利吾国'，未尝不废书而叹也。曰：嗟乎！利诚乱之始也！"司马迁在这所写到的"利"，正是孟子所否定的"利"，也就是只求一人一国之私不讲道义原则的"利"。从这里，可见孟子主张的仁政与王道。

两千多年来，这部深深扎根于中国的作品，对中华民族道德传统和文化性格的形成，产生了深远的影响。孟子思想中的浩然正气、仁政思想、规矩之道、义利之辨等逐步融入中华民族的精神血脉，成为中华民族精神血脉的支撑。

孟子地位的确立，始自唐代文学家韩愈。韩愈提出"道统"概念，认为孟子是直承尧、舜、禹、汤、文、武、周公、孔子的继承人。他说："尧以是传之舜，舜以是传之禹，禹以是传之汤，汤以是传之文、武、周公，文、武、周公传之孔子，孔子传之孟轲，轲之死，不得其传焉。"不仅把孟子媲美孔子，而且认为自他之后，道统的传承就中断了，称赞孟子"功不在禹下"。南宋理学家朱熹以孟子为帜志，对其更是不吝赞美之词："孟轲氏没，圣学失传，天下之士背本趋末。"

孟子所强调的"仁政""民本""天下为公"等思想，对中国历史上的政治和社会变革产生了一定影响。例如，明朝开国皇帝朱元璋就是为孟子之说所动，提出了"仁政""民本"等治国理念，从而实现了明朝的繁荣和稳定。孟子所强调的"天下为公"思想也促进了中国历史上的政治和社会变革。辛亥革命时期，孙中山承继孟子，提出"天下为公"，倡导民主、平等的思想，推动了中国政治和社会的变革。

孟子思想博大精深，不仅成为中国思想的重要组成部分，还对中国文学、艺术、哲学等领域产生了深远影响。毫无疑问，他是中国历史和文化中具有不可替代的智慧之源。

## 二、道之所在，虽千万人吾往矣

孟子志存高远，胸怀远大，他对自己的定位是"平治天下"。

他认为："五百年必有王者兴，其间必有名世者。"从尧舜至商汤，商汤至周文王，周文王至孔子，都是五百年，这其中有一条圣人与王者赓续相承的脉络。"由周以来，七百有余岁矣，以其数则过矣，以其时考之，则可矣。"他睥睨天下，豪情放言："如欲平治天下，当今之世，舍我其谁也？"

孟子，不断为人民呐喊。面对群雄逐鹿的天下，孟子丝毫不掩饰定国安邦、济世安民的万丈雄心。

孟子性情刚直，不流时俗，为人极为自傲，也极为自负。他的弟子公孙丑曾将他与管仲、晏婴相比。管仲、晏婴都是在齐国辅佐君主，实现富国强兵，赢得了齐国人一致称赞，可是孟子却大不以为然。列国纷争之时，纵横家炙手可热，齐国人景春认为魏国的纵横家公孙衍、张仪是真正的大丈夫，他们能够"一怒而诸侯惧，安居而天下熄"。孟子听到这种说法后，却怒斥之为"以顺为正者，妾妇之道也"。孟子性格之傲悍激越，由此可见一斑。

孟子生活的邹国距离孔子的故国鲁国不远，他对孔子充满了敬仰，曾借孔子弟子之口说："以予观于夫子，贤于尧、舜远矣。"孔子，只是一介布衣，一个穷困潦倒的乡村教书先生。孟子将孔子与尧舜相提并论，并认为其功绩远在后者之上。这种赞誉在今天不足为奇，在当时可谓石破天惊。

孟子这样做，不只是维护一己的身份与尊严，而是代表着"士"这一阶层的群体自觉。所谓士，是指具有一定知识、文化、技能，且能在社会上产生一定影响的人。当其时，士在天子、诸侯、大夫、士的贵族等级中处于最低的阶层，又处于庶民之上。春秋战国之时，各诸侯国设官开馆，礼贤下士，招徕人才，这样的风气直接促进了士阶层的活跃。

作为一个阶层，士有其特殊的职责与身份。魏人周霄问孟子："古之君子仕乎？"孟子明确回答应该出仕，"士之仕也，犹农夫之耕也"。在孟子看来，士不仅仅是一个职业、一种谋生手段，更是一种政治理念、社会理想，君子之仕就是为了将这种理念和理想付诸实践。孟子认为，君子出仕，必须有自己的道义原则，"居天下之广居，立天下之正位，行天下之大道"。

春秋战国时期，纲纪废弛，礼崩乐坏，群雄竞起，为完成霸业，不仅凭恃武力，还迫切需求智力的支撑，所谓"一人之辩，重于九鼎之宝；三寸之舌，强于百万之师"。这样，诸侯之间便竞相"养士"，为士人的活跃与发展提供了强大推动力。士本身并不具备施政的权势，若要推行一己之主张，就必须取得君王的信任和倚重；而这种获得，却往往是以思想独立性、心灵自由度的丧失为代价的。许多士人为自身富贵，不惜出卖人格，"无礼义而唯权势之嗜者也"（荀子语）。孟子适时而有针对性地倡导并坚守了一种以仁义为旨归的士君子文化——所谓士君子，也就是士阶层中那类重气节、讲道德、有志向的人。

孟子要求士人，"穷不失义，达不离道"；当生命与道义不可兼得的时候，要"舍生而取义"，以成就自己完美的人格。孟子昂扬坚韧的精神，激励着一代又一代中国人。汉代司马迁在《报任安书》中说："古者富贵而名摩灭，不可胜记，唯倜傥非常之人称焉。盖文王拘而演《周易》；仲尼厄而作《春秋》；屈原放逐，乃赋《离骚》；左丘失明，厥有《国语》；孙子膑脚，《兵法》修列；不韦迁蜀，世传《吕览》；韩非因秦,《说难》《孤愤》;《诗》三百篇,大抵圣贤发愤之所为作也。此人皆意有所郁结,不得通其道,故述往事,思来者。"而司马迁本人在受到宫刑之后,仍包羞忍耻,益加发愤,乃有《史记》。在中国数千年文明史中,为了社会进步、民族振兴而成仁取义的志士仁人,灿若群星,不绝如缕,他们的思想都不同程度地受到了孟子的影响。

孟子十分重视心性修养、价值守护与精神砥砺,体现了士这一群体的主体自觉。"天行健,君子以自强不息;地势坤,君子以厚德载物。"中华民族历经几千年时间的考验和兴衰变化,而一直能稳固地凝聚在一起,并保持一个伟大民族的生机与活力,这是因为有着这种深刻的认识。而孟子身处礼崩乐坏、道德沦丧的时代,他的最大贡献,是确立了士的独立性格,提升了他们的社会地位,也升华了士的精神境界,为中国知识分子立身处世确立了高标自持的道德高地。

一个有道德的人,应当像天空一样志存高远,像大地那样厚实宽广,载育万物、生长万物。时间如江河般奔涌向前,任何险滩、暗礁都不能能够阻挡时代的步伐,诚如孟子所言,"道之所在,虽千万人吾往矣",面对艰难险阻,我愿意勇往直前。

在孟子的作品中,无处不在体现着这样的气度和风范。南宋理学家程颢、程颐将这种气度和风范概括为"泰山岩岩之气象也"。

## 三、吾养吾浩然之气

孟子的学生公孙丑曾经请教孟子:"敢问夫子恶乎长?"

孟子回答："我知言，我善养吾浩然之气。"

究竟什么是浩然之气？孟子以为：

> 难言也。其为气也，至大至刚，以直养而无害，则塞于天地之间。其为气也，配义与道。无是，馁也。是集义所生者，非义袭而取之也。行有不慊于心，则馁矣。我故曰：告子未尝知义，以其外之也。必有事焉而勿正，心勿忘，勿助长也。无若宋人然。宋人有闵其苗之不长而揠之者，芒芒然归，谓其人曰："今日病矣！予助苗长矣。"其子趋而往视之，苗则槁矣。天下之不助苗长者寡矣。以为无益而舍之者，不耘苗者也；助之长者，揠苗者也，非徒无益，而又害之。

孟子思想完整体现在他和弟子门人所著《孟子》中。《孟子》共七篇，含二百六十章，约三万五千字。其内容丰富多彩，博大精深；其文风刚劲雄健，气势磅礴。"老吾老以及人之老，幼吾幼以及人之幼""富贵不能淫，贫贱不能移，威武不能屈，此之谓大丈夫""穷则独善其身，达则兼善天下""故天将降大任于斯人也，必先苦其心志，劳其筋骨，饿其体肤，空乏其身，行拂乱其所为，所以动心忍性，增益其所不能"……这些是脍炙人口的孟子名言，综其所言，也正是孟子所谓的浩然之气。

一点浩然气，千里快哉风。

这种至大至刚的浩然之气，是一股英雄气概，人间正气。这种精神力量深藏在心灵深处，平日之时深藏不露，而在大是大非的紧要关头，便如同日月星辰、山河海岳一般，由心而生，至大至刚，充塞于天地之间，沛然莫御。具有这种浩然之气的人，则被孟子称之为"大丈夫"，具有大丈夫气概的人应该居仁、由义、守礼，要讲仁义、重礼节。

同样，在正道面前，就算千万个人是错的，也要正面去面对，"自反而不缩，虽褐宽博，吾不惴焉；自反而缩，虽千万人，吾往矣"。"虽褐宽博，吾不惴焉"，不欺辱弱小，明白自己的过错，那就要反省自身，也就是"智""仁"，与此同时，"自反而缩，虽千万人，吾往矣"，不畏惧强权，也就是"义""勇"。

其实，孟子的名字便是"浩然之气"的最好注脚。孟子名轲，字子舆。轲舆意为两木相接车轴的车。《周易》云："黄帝、尧、舜垂衣裳而天下治……服牛乘马，引重致远，以利天下。"这是古代对车舆的最早描述，其中包含三重含义，一是引重，二是致远，三是利天下。两千多年来，孟子及其创造的思想文化，的确就像一辆负重前行的马车，满载着传统文化的精华，一路坎坷、一路颠簸、一路教化文明，从古到今，走向未来，永不停歇。

两千余年来，这种浩然之气融入了中华民族的血脉，鼓荡着中华民族的气概，这是"明犯强汉者，虽远必诛"的铁血丹心，是"惟大英雄能本色，是真名士自风流"的高标自持，是"穷且益坚，不坠青云之志"的豪迈品格，是"淡泊以明志，宁静以致远"的不懈追求，是"为天地立心，为生民立命，为往圣继绝学，为万世开太平"的宏伟抱负，是"海纳百川，有容乃大；壁立千仞，无欲则刚"的人生况味。

宋代政治家、改革家、文学家王安石曾写过一首诗怀念孟子，这首诗的名字便是《孟子》。

王安石初识欧阳修时，欧阳修便看出王安石是才华横溢的人，于是写了一首诗称赞他，王安石也回了一首诗《奉酬永叔见赠》："欲传道义心犹在，强学文章力已穷。他日若能窥孟子，终身何敢望韩公。抠衣最出诸生后，倒屣常倾广座中。只恐虚名因此得，嘉篇为贶岂宜蒙。"

在诗中，王安石表明自己的目标是做个像孟子一样的人。

王安石变法，遭遇极大阻力，然而他毫不退缩，因为孟子也一度被其时代的人批评迂阔。王安石将孟子视为偶像，更视为知音。于是，他写下了这首《孟子》："沉魄浮魂不可招，遗编一读想风标。何妨举世嫌迂阔，故有斯人慰寂寥。"他对于孟子拳拳服膺、衷心景仰，只是"往事越千年"，斯人已成"沉魄浮魂"，只能在"遗编"中遥望"风标"。但是纵使举世都批评"迂阔"，又有何妨？毕竟还有这位前贤往哲的懿言嘉行，以慰寂寥。这首诗，道尽了王安石一往无前的斗志，也道尽了孟子傲岸不群、孤芳自赏的气概与雄豪自信、勇往直前的意志。

深谙道之所在，怀抱浩然正气，孟子以降，无数英雄豪杰怀抱着这种"浩然之气"——崇高刚强的正气、坚韧不屈的骨气、超迈雄放的豪气、无所畏惧的勇气、宏毅坚定的志气，披荆斩棘，一路前行。

"虽千万人，吾往矣！"

## 四、国际儒学渐成燎原之势

对于卡夫卡的读者，2023 年是一个重要年份——卡夫卡 140 周年诞辰。在这个特殊的时间节点上，犹太裔英国作家埃利亚斯·卡内蒂（Elias Canetti，1905—1994）的一部特殊"作品"——《另一种审判：关于卡夫卡》在中国出版。

卡内蒂，这位萍踪不定的世界作家，从未忘记自己的母语故乡，他对德语古典文化的热爱全部灌注在他的作品中。1981 年，埃利亚斯·卡内蒂因其作品具有"广阔的视野、丰富的思想和艺术力量"而获得诺贝尔文学奖。这一年，卡内蒂还获得了卡夫卡文学奖。

卡内蒂1935年创作的《迷惑》是他可圈可点的代表作，这部具有冷冽气质的作品，灵感来源于二十世纪二十年代暴民焚烧维也纳正义宫时的疯狂现象。此书颇受1929年诺贝尔文学奖得主托马斯·曼与英国哲学家兼小说家艾瑞斯·梅铎的赞赏。

卡内蒂不仅是作家，还是评论家、社会学家。他的《迷惘》，被东西方文学评论家誉为可与詹姆斯·乔伊斯、马赛尔·普鲁斯特、钱锺书的作品相提并论。1946年，《迷惘》被翻译为英文；1986年，被翻译为中文。

那一年，埃利亚斯·卡内蒂与他的《迷惘》同风靡世界的作家作品走进中国，而中国读者惊奇地发现，这位用德语写作的作家竟然还是个"中国迷"，在这部作品中设置了一个汉学家彼得·基恩作为男主角。特别令中国读者啧啧称奇的是，汉学家彼得·基恩最喜爱的书竟然是《孟子》。

从十五岁到七十岁，汉学家彼得·基恩完全按照中国古人所提示的那样去生活，包括他的思想，他思考大众、权力、死亡、生命、变化、永恒……这些中国古代哲学思想中最根本的问题。彼得·基恩的思考来自孟子。

为了讲述孟子的故事，这个弯子绕得有点大。其实，这个故事恰恰说明了——孟子，如何用心灵影响世界。

孟子是儒家最重要的代表人物之一，被人称为亚圣。汉代曾设博士官，专门研究《孟子》，司马迁对其推崇备至。韩愈曾以孟子继承人自居，称赞"孟子醇乎醇者也"。韩愈文章雄肆而严整，喜用排比、博喻，孟子对其有着极大影响。柳宗元论文，主张"参之《孟》《荀》以畅其支"。苏洵平生尤好《孟子》，曾端坐读之七八年，著有《苏批孟子》。王安石曾注《孟子》，为文亦学孟子。宋神宗熙宁四年（1071），《孟子》一书首次被列入科举考试科目中。元丰六年（1083），孟子首次被官方追封为邹国公。以后《孟子》一书升格为儒家经典，南宋朱熹又把《孟子》与《论语》《大学》《中庸》合为"四书"，其实际地位更在"五经"之上。

孟子不仅是思想大家，还是语言艺术大师，具有非常高超的论辩能力，不仅善于运用比喻说理，还非常善于创造和运用高妙的语言来说理论事。这些语言妙趣横生，魅力四射，后世演变为成语俗语，成为中国文化光辉的篇章。

孟子对话涉及的成语有：与民偕乐、五十步笑百步、弃甲曳兵、野有饿莩、率兽食人、仁者无敌、缘木求鱼、明察秋毫、不见舆薪、匹夫之勇、流连忘返、箪食壶浆、浩然之气、拔苗助长、出类拔萃、力不从心、心悦诚服、恻隐之心、反求诸己、闻过则喜、与人为善、彼一时此一时、舍我其谁、舍近求远、好为人师、左右逢源、赤子之心、声闻过情、夜以继日、金声玉振、知人论世、一曝十寒、专心致志、鱼与熊掌、舍生取义、心之官则思、杯水车薪、以邻为壑、穷不失义、独善其身、一毛不拔、摩顶放踵、当务之急、言近旨远、守约施搏……这些成语，有的是孟子在辩论中使用的，有的是因孟子思想而延伸，为其辩论说理增添了语言魅力和逻辑力量。

孟子思想不仅在中国影响深远，在全世界也得到了广泛的传播。由于地理与政治的原因，《孟子》首先传到亚洲国家。

孟子思想在日本的传播是一个接受、批判与再阐释的动态传播过程，它传入日本的时间可以追溯到奈良时代。日本学者谷中信一高度评价了孟子思想的价值，认为孟子为了实现其理想中的仁义而力排众议地勇往

走进孟子故里

直前。"孟子的这种激情给予读者以极大的震撼,并产生了颇多的成语故事。即便是在日本,以《孟子》为典故的故事成语亦不胜枚举。"

在种种褒贬声中,《孟子》作为四书之一,最终在儒学史上占有了重要地位,这是任何人都无法否认的严肃的事实。孟庙碑林现存的清乾隆二十五年(1760),安南国(今越南)岁贡正副使陈辉淧和郑春澍瞻拜孟子并赋七律的碑刻,是孟子思想影响东南亚的见证。

明万历二十一年（1593），意大利传教士利玛窦将《孟子》译成拉丁文，并传回意大利。随后，《孟子》被相继译为法、德、英、俄等语种，刊行范围更加广阔。

牛津大学把《孟子》中的篇章列为公共必修科目，伦敦大学把《孟子》列为古文教本。此后，孟子思想开始对西方产生重要影响。

2014年6月，美国加州大学伯克利分校东亚系主任齐思敏教授来到中国山东邹城，参加"孟子思想与邹鲁文明"国际学术研讨会。他在会议开幕式上说："孟子是中国的，也是世界的。他的思想从18世纪开始启发了伏尔泰等一批欧洲启蒙思想……孟子也是我们老外的祖先……因为我们外来学者'得志行乎中国'。"——这是对孟子世界影响的至高评价。

历代仁人志士对孟子继承孔学的倾力推崇绝非无缘无故，赵岐《孟子题辞》说："周衰之末，战国纵横，用兵争强，以相侵夺……先王大道，陵迟隳废，异端并起，若杨朱、墨翟放荡之言以干时惑众者非一。……于是则慕仲尼周流忧世，遂以儒道游于诸侯，思济斯民。"道出了孟子在儒学日趋式微形势下奋起而争，重振儒学的巨大贡献。可以说，孟子之学不仅仅推动儒学星星之火得以呈燎原之势，更是让中国精神走向匡扶正义、经世治国的大道之行。

尼山之光

微山湖人

陈世旭

陈世旭,当代作家。从二十世纪七十年代末写作至今。先后出版长篇小说、散文随笔集、中短篇小说集多部。

小说《小镇上的将军》《惊涛》《马车》获全国文学奖,《镇长之死》获首届鲁迅文学奖。曾任中国作协主席团委员、江西省文联主席、作协主席。

微山湖，一望茫茫。舟泊一湾分两省，横越江淮七百里。亿万斯年的地壳运动，形成了大面积凹陷；黄河无数次的决溢，导致了大面积湿地；京杭大运河穿湖而过，沟通了南北江河水系。山东丘陵西部边缘的冲积平原，曾是人烟稠密的繁华之地。东西北三面、鲁苏豫皖四省数十条河流、流域面积三万多平方公里的来水，成就了中国北方最大的淡水湖。曾经的九十九座锥状山峰，任凭自然修饰、历史雕琢，四百余年间，下潴成湖沼。山峰经多次的升降和风化剥蚀，已状如丘陵，乃有微山湖上最大岛屿、中国北方最大内陆岛——微山岛。

　　微山湖是天地沧桑的史诗。

　　而今日的微山湖，是人类书写的杰作。

　　作为我国北方最大的淡水湖，一个功能性湖泊，涵盖了自然资源、水利、航运、旅游、渔业等多领域。

　　微山湖渔业资源丰富。网箱、网围、池塘等渔业养殖，一直是沿湖渔民的主导产业、特色产业，具有重要的经济地位。

　　从 2012 年开始，微山湖系统推进流域水污染防治：全面关停沿湖岸线高污染企业，建设污水处理工程，完成乡村生活污水治理，实施退渔还湖、退池还湖、退耕还湿，修复原生湿地，兴建人工湿地，增加生态涵养林面积。

　　这是一个艰苦卓绝的奋斗过程。为了微山湖的今天，多少渔家抛洒

大美微山湖

热泪，默默拆除了稠密的网箱，重新开启各自的人生；多少工厂壮士断腕，毅然停止了轰鸣的机器，从头寻求新的基业；多少沿湖异省的渔家友好相待，连成守护共同家园的战线。

长期以来，渔业养殖是湖区的支柱产业，不但养殖面积大，而且从业人员多，养殖收益高。而实施渔业养殖退出，一方面将造成群众收入锐减；另一方面，多数养殖群众年龄较大、文化程度较低、缺乏劳动技能，转产转业较为困难。

化解退养风险是开场锣鼓：

尊重湖区传统，避免强制性"一刀切"，主动退养与限期退养相结合；拿出专项资金，回收群众主动退养的网衣；设置缓冲期，允许养殖户在鱼苗长成销售后，再实施退养；逐年兑现补偿资金；举办退养就业技能培训，让渔民接受免费转产转业技能培训；挖掘乡镇特色潜力，设置公益岗位安置湖民；优化创业担保贷款，发放创业贷款；按正常司法途径，合理解决问题诉求，维护长期形成的微山湖边界平安稳定。

至2020年底，微山湖全面完成退养任务，建成环湖生态屏障。

接下来，就是全面推进渔业高质量发展，打造渔民增收致富的"新引擎"：

合理布局渔业养殖空间，优化渔业产业布局。建设智慧渔业系统，成为国内首家实现机器人管理的智慧渔业车间和江北淡水体量最大的智慧渔业育种车间。连续十八年进行大规模的人工增殖放流，投放优质水产苗种，着力实现"放鱼养水、以鱼净水"效果，增强了水体生态环境的自净能力，带来了"放鱼养水"、"以鱼净水"、渔业绿色循环的生态效益。

同时，养护渔业资源，保护水生生物多样性，推广生态养殖模式，扩大名特优水产品养殖比例，生态高效渔业养殖面积大幅增加，创建国家级、省级水产健康养殖示范场,获得"国家级水产健康养殖和生态养殖示范区""国家级智慧生态渔业标准化示范区"等国家级荣誉称号。

微山湖曾经是出了名的"酱油湖",渔民面临无鱼可捕、无鱼可养的困境。随着沿线工业污染的逐步关停,微山湖渔业恢复了生机,二十多年的时间,微山湖水产养殖面积扩大到六十多万亩,微山湖养鱼富了几代人。高楼乡盐店村渔民孙浩一家赶上了这波渔业发展的红利。从二十世纪九十年代开始养殖虾蟹,几十年的牧渔经营,收入节节攀升。螃蟹收获的季节,一夜收入一二十万元。

渔业兴盛的同时也带来了新的问题。养鱼残余的饵料和农药的残留也污染了水质。

随着微山湖成为南水北调东线工程的重要节点,为了保障输水水质安全,2018年,微山湖省级自然保护区核心区、缓冲区所有养殖生产活动必须全部退出。孙浩一家的养殖池也在退出之列。类似孙浩这种情况的渔民有三万多人,养殖总面积二十多万亩。虽然恋恋不舍,渔民们还是在规定的三年时间内全部退出了养殖设施,舍弃了每年近十亿元的收益。

为了保障一泓清水北上,环保部门对微山湖水质有着严苛的要求。在实验区养殖,渔业养殖尾水排放标准是不低于地表水四类水标准。渔民又在专家的指导下,对池塘进行生态化改造,建设封闭式园区,不往外排水。

改造池塘需要可观的投入,昭阳街道猛进村养蟹大户闫成武,带头示范。他是二十世纪九十年代微山湖第一个引进大闸蟹养殖的渔民,现在,他的一千多亩池塘又成为第一批生态化池塘改造的试验场。在专家的指导下反复进行水草实验,从一亩塘搭配半亩藻维持池塘生态系统,到根据需要不断增加水草种类,用多种水草来保障整个水体的生态系统。

闫成武的试验场，成了打消渔民疑惑的示范场。通过生态化池塘养殖，不仅提高了产量，还孕育出了品质上佳的生态蟹。精养塘的蟹，母蟹净重不低于三两，公蟹净重不低于四两，一亩塘的收入在万元以上。

生态养殖的高质量高效益，使微山湖渔业总产量很快就与退渔前基本持平。孙浩高兴地说："生态好了，渔业也好了，我们的日子更有奔头了。"

"微山湖渔业"由此响亮而耀眼。

统筹推进的调水沿线水质保护和大生态带建设，使流域生态保护高质量发展，水质稳定达标，生物多样性全面恢复，鱼类、底栖动物、浮游植物、浮游动物、水生维管束植物，达数百万吨。微山湖成为迁徙水禽重要的越冬栖息地，是水生植被覆盖度达百分之九十的"水下森林"，还是亚洲最大的草甸型湖泊湿地。二级坝水利枢纽横跨微山湖湖腰，把微山湖分为上级湖和下级湖。2022年微山湖六个国控断面均值达到地表水三类标准，连续十九年稳定达标，二十条入湖河流优良水体比例达百分之八十，确保了南水北调干线"一泓清水永续北上"。

坚定不移的生态优先、绿色发展之路，让微山湖日进斗金，进入了经济迅速发展期。微山湖成为山东省最大的淡水渔业基地，盛产水稻、小麦的商品粮基地，并正在成为以京杭运河和津浦铁路为骨干的交通运输集散基地和以电力、煤炭为主的国家重点能源工业基地。

微山岛更成为国家级5A景区。

四面环水的微山岛，东西长五公里，宽二点五公里，面积约九平方公里。十余处村庄环岛濒水棋布，大运河傍岛而过。

登临岛上的凤凰台，举目四顾，远山近水尽收眼底。时时可以看到千变万化的景色：初春，湖水澄澈，点点渔帆似在银绢素帛上滑动；

生态微山岛　李捷摄

盛夏，数百里湖面花团锦簇，红的嫣然如霞，白的清丽典雅，接天连壤，荷香沁人心脾，大可与杭州西湖争胜斗强，致有"微山湖归来不赏荷"的赞誉；金秋时节，蒹葭苍苍，菰草金黄，水鸟啁啾，渔歌唱晚，千顷湖面采莲摘菱一片丰收景象；寒冬，辽阔的湖面恰如洁净的琉璃世界，偶见小舟滑向冰面，凿冰捕鱼。多变的湖面，扑朔迷离，令人流连忘返。

若水下寻幽，可探水中古留城之胜。留城曾是鲁南政治、经济、文化的中心，市井俨然，楼舍栉比，富商大贾、名流显贵云集，人车熙来攘往。至唐以前，这里一直保持着繁华景象，后因黄河泛滥而淤淹了留城。但民间对留城的失陷却有着神奇的传说。据说，淤陷留城六十年的一天，人们看到过那片水域上复现原城：依旧是古时的市井，古时的车马和身着古装的人。曾有夜渔晚归的船，驶进灯火通明的古城区，与古人对酌言欢。"六十年留城一现"，是岛上妇孺皆知的奇闻。

千百年来，微山岛以庙宇群矗、香雾缭绕的古墓区和神奇的现留城，吸引了无数骚人迁客聚于岛上，发思古之幽情。今日，微山岛更以崭新的风姿而闻名遐迩。

岛上的变化令人难以置信：七座七十米高的铁塔，联袂振臂凌空跨湖，把动力和光明送进岛。岛上羊肠小道已被三十公里平阔的环岛路、穿山路取代，昔日的独轮车道上，如今奔驰着鱼贯而行的旅游车。在发展旅游业的同时，人们重点发展经济建设。全岛退耕还林、还果，新植苹果、核桃、山楂、葡萄等，增建果品、食品加工厂、网具厂、饲料厂。"日出而作，日入而息"的生活方式早已不复存在。茂密的树木，清新的空气，宜人的气候，形成了独具湖岛特色的幽雅环境，果菜质优，老人寿长。

清晨，晨晖初露，百里湖面浮光跃金，白帆点点；旭日喷薄之时，岛上人早已身披霞光，满载而归了；夕阳西下，夜幕低垂，湖水静如练，唯见星星渔火闪动。收音机、电视机的乐曲，在农户中回环；湖滩、山头，飘荡着年轻人弹奏的悠悠琴声。

微山岛伴着时代的节奏前行。被岛上世代视作福星的龟山和虔敬供奉的金船、神童，淡化在酒香中。人们只能从古朴的民风中窥见昨天的微山岛。

微山湖北部的南阳湖，有南阳岛，面积三点五平方公里，居民一万五千人，系顺运河堤筑而成的人工岛。河湖串联，水路交错，京杭大运河在此逶迤而过。岛上树木成林。晴日蓝天如洗，白云飞渡，彩霞映空，水流风动。远远望去，就像一叶轻舟惬意地荡漾在烟波浩渺的南阳湖中。

运河南阳闸，早在元朝即成为运河岸边重要的商埠码头；漕运新渠，令南阳更加繁荣，南阳镇终成古运河名镇。没有铁路的时代，穿镇而过的大运河上百舸争流，河面上渔歌迭起，号子声声，热闹非凡。每天清晨及黄昏，曾经有多少高舟穿过古老的石桥，有多少篷帆向它依依惜别，又有多少航船投入它的怀抱。来自南方苏杭，载满丝竹白米、细软名吃的航船，以及从通州府南下的船队，都在这里停泊。樯橹林立，篷帆蔽日；纤歌悠扬，响遏行云。岛四周渔船密集，如蚁如蜂。沿河长街，店铺鳞次栉比，货物琳琅满目；客商如云，熙来攘往。人不分东西，货不分南北在这里相聚，优美的吴侬软语，爽朗的山东方言，雅气的京腔京韵，随风飘荡……东西南北、五行八作、三教九流汇聚；粮棉油茶、日用百货、农副土产集散。水运之便，舟楫之利，使这里成为鲁西南热土。

"历历千艘北上天，南音入耳总堪怜。微风忽逗吴侬语，却忆昌亭

南阳古镇

夜唤船。"经济的流通、文化的交流，形成了古运河文化。

随着岁月的流逝，大运河顺应时代的需求，改道于岛东侧而行。虽然转移了岛中航行的热闹，却没带走南阳岛的如画之美。小家碧玉玲珑剔透的灵性，经年浸润濡染的水韵荷魂，向人们展示着北方湖岛的独特魅力。

南阳岛的风光优美而恬静，尽情享受着波光水韵的呵护。湖水清澈如镜，湖中数十万亩荷花，把南阳岛衬托得格外美丽。若扬帆湖中，湖风送来荷花的清香，沁人肺腑。四周苇草生机盎然，郁郁葱葱。苇草内水道纵横，若乘船而入，置身其间，恰似迷宫，非经当地人指点引路而不得出。

周围湖面星罗棋布地散布着渔村。或三五家，或十几家，相谐相依，沐风听浪；鸭戏浅滩，鸥鹭翔空。春来风暖柳绿，秋来蒲苇金黄。村里人家，或临河，或面湖；或芦柴小院，或红砖高房，皆柳遮蒲掩，荷苇拂窗。一片朴拙，一片迷蒙。低头闻水韵，举目赏烟霞。远处暮鸦飞入林壑，迷蒙的雾霭掩映岛屿。紫微山影照湖光，绿荷簪水已依依。楫橹摇碎了水中楼阁，水街半开的轩窗中，人秀而隐。

漫步在古老的青石板街，古柳、古街、旗幡、神庙、行宫、龙桥、残碑，唤起历史的追忆。古桥长虹卧波，新苇摇曳多姿。古街人家竖旗杆，土地神庙有香火。岸畔柳风，杨花层层飘落。一座座圆拱石桥，桥下桨声欸乃，桥上市卖声声。小街窄且弯。走进去，常疑山穷水尽，转过屋角，忽又柳暗花明。商店、客店等社会服务设施一应俱全。集市虽小却品类齐全，日用百货、生产物资、鲜鱼嫩蟹、地方名吃，应有尽有。

天色未明，湖上渔村来赶集的船便泊满了岸边。鱼儿的银鳞闪着曙色，鹅鸭的叫声惊动小镇。

小街上，门前铺有荷叶，十张数十张，一片翠色。半明曙色里，小

南阳古镇　杨国庆摄

　　街上闪动着灯盏，野鸭子摆在了荷叶上。太阳升起来，阳光明丽，照耀着半条小街。摆满荷叶的野鸭，油光闪亮，最多时，岛上的鸭锅达百余家。这里卖野鸭，不论斤，论连。对鸭两只一连，四鸭四只一连、三鸭三只一连，六鸭也叫"孤鸭""张鸡子"，六只一连。价钱随行就市，卖鸭人说一声，买鸭人便付钱。交易既成，拣一片荷叶，把油亮的野鸭包了，一股香味递了过去。

　　鸭锅在南阳有上百年的历史。鸭肉细嫩，入口滑爽，清香扑鼻，别有一番滋味。佐以菱香酒，入口绵甜，更兼有菱之清香，常惹酒徒酩酊大醉，久住而不忍离去。旧时常有客商从百里之外奔来夜泊，只为一品南阳鸭锅。

　　而今为保护湖上栖息的野鸭，人们早已收起了猎枪，鸭子实行了人工饲养，其味犹然，产品销往全国，有的还销到了国外。

生产方式发生了变化,但南阳岛靓丽依旧,魅力不减,仍是一个碧波环抱、绿水中分、四时如画的北方水乡。村落、人家依然保持着恬静、自在的形态。岛上儿童戏于桥头,船行于桥下,货贸于岸,叫卖声、捣衣声、桨声、嬉笑声,组成了渔乡独有的交响曲。地方戏曲、京韵、大鼓、花腔、猫腔、渔歌、民间戏法,应有尽有,是民间艺术的宝库。

婀娜多姿、风景秀丽的南阳岛,始终吸引着八方来客。

与微山湖自然生态相媲美的,是微山湖的人文生态。微山湖人的心灵,与微山湖一样纯净、美好、富有。

2020年,种卫国从微山县经济开发区调任微山县渔业综合管理委员会,分管南四湖管理和渔政执法,始终坚持在渔业资源保护、渔业养殖退出、渔业安全生产监管的前沿,对上级交办的各项任务,无论手头工

流动宣讲船在微山湖上穿梭

作多忙，都亲力亲为，不折不扣完成；遇到急难险重的任务，更是不分昼夜、夜以继日，组织县退养专班、有关乡镇成立的专职清理队伍，倒排工期，挂图作战。一次次赴湖区渔业退养一线实地走访调研，与乡镇干部、渔民群众讲政策问疾苦；一个个把关、审查、修改微山湖自然保护的风险分析、工作方案、生态补偿及民生保障政策建议、方案，为上级决策提供第一手资料；一层层压实市、县退养工作专班各项决策部署，落实县乡村三级包保责任制；一村村带领工作人员全覆盖排查退养池塘，哪里清理不彻底，他就出现在哪里。确保了南四湖省级自然保护区核心区、缓冲区池塘退养任务的按时完成。

为切实保护珍贵的渔业资源，种卫国在不断努力学习渔业法律法规和业务知识的同时，始终致力于提升全县渔政执法管理工作水平，努力打造一支高素质的内陆渔政执法队伍。在全县范围全面推行了渔业行政执法公示制度、执法全过程记录制度和重大执法决定法制审核制度，对行政许可、检查、处罚、强制等权力事项进行了全面梳理，明确了执法依据和权限，建立健全了渔业行政执法日常和专项监督、行政执法案卷评查、行政执法责任制等各项执法监督机制；依法行政，以违规渔具渔法清理整治、水产种质资源保护区执法为重点，组织开展"中国渔政亮剑行动"。同时努力树立渔政队伍的良好形象。在抗击"烟花"台风时，他带领广大湖区执法人员日夜迎风冒雨转移湖区群众，救援落水被困人员，把湖区群众生命财产损失减少到最低限度。

渔业是一个高风险行业，种卫国把渔业安全生产工作作为渔政执法管理工作的核心，以"平安渔业"建设为中心，梳理了渔业安全生产责任清单，建立了县、乡、村三级安全生产责任体系。针对湖区群众临水不穿戴救生设备多发现象，不间断组织开展专项执法检查，并对个体渔业生产船舶船主进行渔业安全生产全员培训。特别是在节假日及重大活动期间，为确保全县渔业安全生产形势稳定，在重大活动安保期间和汛期、国庆等特殊时间节点，深入基层一线，确保全县渔业安全生产形势的平稳可控，实现了渔业安全生产连续"零"事故的目标。

2021年，微山县被农业农村部授予"全国平安渔业示范县"荣誉称号。

退养还湖政策实施后，高楼乡网围面积要从十万亩压缩到一点六万亩。渭河村的孙茂东，不顾家人劝阻，卖掉了家里生意好、来钱快的水上运输拖船队，回村当了村主任。领着村干部挨家挨户说服乡亲：压缩网围面积既是为了维护大湖生态，也是为了规范养殖、提升效益。顺势引导大家根据渭河村丰富的原生湿地和渔家文化，转型发展，办起旅游餐饮。村委会出台奖励政策，每家给予扶持资金，在五段河建设船船相连的水街。水街初具规模后，村民纷纷把住家船从自家池塘迁到五段河，开办渔家乐、民宿饭店，"微山湖渔家水街"迅速名闻遐迩，很快成为集餐饮、娱乐、休闲、度假于一体的旅游景点，被评为"全国农业旅游示范点""山东省旅游特色村"。渭河村从原来贫穷落后的小渔村变成了现在远近闻名的富裕村，居民人均纯收入突破三万元，村集体年收入达到一百二十多万元。

孙茂东并没有因此满足。渭河村过去养殖主要是四大家鱼，经济效益低。他大胆尝试引进大闸蟹养殖，率先示范获得成功，乡亲纷纷跟进。继而，渭河村联合周边的三个村成立养蟹专业合作社，注册"八条腿""江北第一湖"等河蟹商标。2012年3月，高楼乡被中国渔业协会命名为"中国河蟹之乡"，微山湖大闸蟹连续多年在全国河蟹大赛中荣获"金蟹奖"。养蟹场成了村民致富的聚宝盆。

孙茂东先后获得"全国劳动模范""中国乡村旅游致富带头人""全国十佳农民"等荣誉称号。不幸的是，疫情防控的连续工作透支了他的

孙茂东纪念馆

身体，2020年他永远地离开了他深深挚爱的父老乡亲，没有辜负自己"为村民工作到最后一刻"的铮铮誓言。他走的那天，渭河村水街两侧的大小船只上站满了自发前来送别的群众。人们为他建立了纪念馆，为一代代后人竖起了丰碑。

微山岛镇墓前村医师张波，从医学院毕业后，放弃了济宁市医院的聘用，带着老师送的近两万元常用药品，回到了家乡做了乡村医生。

微山岛上十四个村，四千多户人家。张波把简陋的家里当卫生室，后来，借了表哥的四间门面房。几年后有人要租赁表哥的房子开饭店，家人劝他回济宁挣工资，他坚决不走，因为乡亲们已经离不开他了。

张波从一开始就坚持先看病后给钱，拿不出医药费就先欠着。淳朴的乡亲到年底大多数都会来还账，还不起账的他从不提起。多年来患者欠下几十万元药费，他照旧坚持先看病后给钱。欠账多了，卫生室运转不开，他就去信用社贷款。为了偿还贷款利息，他参与了哥哥和表叔的养殖和船运。

相反，卫生室扩大，乡亲有的捐钱，有的出义务工，完工后，张波拿着出工单挨家挨户送工钱。上级多次表彰给的奖金，他不留一分，都捐给了村里几家有重病人的家庭。他是个有情有义的汉子。最早支持他回乡的老师在世时，他逢年过节都去看望。老师病重时，他去济宁陪护了将近一个月，直到恩师去世。

张波的存在为乡亲患者增加了一股信心。村里有个骨癌患者，大医院诊断说最多还能活三四个月。张波对他说，没事，你能撑过去！好多年过去了，这位患者依然活着。

央视举办大型公益活动——"寻找最美乡村医生"，张波毫无争议当选。

80后青年王少朋，是微山县邮政分公司南阳支局的投递员。支局在微山湖中的南阳岛上，四面环水，进出都靠船只。王少朋每天投递的七个村分布于南阳岛四周的小岛，一圈走下来六十多公里，其中水路近五十公里。船上的柴油发动机噪音大，跑得慢，但因为耗油少，节省成本，他不肯更换；遮阳的铁皮棚夏天晒得滚烫，他大汗淋漓，一身透湿；湖上的严冬风霜刀剑，他手脚冻伤，三天两头感冒发烧；特殊天气狂风突起，电闪雷鸣，船被风刮上滩涂。风雨一过，他就赶紧把船推进水里，一推好几个小时。大雾等雾散，结冰破冰行，都是平常事。在他之前，支局招工跑这条邮路的人，没几天就选择了离开。

从2007年进入支局，王少朋一直负责这条唯一的水上邮路，每天带着妻子准备的午饭，驾一叶孤舟，往来穿梭。十二年，在水上走了三十多万公里。每年投递报纸、杂志、函件两万多份，包裹五千多件，投递准确率百分之百。王苏白村远离南阳岛，岛上一个高中毕业生随父母搬了家,电话打不通,大学录取通知书的快递无法送达,按例可以退回寄件人。他整整找了三天,终于把通知书送到那个幸运的孩子手上。

湖上渔民居处分散,十几年的投递,让王少朋熟悉了许多村民,他还成了七个村子的"带货郎",在日常邮递的同时,免费带货。村里的留守老人,出门不方便,他就垫钱买了他们所需的东西从镇上捎过来。他于是被称作"湖上鸿雁",被评为济宁"好人之星""山东好人"。

但王少朋认为,这都是他的工作、他的本分。

就是这些淳朴、善良、赤诚、有情有义的人,创造着微山湖的今天和未来。

微山湖因商代贤者微子得名。但是,今天的微山湖人不需要借助古人的光环,他们本身就闪闪发光。

金乡银山

关仁山

关仁山，河北唐山人，当代文学家，中国作协第九届全委会委员。现任中国作家协会主席团委员、河北省作家协会主席。在文坛，与作家何申、谈歌合称为河北的"三驾马车"。

主要著作有长篇小说《天高地厚》《白纸门》等6部，中短篇小说集《关仁山小说选》《野秧子》等8部。2004年获中国作协中华文学基金会第九届庄重文文学奖。长篇小说《天高地厚》荣获第十四届中国图书奖、第八届全国少数民族文学创作骏马奖。小说集《关仁山小说选》获中国作协第五届全国少数民族文学奖。小说《船祭》获香港《亚洲周刊》第二届世界华文小说比赛冠军奖等。部分作品翻译成英、法、日文字。作品多次改编拍摄成影视作品或话剧等。

世界大蒜看中国，中国大蒜看金乡，金乡大蒜看崔口村。大蒜产业带动金乡县出了名，成为名副其实的"中国大蒜第一村"。崔口村农民富裕了，如今又赶上乡村振兴好政策，家家户户住进了别墅。

崔口村这地方，大年三十吃饺子。家家户户包饺子，村子到处是一片咚咚的剁馅声，夹杂着零散的鞭炮声，气氛喜悦、欢腾。

中国大蒜第一村　李勇摄

可是，老支书韩允其记得，1978年春节没有这种声音了。他刚刚接任村支书，崔口村的春节是沉寂的。天气寒冷，他披着棉袄走进了村民赵方斌的家。门帘在寒风中瑟瑟抖动，一只瘦狗卧在门槛。韩允其走进来，看见赵方斌和老婆呆坐着。

韩允其问："咋没包饺子？"

"哪有钱买肉啊！"赵方斌沮丧地说。韩允其知道，赵方斌与他老婆结婚的时候，一家四口人都沮丧着脸。赵方斌与家人分了家，分到六亩地、两间破旧的老宅、两元钱和半缸咸菜水。房间里空空如洗。他一年花费一元两角钱买了点盐，饥寒交迫。韩允其望着桌上的盐水煮白菜，心中一阵疼痛。他想帮赵方斌，可是他家也吃不上饺子。

赵方斌叹息说："支书，这苦日子啥时到头啊？"

他悲伤的眼睛是灰色的。

韩允其沉重地说："甭说了，我当这个支书，就是想带领大家拔穷根儿，过好日子！"

赵方斌紧紧握着韩允其的手，脸上挂着泪花。

韩允其走出来的时候，下雪了。有灯光的夜晚，雪像天幔，洋洋洒洒地飘动，七扭八歪的车辙被雪盖住了。他揉了揉眼睛，满脸露出掩饰不住的愁容。有的人家吵架，穷了就掐架。男人打女人，女人的哭声在雪夜里显得格外凄冷。他深深叹息了一声，怎么办？怎样才能拔穷根啊？

远方风雪凄迷。无论如何，韩允其已经站在风口浪尖上了。他想，不能穿新鞋走老路，不能头疼医头脚疼医脚，而是要一劳永逸地、系统性地彻底解决贫困问题。

韩允其到处奔波，寻找致富的好项目。农民土里刨食就是苦，穷和苦，每个人都在面对，如果天天喊苦，那就失去了承担的心。首先要解决村党员干部的思想问题，他带着党员们去了三里地以外王杰村。王杰是英雄模范，他们村原名叫花鼓村，1968年为纪念王杰更了名。韩允其入党后经常参加"王杰大讲堂"学习，王杰的"一不怕苦，二不怕死"的精神渗入他的骨髓，他对党员们说："我们不苦干，不拔掉穷根就对不起王杰！"

党员们心悦诚服地点头。

村无片瓦，天空一下雨，屋内漏一片。韩允其想，穷则变，变则通。农民命再苦，日子再难，大家有了精气神，始终充满希望。韩允其马不停蹄地就开始寻找好项目，这当中要解决面临的困难，关键时刻却无能为力。他觉得农民还是得从土地里要效益。他腿杆跑细，嘴皮子磨薄。到了1982年春天，韩允其终于找到了大蒜项目，这使他彻夜难眠。金乡地处黄河冲积扇平原，土质细腻疏松，土壤透水透气性强，气候条件也适合大蒜的生长。

"种大蒜吧，是麦子收入的三倍。"

赵方斌嘴笨心粗，胆量小，被人拿捏着长大。他默默地吸烟，半晌不说话。他们不是没有种过蒜，那东西挣钱吗？

韩允其一时火起："你小子还是不相信我，是吧？"

赵方斌叹息说："唉，怕是行不通啊！"

韩允其扔给他100块钱，劈头盖脸地骂："前怕狼后怕虎，噘嘴骡子只配卖个驴钱。你是党员带个头赶紧买蒜种吧，挣了是你的，赔了算我的！"

韩允其转身走了。

这话让赵方斌难以承受，一股血冲上头顶，喃喃说："他奶奶的，干！"

赵方斌开始在自家六亩地上种大蒜了。

憋了一冬，万物都醒过来了。麦田上的冬小麦浇了头茬水，黑绿而密实。不破不立，为了显示决心和魄力，韩允其和赵方斌亲手毁了自家的麦田，抢种上了大蒜。

韩允其支书到外地跑销售。赵方斌的每亩大蒜收入高于种小麦三倍，他手头宽裕起来。第一年夏天，别人收麦子，他们开始收大蒜。韩允其三天三夜往汽车里装大蒜，没有合眼。

韩允其从山东农科院引进了俄罗斯无薹大蒜，亩产是当地大蒜的三倍。前前后后三年，崔口村人多数种植了大蒜。崔口人种植大蒜富裕了。乡下人仿佛连灵魂都裹着一层泥土，大蒜就被泥土包裹，那是乡亲们致富的希望。消息像雪片一样传开了。县委领导带人到崔口村开了现场会，县委书记坚定地说："我们是金乡人，只要有信心，大蒜变成金。"他的声音圆鼓鼓的，像一头头大蒜。

蒜农在种植大蒜　方建兵摄

大蒜丰收，蒜农喜笑颜开　方建兵摄

1982 年金乡县开始大规模种植大蒜。

院里一棵石榴树开了花，红红火火一片，在太阳的照射下，显得浓艳无比。韩允其发现乡亲们感情和心理有了变化，人们懂得爱护集体了，彼此也友爱，心底的笑是用友谊唤起的，多少眼泪是用爱擦干的。忙忙碌碌的，唯独不忘生命中让他温暖的景象。

崔口村的蒜丰收了，他们迎来了一年最繁忙的收获季节。收蒜、去皮和装箱，一车一车大蒜从这里发往全国。

这天凌晨，韩允其装完蒜从草棚里出来，累得弯腰弓背。他穿过田埂向家里走去，发出疲劳的叹息声。他的脚肿了，体力明显不支，浑身关节隐隐作痛。他走到了村口，想歇一歇，可是这一歇就站不起来了。老伴和儿子找到他，将他背回了家。

到了1992年夏天，韩允其和乡亲们一样，为大蒜丰收而高兴，同时也有种说不出来的焦虑、隐忧和无奈。如果将大蒜即刻卖出去，卖不出个好价钱，夏天出蒜，春节时出售会卖个好价钱。所以大蒜的储藏成了利益增值的聚宝盆，这隐隐让他产生了烦恼。怎么破解这个难题呢？说到储藏，崔口村只会传统储藏、挂藏、架藏和坑藏。这种低层次的储藏时间短，弄不好还致使大蒜干瘪、霉变和腐烂。往往顶不到春节就随手廉价卖了。韩允其为此想了好多办法，最后的路就是必须进入现代储藏，建标准的冷藏冷库。韩允其将这个话题推到了村两委会上。有人担忧，建冷库那得花不少钱。然后还有人说："这可是我们几代人做梦也不敢想的事啊。如果有闪失，我们以前就白赚了，还是应该稳扎稳打。"韩允其不说话，他请来了储藏专家，让专家给大伙上课。冷藏分为冰冷却储藏和机械冷库这两种形式。专家跟大家做了讲解，讲解之后，大家还是默不作声，目光集中在韩允其的脸上。韩允其将目光落在赵方斌的脸上，韩允其说："方斌，你是老党员，你说说。"

赵方斌迟疑了一下说："建冷库，这是大好事儿啊。这冷库把大蒜储藏起来，增值啊，这可是白花花的银子呀。"韩允其欣慰地一笑。还有人举着手说："建，凡是韩支书提出的事儿，都是好事，我都支持。可是建冷库不是盖猪圈，多少钱建一个啊？"专家说一个中等规模的冷库，至少投资30万。韩允其斩钉截铁地说："大家举手表决，如果达成了共识就干，宁可押上家底儿，也要建冷库！"意见统一之后，赵方斌还是隐隐有些担忧，如果冷库失败或赔钱，担心崔口村经不起这致命的打击。韩允其看出赵方斌的心思，带他到县政府跑了跑。县长都支持，还有什么可担忧的？他们一是跑手续，二是跑资金。手续齐全了，银行贷款也谈妥了，崔口村进入了建设冷库的热潮。

到处摆开了基建的战场。村头空地上，脚手架密密麻麻，喊声震天。

冬天了，虽然寒风扑面，韩允其和乡亲们依然兴奋。韩允其忙着，经常是忘了吃饭，头也顾不得理，黑发乱蓬蓬地搭在额头上。

冷库建到了第二年春天清明节之前，大地的绿色开始惹眼了，气候骤然间转暖。大地差不多完全解冻，万福河两岸的柳树、槐树和杨树已经萌发了绿意，青草顶破潮润的地皮。这时间开始调试制冷设备，一座座冷库矗立起来，给田野平添了活泼的生气。有了冷库，崔口人的生意就活了，顺了，夏天出蒜，自己的大蒜入库，还可以到其他村庄收蒜。冷库门前繁华热闹起来，外地的车辆来了，熙熙攘攘，像是赶大集。韩允其望着这个场面一阵激动，脸上湿漉漉的，一抹才知是泪水。

1997年夏天，韩允其接待了一位神秘的客人。这个客人叫王新健。他和弟弟王新华陪着老爹来到了崔口村。王新健20岁出头，个头不高，板寸头，笑起来有两个酒窝，说话是东北口音。他喊了一声韩支书，就彬彬有礼地递烟。韩允其望了望一老俩少，愣了愣："你有什么事吗？"老人不善言谈，弟弟也不爱说话，王新健却是快言快语。王新健说明了他们的来意。他们一家想落户到崔口村，还想承包大蒜冷库。

韩允其叹息了一声，为难了，在地上转了一圈，没有明确表态。韩允其继续询问，这才知道他们的祖籍是山东潍坊，祖辈闯关东落户到了吉林省白山市。这两个孩子在东北出生，他们14岁的时候，母亲就去世了，父亲带他们长大成人。为了让父亲过上好日子，他们向父亲要了两元钱做本钱，去街上卖汽水。王新健和弟弟王新华推着小车儿卖冰棍、卖菜。他们深知流浪的滋味儿不好受，打工卖菜干了好几年，还是无家可归。后来他们在寿光卖菜挣了第一桶金，听说金乡崔口村大蒜厉害，就决定投奔崔口村韩支书。韩允其说："你们挺不容易的。"

村委会的人越聚越多。村里的老百姓对韩允其恭恭敬敬的，可当他们听说有外地菜贩子盯上了村里大蒜生意，就七嘴八舌地嚷嚷开了。"支书，这事不能答应啊。""让外人插手冷库，我们就没有饭吃了。"韩允其听见乡亲们的七嘴八舌，心中犯了难。王新健睁着眼不吭声，牙齿快把嘴唇咬破了。韩允其躲开王新健的目光，低下头，左右为难地叹息。王新健辩解说："支书，我们是来做冷库的，不是抢乡亲们饭碗的，你就开开恩吧。"他的声音近似哀求。韩允其显得很为难。王新健也有些绝望了。王老汉剧烈地咳嗽起来，脸色阴沉着转身走了。

韩允其怔怔地望着他们远去的背影。其实，王老汉到崔口村租了一套房子，住下就一直咳嗽，好几天不吃不喝也不出门。他们考察了大蒜市场，就想着在崔口村扎根搞大蒜。

韩允其陷入痛苦的纠结中。他想来想去，出于怜悯，还是想把这爷仨留下来。崔口人不能吃独食，胸怀天下仁厚待人。听说他们要走，韩允其提着一篮子大蒜要去挽留他们。他想把大蒜给王老汉吃，吃大蒜可以治他的支气管炎。

上午，天空打雷。韩允其来到他们出租房的时候，听房东说，这爷儿三个刚刚退房走了。韩允其一惊："走啦？"他急忙追到了村口。

韩允其在村口截住了王家父子。

下雨了，村口老树迎着狂风暴雨战栗着。雨点砸在脸上，脸皮一阵麻涩。王新健听见韩允其的喊声，他的眼睛豁然一亮，惊讶地喊了句："韩支书？"

韩允其说了一句掏心窝子的话："新健呐，那天你们爷仨走了，我心里就不好受。我思来想去，就凭你们哥俩对你爹的孝敬，就是好孩子，留下来吧，崔口村欢迎你们。"王新健感动得泪流满面。

王新健承包了冷库，没两年，自己就建了三个库。

王新健宴请韩允其等人吃饭，说："为财不唯财，利国更利民。"

他很幽默，一语即出，满座干杯。他继续说了他的大市场概念，谋求真正的农村三产融合。他的声调越来越高，情绪更加激昂了。

韩允其听得眼睛都直了，感觉眼前的王新健疯了。

王新健没有疯，头脑清清楚楚。他又说了自己的宏图战略和远景规划。韩允其愣愣地听着，虽然听不明白，却为自己当年留下这个敢想敢干的小伙子而得意，眉头中间的那颗疙瘩舒展开了。

王新健的脸憋得发紫，急切地说："叔，这一波发展机遇，咱崔口人不能掉队啊！"

韩允其憨厚地点头："叔老了，往后就看你们年轻人的了。"

崔口村的年轻支书韩金龙接班，韩允其不再担任支书。事业的未来属于年轻人，艰难的创业就是需要这种火焰带来的温度。韩允其依然是村里的公司东运集团的董事长。即便他退位了，依然是崔口村的核心人物，村里百姓的事总有操不完的心，他有他的事情，他的心思依然在大蒜的科研上。心有山海，静而不争，心有百姓，荣誉自来。韩允其获得了好多荣誉和奖状，按他的理解，"荣誉"这个词的含义就是义务。

这年夏天，空气被烈日炙烤，蒸腾着，像一束火焰。韩允其没有想到，春天遇到了大蒜烧苗儿枯萎而死。韩允其带领乡亲们经历了一场搏斗，战胜了烧苗病。但是收蒜的时候，大蒜还是病了。

蒜瓣不是出黑点就是腐烂。有的人家蒙了，有的人家哭哭啼啼。人们黑压压地围在他身边，现场无声无息，只有热风吹过的声音。谁也没有想到会发生这种事情。韩允其急火攻心，一口痰堵在喉咙。他眉头皱着个疙瘩，心里想怎么解决这个难题。在这个寂静漫长的夜晚，韩允其失眠了，他想了很多。下雨了，雨水在灰瓦屋顶不停地敲打，他躺着，脑子里却是走马灯似的，乱哄哄闹个不休。在他的幻觉中，头头大蒜闪着白光，像玉石。他就有一股不服输的劲头。哪儿跌倒，从哪儿爬起来。

天亮的时候，韩允其决定请专家给大蒜看病。出了村庄，站在河岸上，脚下是淙淙的流水声。水面浮动着苇叶和杂草，河风涌上来，吹得他眼睛发涩。他去省农业大学请来了大蒜专家。专家来到村里，对大蒜进行检查研究，很快查出了病根儿。大蒜得了黑头病，这与种子有关，与管理也有关系。看来人不能蛮干，还不能赌气，要深思熟虑再做选择，一招不慎，满盘皆输。专家给蒜农上课，强调在种子上要严格把关，储存时控制好温度、湿度，对土壤处理、水的运用都做了精确的辅导。

韩允其从专家的话里悟出，大蒜的种子和种养一样重要，选种成了突出的问题。他有些激动，眼皮儿跳了跳。

探索是阵痛的，也是欢心的。韩允其的关注点从黑头病转移到大蒜种子退化问题上。如果蒜种退化，不仅爱得病，还影响产量，他决定在大蒜的种子上下一番功夫。他去山东农业大学请来了刘世奇教授，他是专家、博士生导师。韩允其说："刘教授，我们的种子就靠您了。"刘教授点点头，说："崔口村应该成立一个大蒜种子研发室。"韩允其一愣："这要投多少钱？"刘教授算了算，估计要400万到500万。韩允其眼睛一亮，大蒜种子研发必须要突破。他紧紧握着刘世奇的手说："我们就请您当专家了，攻克大蒜种子难题。"

几年过去了，种子研发有了成果，韩允其佝偻的腰突然挺直起来，他又走到了河岸上。阳光洒满河面，水面波光粼粼，他笑了。

2000年春天，大地转暖。崔口村规划建设别墅，412户人家建设412套别墅。数字统计上来了，村主任对韩允其说："支书，住别墅一家也不能丢吗？"韩允其坚定地说："一家也不能掉队。"可是，还是有人掉队了。村东头的老赵家没有钱。老赵和他老婆患了心脏病，俩人都做了心脏支架，身体虚弱，脸像白纸一样苍白，哪有钱住别墅呢？韩允其来到了老赵家嘘寒问暖。老赵小心翼翼地说："韩支书，大伙儿住别墅，

中国大蒜第一村——济宁市金乡县崔口村

我不眼红。我就住这老房子，挺好的。"韩允其愣了愣，望着他。老赵被他目光逼得有些紧张。韩允其说："你家的别墅已经降到了15万。"老赵摇了摇头，痛惜地说："得病败了家，15万也掏不起呀。凑来凑去，就凑了2万块钱。"韩允其想了想说："老赵，村里盖别墅一个也不能丢。你有2万，村里再补3万，还差10万，对吧？这10万我韩允其个人替你掏啦！"老赵一愣，惊慌摇头："支书，这使不得，使不得啊。"韩允其说："就这么定了。"韩允其说完转身走了。

老赵夫妇望着韩允其的背影，眼眶湿润了。

赵方斌种大蒜建冷库，富裕了。手头有了钱，还想干点公益。有一天，他偶然碰见一个事，村里有孤寡老人没有人照看，他就有了新的想法，血一下子涌上了他的脑袋。他将韩允其请到家里喝酒。

酒过三巡，赵方斌红着脸，欲言又止，仿佛有一肚子的心事。韩允其一愣，说："方斌，有话就说，有屁就放嘛，别装蒜啊。"赵文斌愣了一下，说："老韩，我想干点事儿。"韩允其问："你要干啥事儿？"赵方斌谦逊地一笑说："我想投资建个幸福院，让村里60岁以上的老人都过来，免吃免住。"韩允其嘿嘿地笑了："你赵方斌是老党员，好样的，你有这份心，当初算我没有白帮你。"

赵方斌圆圆的脸静如佛面，嘿嘿笑了。

天黑透了，赵方斌把韩允其送走后，把这个想法和孩子、老婆一商量，家里人都支持。赵方斌说干就干。三十万的投资，小院像模像样了。村口幸福院揭牌那天，韩允其亲自剪彩，噼噼啪啪的鞭炮响起，村民欢天喜地。韩允其望着第一批搬进来的老人，抬手擦掉皱纹里的泪水。

几年下来，韩允其听说王新健的凯盛集团火了，建成了大蒜蔬菜产业园，建设了庞大的物流城，开始南菜北调、北菜南调。崔口村受益，金乡也受益了。他们建设了亚洲最大的冷库，资产突破53亿。这小伙子眨眼间就成事了。韩允其心里高兴。

这一天，他被王新健接到了凯盛集团总部。王新健搀扶着韩允其的胳膊说："韩支书，你终于肯到我这儿来了。"韩允其呵呵地笑。王新健给他讲起生意经："我给你个萝卜，你给我个黄瓜，直接以货易货不就可以了吗？"他从客户吃亏现象中得到启发，并根据金乡县的大蒜、辣椒等农产品产销优势，提出了"大蒜货币"的概念。以向泰国出口大蒜为例：他把大蒜卖到泰国，以泰铢结算，然后再用泰铢购买同等价值的榴莲、山竹等水果，进口到国内分销。这样就避免了被"剥皮"，而且将货柜"满去空回"变为"满去满回"。

王新健还发现，国内企业进口水果时也得换成外币买，一样会被剥一层皮，一出一进被外币两头剥皮。"基于此，大蒜货币具体就可以这

"金乡大蒜号"国际冷链班列开通

样操作：先让国内的进出口产品市场合作起来，形成一个担保平台。我的大蒜在泰国卖了钱，在担保平台的担保下把钱交给国内果商，用于在当地购买山竹，进口到国内卖了钱以后，再把当初的大蒜钱给我，形成一个大循环，有多少是多少，一分钱也不会少。"

韩允其听着感到越来越神奇。

"大蒜货币"不仅能为出口企业规避资金风险，还能避免因兑换外币、货币利息带来的经营损失，同时还能实现双份贸易，增加贸易黏合度。即便是担保平台一时难以形成，也不会影响"大蒜货币"的具体操作。他会通过金乡的大蒜出口网络物流优势将东南亚一带的水果和海产品带回国内，再通过他们建设的国内首家综合农产品拍卖交易中心辐射到全国各大农批市场。

王新健不忘奉献社会，不仅成立凯盛慈善基金，每年注资不少于100万元，而且签订690余万元扶贫协议，60个贫困户通过他的扶贫岗位每年增收4700元……买贱卖贵者，谓之贩。王新健在这一买一卖中做到了平衡利己和利人，兼顾自家与万家。

王新健回馈社会，这是韩允其最爱听的，他嘿嘿地笑了。

韩允其站在蔬菜展厅，望着电光闪闪的模型，那是大蒜的模型，大蒜生长的过程历历在目，闪闪烁烁。他仿佛闻到了蒜的味道。企业家、老板韩允其见多了，没什么稀奇的，可是他今天真的惊着了。他站在楼顶，楼顶的蓝色加重了宏伟的气氛。韩允其感叹道："新健是干大事业的好汉。"王新健谦逊地摇头，说话还是那个速度，显得底气十足，感觉他还有一身的力量。韩允其看到了王新健的勇气、智慧和坚韧。王新健在公司宴请了韩允其老支书。王新健向韩允其敬酒，激动地说："这第一杯酒，敬我尊敬的韩支书，要不是您当年留下我，就没有今天的王新健。"韩允其微微笑着，喝着酒，擦去差点溢出眼眶的泪水，欣慰地说："新健，这家业都是你干出来的，你为咱崔口村争了光，为咱金乡争了光。"

这天晚上，天放晴了，等到月亮升起来的时候，韩允其回到了崔口村的家里，一排排别墅和冷库被月光笼罩着。他在夜里暗自说："这月色呀，白得像大蒜。"他的声音有点儿颤，宛若幸福的呓语。乡亲们都静静地睡去了。但他难以入眠，这是他退休以来最快乐的夜晚。毕竟，人生是阶段性的，谁也不能割断历史。越往岁月深处走，越能看到具有王杰精神的力量，在金乡普通人心中扎根，在乡村振兴中开花结果。

遍地风流

王久辛

王久辛，首届鲁迅文学奖诗歌奖获得者，中国诗歌学会副会长，中国作家协会诗歌专业委员会委员。先后出版诗集《狂雪》《狂雪Ⅱ集》《致大海》《香魂金灿灿》《初恋杜鹃》《对天地之心的耳语》《灵魂颗粒》《大地夯歌》《蹈海索马里》《我确信进入了月光》，散文集《绝世之鼎》《冷冷的鼻息》《刻骨双红豆》，随笔集《他们的光》，文论集《情致·格调与韵味》等。2008年在波兰出版发行波文版诗集《自由的诗》，2015年在阿尔及利亚出版阿拉伯文版诗集《狂雪》。曾任《西北军事文学》副主编、《中国武警》主编。

风流，《辞海》上有多种释意，概括起来有：风采特异、才华横溢、自成一派、放浪不羁、不同凡响、笃厚疏阔、流风余韵、仪态洒脱、倜傥豪迈、情色卓然等。当代著名哲学家冯友兰概括得简单，也深奥，就八个字，四个词，即"玄心、洞见、妙赏、深情"。每个词都可以单做一篇文章，而合起来就是一篇阐述风流的大文章，引得无数才子纷纷启心动智、挥毫书臆。而济宁给我留下的印象，恰恰也是这"风流"二字。归来半月有余，每每想起任城、曲阜，想起济宁的历史风华、人文情色，我便忍不住玄思冥想，那不仅是帝王将相、才子佳人的荟萃之地，更是先圣鸿儒、诗人作家播撒思想与文明的人文肇始之地。济宁三日，虽不敢说洞见了至圣先贤的哲慧、诗文心，却也赏得了些许风情物色之妙处，产生了难忘于此之山山水水的深挚之情……

## 第一日：4月17日

　　我是从景德镇出发，在上饶转换高铁，经过五个小时飞驰，到达了曲阜。因为没有直达飞机，须要中转，加上候机时间，其实还不如乘坐高铁，转一次，不出站，之后上车，就可以高枕无忧地抵达。的确，高铁比飞机便捷，在我们祖国的大地上穿行，我有一种史无前例的自由自在且宽松裕如的感觉，只要你想去，手机上点几下，就办妥了一切出行手续，而且准时。这大概就是世界通用的流行语——自由行吧。

那天下午4点10分左右，任城区委宣传部的梅长智与司机徐鹏就接上了我。在去市区的路上，我问二位："除了孔子，咱济宁还有什么历史名人呢？"他俩几乎异口同声地告诉我："还有李白、杜甫、贺知章，写《桃花扇》的孔尚任等，他们都在咱济宁生活过。其中李白一家就在这儿生活了23年之久；孔尚任也两次归隐并终老于此。""当代名人有吗？"小徐脱口而出："乔羽呀！我接待过他，人特别和蔼，还是我们济宁口音，一点儿没变。明星靳东，也是咱们济宁人。""还有吗？比如当代的作家诗人？"他俩沉默了。

其实，在我心中，济宁还有一位当代著名诗人郭路生，即食指。他1948年生，1971年参军，1973年退伍，后患精神分裂症，1975年病愈。他写于1968年的诗歌《相信未来》《这是四点零八分的北京》与写于1979年的《热爱生命》等，曾经风靡全国，产生了巨大的反响。作为北京市作家协会的理事，我们曾经多次相见，一起参加采风。记得21世纪之初，在北京门头沟状元村采风，晚上入住龙泉宾馆，我和树才在他的房间里谈诗。他直抒己见："新诗一定要有韵律，而且要尽量押韵，尽量整齐。"显然，他对新诗的不讲究，没规矩，很不满意。他说："诗，凭什么是诗？就是它不是大白话，是有规定性且有韵律的高度凝练的文字。"那天晚上，他激情澎湃地给我们诵读了他的新作《暴风雪》。他有一张国字脸，身高一米七八以上，朗声笑眉，言语间有一种挚爱的深情于诵读的诗句中款款流溢，而他的眼睛也随着一个字一个字地诵读而发出奕奕的神采……在百年新诗的史册上，食指绝对是入典诗人，而且不是一般的提及，而是有一章一节的诗人——他是济宁的土地上生出来的诗的精灵。他说他的诗，是"窗含西岭千秋雪"的"窗"，是时代、历史之"窗"，每首诗都可以见到时代、历史的"千秋雪"。正如他在《相信未来》中所展现出的历史逻辑，与之后写的《热爱生命》所揭示出的对生命的珍爱，等等，都让我们看到了他的那颗心与一个时代脉搏同频共振的怦怦跳动之声。他是济宁的老娘土养育出来的一位必将传世的诗人，是具有时代标识度与辨识度的诗人。我不知道他的老家济宁鱼台有没有他的纪念馆，要有，我一定要去观瞻。据我所知，食指仍健在，现居北京，今年75岁。为人低调，不爱抛头露面，诗坛上几乎没有他任何消息。他像金子，你看不看他，他都放在那里——金灿灿地存在着……

"王老师，到了。"

我以为到宾馆了，结果是把我直接拉到了太白楼，而且一拉开车门，太白楼的负责人带着讲解员，已经站在了我的面前。济宁的采访工作已经开始了。

猛的一下要朝觐诗仙李太白，我一点准备都没有。不过，我有足够的敬仰与敬爱。拾级而上，进入城墙之上的景园，只见一座二层楼的檐下中央，白底黑字写着"太白楼"三个字。首先，我绕着全楼仰观一圈儿，对墙上的颂联逐一敬诵。关于这座太白楼，据说是公元861年吴兴人沈光为该楼篆书"太白酒楼"匾额，作《李翰林酒楼记》而得名。公元1391年，左卫指挥使狄崇重建太白楼时，将"酒"字去掉，遂成"太白楼"。而我却在心里嘀咕不止——去了"酒"字，李白还是李白吗？

此楼建在三丈八尺高的城墙之上，坐北朝南，十间两层，青砖灰瓦，游廊环绕，斗拱飞檐，雄伟壮观，占地6000平方米。正厅有李白半身雕像；二楼正厅有明人所书"诗酒英豪"，下嵌李白、杜甫、贺知章全

![](太白楼 郭刚摄)

太白楼　郭刚摄

身阴刻的"三公画像石",李白居中,体态典雅,眉目俊秀。让我最感兴趣的,是楼下东面空地上李白手书"壮观"二字的石刻,这两个字完全打破了我对李白书法的想象。我想象中的李白书法,应该是怀素式的狂草,一如李白诗中所绘:"飘风骤雨惊飒飒,落花飞雪何茫茫。起来向壁不停手,一行数字大如斗。恍恍如闻神鬼惊,时时只见龙蛇走。左盘右蹙如惊电,状同楚汉相攻战……"以我的想象,李白的书法就应该是"一行数字大如斗""时时只见龙蛇走""状同楚汉相攻战",而不是展现在我眼前的这块圆融周正、端庄拙雅的"壮观"石碑。他必须是怀素式的狂风骤雨，而不应该是苏东坡式的大腹便便。蓦然间我想起了李白的《上阳台帖》，那帖上的字也不够狂，只有稍许的挥洒，而且也是有限度、有克制的张扬。这倒让我玄想起来：也许我们想象的李白，比如浪漫，比如轻狂，比如俊逸……这许许多多的比如，事实上都不是李白，而恰恰这个圆融周正、端庄拙雅，才是李白？或种种我们想象的李白，仅只是李白的一个个侧面，我们统统想偏了，而忽视了圆融通达的李白、端庄周正的李白、粗壮细腻的李白、拙朴雅致的李白。在现实生活中，我们不就常常遇到这样有着多重性格与多个侧面的人吗？记得20多年前评论家雷达就对我说："认识久辛这么多年，我就想象不出《狂雪》是出自久辛你之手。"我问为什么，他说："我想象的《狂雪》的作者，最少应该是个五六十岁的狂老头子。"而当时我也就三十郎当岁啊。可见，主观臆测式的想象，永远不可能与真实的人物对上号。由此，我想给出一个参观太白楼后的感悟：我们不能以李白瑰丽的诗篇去想象李白。李白其实是一个有着丰富的多重性格的人，他的狂放是一个侧面，而他的圆融也应该是一个侧面，他是我们所有人不同的想象造就出的一个伟大的诗人，他有如神的精神境界，也有凡人一样的各种各样的优缺点。这样想来，我觉得与他更亲近了，而济宁太白楼下的这块稀世珍宝——李白所书的"壮观"碑，也许就是引领我们走进李白真实内心的一座桥。嗯嗯，去吧，去欣赏李太白另一面的圆融周正、另一面的端庄拙雅吧，或许这样的李白更丰富、更有魅力呢。

参观完太白楼，我的肚子已经咕咕叫了，我想在街边随便吃点什么，长智与徐鹏看出了我的心思，于是便把我带到了竹竿巷的林家湾炖鱼店，他们说这是非遗名吃。这个炖鱼，并非大鱼，而是小鲤鱼，或小鲫鱼，用面裹了先炸，后倒入放了各种佐料的老汤中炖出来的。我们三人，一人一碗，每碗有七八条小鱼，佐以切成小块儿的大饼，泡入鱼碗里，一口鱼肉一口泡饼,这口味还真是独特,小鱼肉嫩,而炖得又烂熟入味儿,这样的吃法,我还是第一次遇到。小徐还要了老味酥肉和炖萝卜、炖豆腐等,都是无须大嚼大咽的饭菜,软、柔、散,入口稍稍轻嚼,便可下咽,真是味浓可口。我又要了瓶二两瓶装的小酒,无需杯盏,直接拧下瓶盖儿就仰脖子喝了,那种轻闲随意的美妙在心中荡漾,吃一条鱼,嚼一口饼,喂一嘴小酒,那酒那鱼那饼,就混合着佐料的汤汁一齐下肚,瞬间便品尝到了济宁的滋味儿,好不快意啊!二两酒后,微醺已至,而月已上天。想想李白与食指在济宁生活时,肯定也常吃这样的炖鱼,便有一种贯通古今的悠悠之情,悄悄从心底升起。

……画舫启动了。沿着古运河徐徐而行,两岸灯盏,赤橙黄绿青蓝紫,变换着在树干树枝树梢头闪烁,倒影漪漪,拉长了彩色,轻轻铺在河面上,却又被我们的画舫剪开成了两半,一半是彩影晃悠,另一半还是晃悠着彩影,而两岸"运河记忆"中的各种商铺小店与美味小吃,便沿岸展开……舫内的桌几上,有济宁的各式甜点和啤酒,河上与岸边游人的夜生活开始了吗?

晚饭后,长智问我:"今天省里来了几位作曲家,晚上安排了夜游运河,如您还有兴致,可以和他们一起玩玩儿。"我思忖,刚刚吃了李白、食指吃过的炖鱼,再游一下李白、食指泛过舟的古运河,岂不美哉?就这样,我与省里来的作曲家们同舫夜游了古运河。

从东大寺上舫,至会通桥折转,两岸的人间烟火气与灯影里的诗情画意融合在一起,让我不能不设想:若李白在世又会有怎样激情飞扬的诗句?若是今晚画舫上遇到了老朋友、诗人食指,他又会怎样朗诵他的《相信未来》?那一河的彩影深情,可否令唐人李白沉醉,令今人食指忘情?反正我是痴了,望着浮光跃彩的河水,想到了《清明上河图》里的游人,他们若是不老,又会怎样感慨万千呢?我们的画舫本身,不就

运河夜游　杨国庆摄

像一首长长的诗吗？载着千年的李白与不朽的市声喧哗，缠绕在古城济宁，无须举杯邀明月，明月始终在河心。我想，如果李白还魂，也会为我的洞见而狂生欢喜之情吧。而老友食指若在舫上，他一定会以家乡人自居，非灌我个酩酊大醉不可啊！

## 第二日：4月18日

早上洗漱，发现我的左嘴唇上生了一个红疱。那一碗林家湾炖鱼果然"火"力凶猛呵。司机小徐说："王老师，我带你去王记粥铺喝白粥，

下火。"

端上来了，又是一大碗，乳白乳白的粥，还配了油条、泡菜和卤好的羊肉片。小徐说："这粥是小米和黄豆磨成粉，去了碴熬的。和别处的豆浆不一样，你尝尝。"果然，入口味道里没有豆味儿，似乎与小米粉融合后，黄豆的腥气儿没了，却生出一股子淡淡的鲜甜。

泡上油条，就着羊肉、泡菜吃，既有肉香，又有泡菜的脆咸，之后喝几口粥，嗯，这又是济宁独特的味道，而且营养丰富。难怪大早上起来，满大街的小摊前都是赶早喝粥的人。

朝拜孔庙，是我此行的重要目的。虽然我2017年匆匆忙忙来过一次，但是当我再次来到曲阜的时候，内心仍然升起了虔诚的敬仰与反省忏悔的真诚。当我认真研读了《论语》之后，才开始感受到他的博大，尤其是他的"有教无类""因人施教"与"仁爱"等思想，引起了我的共鸣。那天，在曲阜作协惠春锋的陪同下，我来到"万仞宫墙"的拱门前，我双手合十，庄严肃穆，内正，孰敢不正？我五十岁以后，在家练毛笔字，写得最多的四个字是"持正守中"，就是受至圣先师的影响，努力纠正自己少年激情、偏好极端的毛病。穿过拱门，就看到了"金声玉振"牌坊，笔力雄劲的四个大字出自《孟子》，是明嘉靖十七年（1538）著名书法家胡缵宗题写。意思是：金声而玉振，以击钟鼎而发金声始，击磬石而发玉振韵收，以此象征孔子思想的集大成并赞颂孔子的巨大贡献。再经棂星门、圣时门、弘道门、大中门、同文门、大成门，便进入了大成殿，我三拜至圣先师，祈愿人格健朗，精神矍铄。在孔宅故井前沿，我俯身探望井内情形，只见井下清水如镜，明明晃晃，返照出我的脸面，内心不禁莫名感动，启齿开口便发心声："至圣先师，我要做您永远的学生，希望您能收下我这个不才的隔世弟子。"井壁回荡，嗡嗡颤颤，将我渺小之心纳入。

曲阜孔庙

在惠老师的引领下,我来到了孔子75代孙孔祥胜先生主持的孔子书画院。孔先生低调谦和,却不失热情地接待了我。这是我平生第一次近距离与孔子后人相交,内心的敬畏与虔诚无以言表;显然,孔先生亦是儒雅书生,也显得有些拘束。我们握手落座之后,都不知从何说起。我看到书案上有纸笔砚墨,便小心地问他:"我们笔谈如何?"孔先生显然非常开心,连连说"好",立刻为我铺纸并请我选笔。我选了一支大号羊毫,饱蘸浓墨,写下心底升起的四个大字"敬仰先圣"。孔先生走上来连连说好,接过我递过去的笔,凝神静气,为我写下了三个大字"仁者寿"。"仁者爱人"呀,孔先生书教我了!我理解的"仁",就是对世界无微不至的关怀,就是永远的深情至爱,就是至此可达"无量寿",而非人生命的短长。吉言片语,直抵天穹。

如果要概括孔子的一生,用"弟子三千,七十二贤,述《论语》"

作者在孔子故井

便可以清晰地看明白。先圣乃一位教书先生，而且毕生为之奋斗不息。所以说到孔子，我就有一种天生的亲近感，因为我的母亲、我的妹妹，甚至我的妻子，都是教书育人一辈子。我虽然前半生搞新闻，后半生做编辑，其实也是集纳自以为是优秀的文化，推广之，写作之，为化育人心而工作的人，说到底也是教师的角色。在孔庙杏坛，我再次双手合十，念想着母亲，以敬仰热爱之心默默心诵：先圣精神，山高水长，我有子侄，永续无疆。作为教师之子，我想，今生能到孔庙孔府一拜，不敢妄言，此乃真真切切的三生有幸，可以说是不负今生了吧。

　　下午，惠老师告诉我，济宁泗水县中册镇有一个小李白庄。据说此村不大，但人人作诗，而且相传李白的族人就在此地繁衍生息，问我是否有兴趣，我当然有兴趣了。今生若有幸能寻得李白的踪影，或是他的后人，不也是一大幸事吗？说走就走，车很快就进入了泗水县境，越过无数阡陌，便进了村。遗憾的是，我们在村子里转了半天，街面巷子也没见到一个人。我们在村委会对面的墙上看到了不少村民写的诗，还看到一块高达十米左右的广告牌，牌上写着"李白氏族，始祖祖林——这里曾经石碑林立，古树参天"。在广告牌后，是推土机刚刚推出来的一片空地，周围都是高大的塔松和杨树，右边树下，我看到有十来块丢弃的残碑，便赶紧跑过去，仔细辨认着碑上的文字。但终因风化与磨损得太厉害而无法辨认。可以肯定的是，这里的确有不少古代的碑石，说明这个地方曾经是文化兴荣之地，而是否与李白与李白后人有关，我就不得而知了。不过，可以看看小李白庄村民的诗，也许会有收获。

题泗水

姜一白

幼读床前明月光，不知何处是他乡。

诗仙足迹千山外，血脉传承李白庄。

泗水

张兆庆

碣石遗篇胜有声，流连忘返满诗情。

泱泱文脉传千载，泗水韵飘花木荣。

题泗水

杨玉忠

画廊石刻字如云，上有惊天动地文。

创建诗乡承祖志，谪仙泉下亦沉吟。

寻踪觅迹

宋斌

太白诗魂历久辛,文人墨客觅其缘。

青莲踪迹何须问,东鲁汶阳泗水边。

从村民的诗中我可以感受到,当地百姓对于李白一家及族人在此生息繁衍,坚信不疑。这也可以从村委会门前立着的另外几块小点的牌子,即"太白酒楼遗址""龙门山灵光寺""汶阳县城子顶遗址""李白学剑处""白云庵遗址"介绍,可以看出村委会为求证李白及家人族人在此生息而下了大量的功夫,刨根掘底,引经据典,其心可鉴。

想想看,李白在济宁生活了23年,是有史可查、有据可考的事实。这么多年都是在哪里过活的?难道没有一点踪迹、印迹、痕迹留下来吗?李白那么多辞采飞扬的诗文,难道没有一篇、一首诗文流溢出一些蛛丝马迹?乡里乡亲们不信,我也不信啊!终于,《太白集》里的一首诗泄露了天机:

寄东鲁二稚子

吴地桑叶绿,吴蚕已三眠。

我家寄东鲁,谁种龟阴田?

春事已不及,江行复茫然。

南风吹归心,飞堕酒楼前。

楼东一株桃,枝叶拂青烟。

此树我所种,别来向三年。

桃今与楼齐,我行尚未旋。

娇女字平阳,折花倚桃边。

>　　折花不见我，泪下如流泉。
>　　小儿名伯禽，与姊亦齐肩。
>　　双行桃树下，抚背复谁怜？
>　　念此失次第，肝肠日忧煎。
>　　裂素写远意，因之汶阳川。

李白于公元 744 年离开长安，开始第二次历时 11 年的漫游。这首寄怀诗，是李白游历金陵时所作，约在公元 748 年，全诗写出了诗人在漂泊中对家园儿女的思念，读之令人动容。其中"我家寄东鲁"，写的正是李白大约在公元 736 年，从湖北安陆举家暂移并寄生在"东鲁"，即兖州任城，也就是今天的山东省济宁市的史实；而其时，他的发妻许氏刚刚逝去，所以李白非常牵念他的一双儿女。接下来的一句，"谁种龟阴田"是有温度的叙事：我漂泊在外，家中儿女尚未成年，没有人手，龟山北面的薄田谁来帮孩子耕种呢？太让人放不下心了。而之后的"南风吹归心，飞堕酒楼前"，就是状写具体的家的形象，而"娇女字平阳，折花倚桃边""小儿名伯禽，与姊亦齐肩"就是家人栩栩如生的展现了；再看"念此失次第，肝肠日忧煎"，则写出李白日思夜盼儿女的忧心忡忡与熬煎之心疼了。于是乎，他便"裂素写远意，因之汶阳川"，大诗人伤感之极，却只能如此"裂素"，即撕一块素绢当纸，写封信赶快给孩子寄出去。如果我们把这些句子连在一起来推论，那么李白的《寄东鲁二稚子》，则充分证明这里的确是李白及家人、族人曾经栖息之地。

是的，这是一方圣土，有诗为证，而且是居主李白公之于众的诗史之证。一如"李白故里"之争，怎么能不顾李白自己怎么说，而非要牵强附会、生拉硬扯呢？在李白的诗文里，就有三篇说到了自己的家乡，一是《与韩荆州书》中有写"白陇西布衣，流落楚汉"；二是《赠张相镐》中云"本家陇西人，先为汉边将"；三是《上安州裴长史书》上说"白本家金陵，世为右姓，遭沮渠蒙逊难，奔流咸秦，因官寓家"，这里的"金陵"所指，乃西凉建康郡，即甘肃兰州一带。所以，考证李白的出生地，当然要以李白这个当事人的叙述为根据，诚如李白在济宁生活了23年，那亦是有诗为证的，岂能轻易移易之？而具体是在任城，还是在泗水，抑或在兖州？在我想来，这都有可能性。因为23年是一个很长的时间，而李白又是一个喜欢游历迁徙的诗人，在济宁这块土地上，他东西南北中各处都住几年，也是非常可能且可信的，完全没必要偏执一域，聒噪不休。

那天下午，我还参观了济宁市汉文化博物馆、汉园文创中心、济宁印社和曲阜的曲阜印社。在博物馆，我欣赏到许多刻有古代人物及神兽花鸟的汉画像石，这些原来在朝堂庭院与墓室墙壁上的石刻，历经时光岁月的打磨，已经斑驳残损了许多，但那些人物的造型与神兽花鸟独特的样貌，还是让我驻足良久。尤其在看到金石书画大家程风子为汉画石刻拓片上的考辨题跋，犹如为后人理解前人开辟了一条通道。往往几个字，就泄露了天机，点明了画中的内容，使人一目了然。要是没有他的考辨点醒，猛一看，只见一个躬身作揖的人，带着一排人向另一个人致意，还真是弄不清汉画石上刻的是什么。而程风子仅用五个古拙的字"孔子见老子"，就让人一望便知画中之意。仔细端详其上空白处的瑞树、神马和上下的边框花纹，我感受到了古人的庄严肃穆、高雅恭谨的相会礼俗。真可谓：《礼记》之风，高山流云；念我先人，雅极之至。还有诸如"胡人刺兽图""武士论剑图""五灵献兽瑞吉庆有余图""丰行天下"，等等。赏拓图，观墨迹，悠悠古意，清清书思，均为凝然神思，古今合璧，而动心起念之艺术创造，程风子令我感佩敬仰，唏嘘不已。

汶上孔子、老子画像拓片

其实,我曾在河北保定收藏家刘希乐的徽派建筑收藏馆之程风子工作室,欣赏过他的金石篆刻书画及画在瓷上烧制出来的作品。程风子用笔用色,都是极为胆大,却又不失古雅。今欣赏他为汉画石而作的题跋,始知他学养深厚,又灵气飞动,既点石成金,又超凡脱俗,真是独树一帜的大家。程风子,1962年生,安徽阜南人,是北京国家博物院文物鉴定中心书画鉴定组专家成员、中国美术家协会敦煌创作中心副主任,还是三峡大学艺术学院客座教授。可惜英年早逝,未竟全功。没想到,我在济宁又看到了他另一面的才华,幸甚之至矣。

之后,我们又驱车前往汉魏碑刻精品纪念馆,在那里,我看到了自己少年时代在书法老师陶爷爷的指导下,临习过的《乙瑛碑》《礼器碑》《西狭颂》等珍贵无比的原石碑刻,我真是做梦都想不到,那犹如神品的碑刻,此时此刻就立在我眼前。五十多年过去了,以为此物只应天上有，没承想它竟然一直都在凡尘间，我真是热血灌顶，从上到下、从里到外，都有一种"他乡遇故知"之感。

# 第三日：4月19日

我老远看到流苏树盛开的云锦般灿灿的银花，像大朵棉云堆起的仙山飘降人间，扑入眼帘，我顿时就被惊艳到了。我不住口地问小徐："这是啥树？真是没见过。"小徐说："流苏。""流苏？"我忙打开手机的摄像功能，围着这棵令我倾倒的流苏树，从远到近，从上到下，从左到右，从一团到一朵，从一朵到一瓣地拍了起来……这树！得憋闷多少年的美好，储存多么宽广深厚的爱恋，才能一放就是雪压冬云霜漫天啊！那白至清纯的净，那纯至银白的亮，那雅的素艳，那艳的素雅，似魔魂般劫夺了我的心。正是"人间四月群芳尽，唯有流苏盖雪云"。300多年的古树流苏，皑皑如白雪盖山，高耸壮观，纯洁无瑕；纤纤如银丝垂帘，含羞欲语，楚楚动人。这就是济宁戴庄花园内唯一的流苏树，植于清乾隆年间。这是我平生第一次看到如此高大威猛又纤细壮丽的流苏树。济宁的地力，又一次以它独一无二的美，让我想到了那个虽俗气却准确的词，真是——人杰地灵啊！

在孔子故里，我无时无刻不感受到文化底蕴的博大深厚。在成立不久的济宁印社与曲阜印社，我听说申请加入印社的社员有好几百人，而且后继者仍然络绎不绝。按说，篆刻之术，是一门比较冷僻的艺术，各地学习的人始终不多，远不及书法绘画热闹。中国最著名的西泠印社，已有近一百二十年的历史了，但是截至目前也只有500余名会员。据说，他们发展会员极其严格，始终遵奉宁缺毋滥原则，每年只吸收10—20名新会员；而济宁印社与曲阜印社合起来，竟然有好几百社员了。他们把金石之学当作业余爱好，没有高不可攀的讲究，要的是一种生活，一种研习技艺的心性情操，一种品味人生的方式。孟子曰：充实之谓美。他们追求的正是孟子之美，充实之美，美美与共，人人皆美。

曲阜市委宣传部部长李芳同志特意带我去参观了孔府印阁篆刻集团。这一次更打开了我的眼界，据李部长介绍，他们集团每年销售收入两亿多，别小看一方方小小的篆刻印章，他们平均每天可接纳25000个订单，仅书画印章，就有5000—6000单。今年的情况，自3月份起，逐日上升，预计8月开学季可达最高峰。这简直让我无法想象。在员工的工作间，

流苏古树　尹振亮摄

我留心观察了一下在这里工作的师傅，几乎都是清一色的年轻人。为了排除干扰，年轻的师傅们都戴着耳机。望着他们那专心致志、一丝不苟刻印的样子，我觉得这就是孟子之美或充实之美吧？主管刘鹏告诉我说，他们集团一千多名员工中就有一百多名篆刻师傅。过去，这些年轻的师傅散落在各地区的犄角旮旯，只能接点临时性的零星活儿干，收入低不说，而且还很不稳定。现在，他们来公司上班，计件取酬，活儿干不完，钱也挣不完，有的甚至比集团高管的工资还高出一截。刘鹏说："我们集团还准备建员工宿舍，以后离家远的员工可以在这儿吃住。"这一方圣土，其深厚的文化底蕴，给了人杰地灵的曲阜一个这样的商机，不仅拉动了当地的经济，而且为青年才俊的就业开辟了一条新路。由此，我想：传统文化蕴含着无限的可能性，也许我们继承的越多越深越广，就越有创造的时空，就越能开拓宽广无限的共同富裕的道路——孔府印阁

**篆刻师傅刻章图**　杨国庆摄

篆刻集团，为我们提供了一个"圣地样板"。

中午，长智和徐鹏按我的要求吃街边饭，他们把我带到了建设路的"济宁名吃：天下第一干饭——甏店"。出于好奇，我特意跑到操作平台看了看，一个长条案上，摆了十几盆热腾腾、香喷喷，提前卤好的猪肉、牛肉、鸡鸭鱼、牛丸、鱼丸、排骨、豆干、鸡腿、豆腐、肉皮、萝卜青菜等。待小徐端着各样点好的饭菜招呼我回座位，我一看就明白了，原来吃法非常简单，就是将带着汤的各种卤好的鱼、肉、丸、菜往米饭里一浇，再拌着吃。这种吃法，对于当了一辈子兵的我来说，简直太对胃口了。于是，我鼓动腮帮子，大嚼大咽一番，酣畅淋漓，大快朵颐，用了不到十分钟，就吃了个肚圆油满。在车上，我对二位总结说："果然不出我之所料，这个'甏'，就是运河快餐，营养、可口、便捷，提前卤好，客人到了舀几勺子，就什么都有了。这对于过去在码头上扛大包，现在打工赶时间的人来说，真是省时省事又可口实惠的饭菜，绝对是最佳方案。"

孔府、孔庙、孔林驰名世界，距"三孔"之外二十多公里的石门山，也是国内外游客前来观光的重要景点。老子、孔子、李白、杜甫、贺知章、孔尚任等人都在此留下足迹。

在石门山，我们寻蹊而上，给我印象最深的，是蹊边两壁垂吊下来的古藤，粗壮古怪地缠绕在蹊径的石阶上，时不时就要拦腰阻止我们前行。于是，我们便不得不将粗壮的藤蔓抬起，低头钻过去，或抬腿跨过去。虽然路是条石铺的，结结实实，但要登上这座海拔400米的小山，我也累得汗流浃背、气喘吁吁。石门山镇90后的党委书记刘海韵介绍说："保护好景区原始样貌，一直是我们努力的目标，决不能看着有点儿乱，或觉得不够现代，就砍就搬就铲，弄得表面光鲜，却失去了古时候的样貌。这条上山的条石小路横陈了许多古藤，我们全都保留下来了。这座山上值得仔

春到石门山　贾利军摄

细看看的地方不少,有老子讲学处、孔子修《易经》处、子路投宿处、李白杜甫宴别处、孔尚任两度隐居处等。除了依据专家论证的意见有过一些修改,我们现在看到的各处景观,基本上都是原来的样貌,我们只负责维护和及时打扫卫生,清理垃圾,能不动的尽量不动。"我手抚着胳膊粗的古藤,忽然间就想起了孔尚任的咏石门山的诗作,孔诗云:

　　山尾山头拖翠长,吟鞭摇雨路苍苍。
　　不成村舍三家住,稍有田塍半段荒。
　　铺地云容如海市,遮天峰势似边墙。
　　溪回岭转无穷志,直到门前见夕阳。

这诗第一句中的"拖翠长",难道指的是藤蔓逶迤于地吗?我猜想刚才一路上遇到的古藤,是不是当年孔尚任来前就有了,而且一直长到了今天。从这首诗后面的句子,也可以对照眼前山蹊两面的岩壁,想象当年与现在变化无多的情景。"不成村舍三家住,稍有田塍半段荒。"

这溪水两边的确有几间简陋的房屋，房前也真是有点余田，种了蔬菜。"铺地云容如海市，遮天峰势似边墙。"这两句勾画出来的情景，只要抬头仰望一下天上海市蜃楼般的云涛，再看看壁立山蹊两旁的岩崖峭壁，自然就会把岩壁想象成边墙，且阻挡了人们向两边行走的道路。这真是与眼前的情景像极了，这一路，溪水清澈见底，山道弯弯，曲曲折折，两壁千仞峥嵘，古藤一路相伴。"溪回岭转无穷志，直到门前见夕阳。"这两句更明白了，说的是：你沿着山蹊回转的小路向上走吧，不要泄气，一直向上走，就能走到山门的高台上，看到正在夕阳西下的美景了。想必孔尚任在山中隐居，乃至在这里写出《桃花扇》的第一稿期间，肯定少不了要常在这里登高远眺。说心里话，我喜欢并赞赏孔先生的创作态度与艺术思想，他的戏剧，就像他的诗，是切入现实的，有他对世界、对人的关怀，有批判，有理想，哪怕今天看来，他对人生也是有见地、有深度，亦有尖锐性的纯正的表达。想象他当年在此隐居，手捧黄卷，面对青灯，常常要研墨提笔，疾书灵感，我就觉得曾经和他一起读过书，一起下过棋，一起在山上眺望过远方，思念过亲人。那是一个个多么寂寥的日子啊！足够我们想象奔腾的了。

当我上至山门时，太阳还没来得及下山，我向右边宽一点的小路走去，不远处，就看到了高大的石门亭，走过拱门，七八米外有一块石碑，上面字迹已模糊不清了，据说上面正是李白与杜甫的告别诗，即《鲁郡东石门送杜二甫》，白诗云：

醉别复几日，登临遍池台。
何时石门路，重有金樽开。
秋波落泗水，海色明徂徕。
飞蓬各自远，且尽手中杯。

在诗中，李白对杜甫说：没有几天我们就要一醉而别了，池台的上上下下、里里外外咱哥俩都游了个遍，可是什么时候咱们能再来走走，再来举杯开怀地大喝一通呢？……

人还没走，就开始相约下次的聚饮了，可见二人感情之深。据查，那是公元745年在东鲁的秋天，那是他俩的第三次，也是最后一次的相见。他俩一同寻访隐士高人，也一同去拜访名扬天下的文章大家、书法大家李邕，一直盘桓到冬天，才依依惜别。那年李白44岁，杜甫33岁，都是风流倜傥的好时节，又都是当朝首屈一指的翘楚人物。惠春锋老师提醒我，那边有一座李杜话别的纪念亭，问我要不要去坐坐。来济宁三日了，是该告个别了，更何况能在李杜当年话别的地方，与石门山上未曾一一拜别的圣先贤们坐坐，不同样是件美妙的事吗？坐在那座小亭子中央的石桌前，我想象着两位大诗人互相欣赏、不忍离去的情景，内心涌起了往事越千年而友谊地久天长的慨叹……是呀！这两位伟大的诗人，曾经在这座小山上相会揖别，而我能于千年之后再来为他俩见证，真是一份珍贵的缘分啊！

济宁，曲阜，石门山，钟灵毓秀，人杰地灵，真是集先圣之圣地啊！几乎每走一地，都有圣迹遍布，可惜未能细细探访，时间就都溜走了。也罢，让我留点念想，待以后有机会再来觐见吧！

尼山之光

孔子的泗水

李青松

李青松，生态文学作家。中国报告文学学会副会长，第六届、第八届鲁迅文学奖评委。毕业于中国政法大学法律系。长期从事生态文学研究与创作。出版专著十余部，主要代表作品《开国林垦部长》《北京的山》《相信自然》《塞罕坝时间》《穿山甲》《贡貂》《万物笔记》《粒粒饱满》《一种精神》《茶油时代》《大地伦理》《薇甘菊：外来物种入侵中国》等。曾获新中国六十年全国优秀中短篇报告文学奖、徐迟报告文学奖、北京文学奖、百花文学奖、呀诺达生态文学奖。

# 孔子的泗水

> 子在川上曰：逝者如斯夫，不舍昼夜。
> 此川是何川？泗水也。
> ——题记

## 一

水与山是一种怎样的关系？

孔丘，因山得名。而山，则涵养了水源，也涵养了文脉。

尼山，是孔子的出生地。尼山位于泗水、曲阜和邹城交界处，南临尼山水库——孔子湖，东濒沂水支流。尼山共有大小山头二十三座，高峰五座，排峰连峙。主峰约三百四十五米，傲居其中。其实，这个高度，同那些险峰峻岭相比，也算不得高。然而，山与山的差别从来不是高度，而是山上的人。

孔子出生于尼山一个山洞。那个山洞不大，深三四米，阔两三米。洞里有石板叠着石板，有石枕置于石床，石床下有暗河幽幽眨着眼。洞壁不时有水滴滴落，洞里弥漫着潮湿的气息。孔子睁开眼睛看到的第一缕阳

尼山之光

孔子像　杨国庆摄

光,则是从洞口照射进来的紫光,升腾着岚霭。继而,他听到的第一粒声音,则是洞外鸟雀的叫声。于是,他嘤嘤哭了。俄尔,他又咕咕笑了。

　　孔子是奇人,奇人必有奇相。孔子长什么样呢?司马迁有过描写,但过于简略了——"孔子长九尺有六寸,人皆谓之长人而异之。"吴道子画过他的行教图——孔子上身微微前倾,拱手施礼而立,腰间佩剑,目视前方。这是圣人的形象,是万世师表的形象。显然,吴道子画的孔子进行了艺术化处理,他不忍心把孔子画得过于逼真。

　　实际上,早有典籍述之:孔子,唇露齿,眼露睛,鼻露孔,耳露廓。面貌狰狞,像戴着驱邪的面具。孔子路过郑国,郑国人评价他说,东门那个人额头饱满,脖子粗壮,肩膀略向前倾斜,腰部宽阔,看起来样子很疲惫,像一只丧家犬一样。弟子把此话转述给孔子,孔子闻之,欣然笑尔，曰："形状，未也。如丧家之狗，然乎哉！然乎哉！"

看来，孔子绝对不是貌美之人了。

近端之，孔子可能是这样的——头顶凹形，即四方高，中间凹。两只耳朵大而下垂。面部嘴阔，形状四四方方，像斗。鼻孔外露，平视过去可看见鼻孔内秽物。嘴里两颗门牙也并排外露，说话像含着东西。双眼的眼球突出，眼白翻转令人恐惧。长有两个喉结，手掌像老虎的爪子，驼背像乌龟一样。

孔子力大，能举起国都城门的门闩，但孔子重德不重力，不愿意以力大炫耀。孔子酒量也不一般，从来没喝醉过，但孔子不以豪饮而誉己。他做过仓库保管员、牧场小吏，历任中都宰、司空、大司寇、代理宰相，官职也是相当显赫了。然而，这些都不重要，重要的是他留给这个世界的思想。

面貌丑陋又有什么关系呢？

## 二

多年以后，孔子说："知者乐水，仁者乐山。知者动，仁者静。知者乐，仁者寿。"——此言道出了孔子对山水的认识，对自然的感悟；也道出了孔子对人与自然关系的理解。

他教导自己的学生："钓而不纲，弋不射宿。"捕鱼的时候，尽量用鱼钩钓鱼，而不用网眼细密的网捕鱼；射猎的时候，不要射猎夜宿或者孵化期的鸟，对野生动物要心怀慈爱，不可乱捕滥杀，不可影响鱼类和鸟类的正常繁衍。

孔子的思想核心，归结到一个字，就是"仁"。孔子被称为"至圣"。他创立了儒家学派，建立了儒家思想体系。他设坛办学，招收生徒，一生教出的学生共有三千余人，没有女弟子，江南弟子一人，"身通六艺者七十有二人"。孔子讲学游学活动主要在泗水与洙水之间广大地域，他的生徒毕业后也主要在这一带，或做官，或经商，或做谋士，或办实业，或传道解惑。

"仁"是个象形字，从二人。也就是说，"仁"不是单独存在的，是在二人并存的情况下人对人的态度和行为。"仁"，就是施人以德，施人以善，施人以爱。仁即是爱人。扩展开来，人对自然的态度和行为也是如此。孔子主张"中庸"之道，主张"和为贵"，这既是一种世界观，也是一种方法论。

"中庸"不是折中与调和，而是指认识和处理客观事物时，要做到适度，恰如其分，从而达到"和"的境界。其实，"和"就是一种平衡，人与人的关系需要"和"，人与自然的关系也需要"和"。孔子提出，毋意，毋必，毋固，毋我。意思就是说，在自然面前，我们要克制自己的欲望，排除自己固有的成见，敬畏自然，尊重自然。

我在尼山脚下的尼山宾舍住过两个晚上，此处安静至极。在这里，我的举步投足都是谨慎谦卑的，不敢有丝毫造次。徜徉于尼山水库岸边，凝望库中碧水，我不觉陷入久久的沉思。——对于中国传统文化来说，孔子意味着什么？中国传统文化的根在哪里？孔子创立的儒家学说与水是什么关系呢？可是，问号跟着问号，问号套着问号，终究不得其解。

于是，我便把目光投往别处。

当地书法家黄秀杰告诉我："这个水库也叫孔子湖，湖水源于东蒙山，水出湖，便流入泗河了。"

"泗河?"

"对,泗河。"

"就是古时候的泗水吗?"我睁大眼睛问。

"正是。明代以后就被唤作泗河了。"黄秀杰平静地回答。

"源头在哪里?"

"在泗水县陪尾山的泉林。"

"好嘛!去泉林看看!"——是的,我要从尼山出发,去泗地寻访孔子与水的故事了。

## 三

咿呀——!咿呀——!我禁不住惊叹起来。

何谓泗?泗者,从水从四。泗水源于四泉。四泉涌作泗水源。哪四道泉呢?一曰趵突泉,二曰红石泉,三曰洗钵泉,四曰响水泉。咿呀——!咿呀——!此四泉全在陪尾山下。

我终于登上了陪尾山的高处,环顾之,陪尾山处处皆泉,堪云星列棋布。泉水最胜者曰响水泉,次之趵突泉,次之黑虎泉,次之红石泉,亦有淘米泉、双睛泉、甘露泉、珍珠泉、石缝泉等,统称海岱名川。

海者,乃渤海也;岱者,泰山也。海岱就是指齐鲁大地。

泰山之阳,谓之鲁;泰山之阴,谓之齐。齐鲁则是今天山东的代称了。

泗水县城往东五十里,即是陪尾山了。陪尾山,海拔一百三十六米,当地人称铁石岭。其实，根本构不成岭，不过是个小丘。丘上立了一块石碑——"子在川上处"。

"什么？子在川上曰：逝者如斯夫，不舍昼夜。就是指这里吗？"答曰："然。"孔子这句话，说的是时间若流水一般，汩汩流淌，奔腾不息。他告诫我们，时间是宝贵的，要珍惜时间，珍惜自己的年华。石碑的背面，题刻的是乾隆皇帝的诗文。乾隆东巡南巡，来泉林就有九次，而且每次来泉林必到"子在川上处"。乾隆是政治人物，他敬仰孔子是一方面，内心深处一定还有某种隐秘的东西不便言说吧。

陪尾之山，泗水出焉。陪尾系泰岱之正脉也。也就是说，它是泰山余脉之尾部的一个小山。实际上，它是地理板块的交汇点，是地壳罅缝的漏口，更是泰山群落和蒙山群落双重挤压下，我们看不见的深藏在地壳里的一个水窝子。

泗水泉水　赵新宏摄

# 孔子的泗水

泗水泉林　赵新宏摄

憋得嗷嗷叫的地下水窝子释放自己能量的形式，即是群泉喷涌——陪尾山是泗水发源地，是无可争议的了。

那日，我与书法家黄秀杰察水脉，观流向，访闸口，辨碑文，考史料，在笔记本上录下这样一段文字："陪尾之麓，泉布若林，或从地涌，或从旁溢，戛玉漱金，滔滔不竭，蛟龙吐沫，五步成溪，百步成河，奔腾万里，终始天地。"

再探，陪尾山阴面有湖，谓之"漏泽"，亦谓之"雷泽"。有文字记载，此处春夏成湖，至秋，地窍自开，隆隆之，轰轰然，湖响如滚雷，三日后湖水漏涸。甚奇也。

又探得，陪尾山下有一庙，即泉林寺。寺之左右，泉有数十，泉名不详，喷涌灌激，合而成流。河流经卞城，有桥跨之，名曰"卞桥"。桥之南，有泉二十一眼，北流入泗。桥之西北，有泉十三，而南流入泗。

"那条河叫什么？从何而来？"站在下桥上，我指着远方泛着亮光蜿蜒而入泗河的那条河问道。

"那就是洙水呀！"当地朋友平静地说。

"洙泗洙泗，原来洙水就在这里呀！"我一下兴奋起来。

洙水和泗水的关系真是说不清楚，也道不明白啊！洙泗二水异源而同流，流着流着，忽的一下分开，分开之后左旋右转，又缠缠绵绵地合在一起，如此，从东往西，反反复复，合焉分焉，分焉合焉。洙水流至曲阜，径从孔子墓前而过，可泗水呢，在此颇费心思，闪身腾挪绕其背后而行。所谓"圣人门前倒流水"，即是指洙水和泗水在此处的流向吧。

为什么叫"洙泗"，而不叫"泗洙"呢？

望着二河的流向，我顿悟了：流经圣地曲阜时，洙水在南，泗水在北。就流向而言，南在左，北在右，排位次序当然是先左后右了，故曰"洙泗"，而非"泗洙"。尽管流过孔林之后，洙水与泗水又聚而合之；尽管至此洙水也就算完成了自己的使命，以水入水，总谓之——泗水。

往西，又有多条河流入泗。

泗水，汩汩滔滔。然而，水是水，水亦非水了。

## 四

如果说，水代表着阴润的话，那么山就代表着阳刚了。

孔子的一生登过哪些山，我不知晓，但可以肯定的是，他登过这两座山：一曰东山，一曰泰山。孔子说："登东山而小鲁，登泰山而小天下。"东山即是指蒙山，泗水县城东北五十里有龟山，与蒙山相连，此为当初鲁国之北界。

在孔子眼里，陪尾山是一座怎样的山？

陪尾山是一座石质山，也有薄土覆于其上。山上柏树松树郁郁，灌木藤棘横生。望着满山的草木，再瞥一眼汩汩翻腾的泉水，我想到了两个字，一个是"仁"，一个是"孝"。两千五百年前，孔子面对糟蹋自然的行为，厉声断喝："断一树，杀一兽，不以其时，非孝也。"他并不反对适时适度地利用自然资源，包括树木和野生动物。然而，这种利用需要控制在一定限度内，不对其生存和种群繁衍构成危害。否则，放纵人的欲望，乱砍滥伐，乱捕滥猎，就如同对父母肆意忤逆一样，乃为不孝之行为。

在孔子看来，人与自然的关系，也要讲"仁"，对待自然的伦理态度也要讲"孝"。

孔子特别推崇老子的道法自然思想。他主张，对刚从冬眠中苏醒过来的小虫，不应该践踏；在春光中舒展的枝条，不应该攀折。孔子说："启蛰不杀，则顺人道；方长不折，则恕仁也。"

子路是孔子的弟子。子路，名仲由，亦称季路，后人尊称其为仲子。他比孔子小九岁，泗水县人。子路幼时家境贫寒，但子路是个孝敬父母的人。母亲喜欢吃曲阜产的稻米，子路就经常往返百余里为母亲背米。即便后来做了孔子的门徒，他仍然每月请假"负米返飨母"。

子路是泗地最具标志性的人物。他性格豪放，刚正耿直，信守承诺，忠于职守。孔子周游列国时，子路为其赶马车，且做孔子的侍卫。子路学业期满后，到卫国蒲地做官。三年后，孔子要去看看这个弟子有何作为。进入蒲地，马车缓行，看着看着，孔子不禁喜形于色了。他说："入其邑，墙屋完固，树木甚茂，此其忠信以宽，故其民不偷也。"瞧瞧，孔子评价弟子的政绩主要看两条：一曰建筑；二曰造林绿化。孔子认为，这一切都是子路为政以德所致。

子路的政事得到了孔子的肯定，子路自然也很高兴。子路知道老师喜欢吃什么，就差人去泗水钓鱼。孔子喜欢吃鱼。国君鲁昭公闻其妻生子，曾派人送来一条鲤鱼表示祝贺。孔子大悦，干脆给儿子取名就叫孔鲤。

那一日，孔子吃了泗水鲤鱼——红烧鲤鱼。子路恭恭敬敬为老师斟酒，言欢至深夜。

后来，卫国发生政变，在鏖战中，子路勇猛无比，毫无惧色。子路的身上多处受伤，帽子也被打掉。他居然把帽子捡起来重新戴上，并且扶正，说："君子死，冠不免。"话音未落，乱军一拥而上，将他乱刀砍倒，继而剁成肉泥。

子路奉行"利其禄，必救其患"的信条，最终"舍身取义""以死成仁"。

何谓"守信"？何谓"忠勇"？子路用自己的鲜血和生命做出了回答。

孔子闻子路的死讯，恸哭不已。从此，孔子不再食肉。那一年，孔子已过七十岁。

"子曰：岁寒然后知松柏之后凋也。"由子路，孔子想到了松柏，想到了人生。到了冬天，才知道松柏是常绿不凋谢的呀！一年又一年，春青青，夏青青，秋青青，冬青青，松柏固守着自己的本色。

这种守道不变的高贵品格，或许，就是人伦道德的极致境界吧。

## 五

泉流不歇，却也有悲伤。

"大跃进"时期，人的欲望升腾。泉林人在黑虎泉往西四十米处建了一个水闸，将泉水改道分流，一往南流，一往北流，水流用于灌溉玉米灌溉小麦，也灌溉那些日日浮夸的心。结果，人改造了自然，也破坏了自然。

由于乱挖滥撅，伤了地下泉眼，伤了泉林的水脉和元气，仅仅几年时间，泉林水面急剧下降，往南流的水流渐渐衰竭，闸口像掉了门牙的嘴巴，枯槁干瘪了。

颜回"不贰过"，可是，泉林人还是"有贰过"。

二十世纪八十年代，泗地大兴养殖之风。泉林里的水的水温在十六度至十八度之间，而这个温度恰恰适合虹鳟鱼养殖。于是，泉林的主要水面都被承包出去，用于放养虹鳟鱼了。一些人确实因养殖虹鳟鱼而发了大财，可是泉林的水却因投放饲料而被严重污染了。一些泉眼也被瘀滞堵塞，本来生机勃勃的泉林，一下变得怪虫扑面，异味盈鼻，一片乱糟糟。经过一番论证，泉林人痛定思痛，将养殖户清理出去，把泉林还给了泉林。

在泉林，我见到一位腰间挂一串钥匙、脸膛黝黑的长者，他能熟背三百多首古诗，手里拿着一个喇叭，为前来参观的游客讲解泉林的历史、泉林的文化。

他叫吴春盈。

吴春盈是泉林村村民，生于一九五六年十二月二十日，属猴，小名叫迎春，家里生活还算殷实。除了在泉林对面开了个小照相馆，泗水岸边还有两亩地，种了小麦和蔬菜，地头地角全部种上了杨树。在吴春盈看来，杨树是绿色银行，不用怎么操心，噌噌猛长，利息也就跟着长。他从小在泉林边长大，可以说，他见证了陪尾山和泉林的变化。早年，陪尾山高度不是现在的高度，七八十年代，附近搞开发取石取土，陪尾山被生生削掉了六米。

吴春盈看着陪尾山一天比一天瘦，心如割肉，自己也变瘦了。

若干年前，终于有一天，他把自己经营的小照相馆交给儿子打理，自愿当上了泉林义务守护人，兼义务讲解员。他对那些破坏陪尾山和泉林的行为，坚决说不。

每天的大部分时间，吴春盈都是在泉林里巡视，泉林里的泉熟悉他了，泉林里的树熟悉他了，泉林里的石头熟悉他了，泉林里的松鼠熟悉他了，泉林里的鸟熟悉他了。

他的心属于泉林了。

吴春盈说："只要一天不来泉林，心里就闹得慌！"

## 六

春秋时期，泗地上已经有了官道。

官道上"十里有庐，三十里有宿，五十里有市"——泗城（旧址在今泗水县城所在地）便是官道上的重要驿站。

隋时，设县治，置泗水县城。治所即在，必修城郭。明朝时，泗水县城相当完整。——"城周三里一百步，城墙高一丈六尺，池阔一丈二尺，深如之。"县城的四门均有匾额——东曰"达泉"，西曰"接圣"，南曰"景贤"，北曰"望岱"。此后三百余年，县城四至和规模从未改变过。当然，今天县城概念与传统意义的县城已经完全是两回事了，城墙和四门更不复存在了。

出泗水县城东南六十里有一山，曰之圣公山，山上有一座孔子晒书台。此处，能够望见龟山。据说，当年孔子在这里著书，也晒书。偶尔，也与弟子下一盘棋。那个年代，书不是纸质的，而是用竹简做成的。竹简性阴喜凉，久不翻动，容易生霉，泛出潮气。孔子的书摞起来，定然是一座山。想想就知道，晒书台一定晒事多多，不得闲呢。一切文化都是需要物质载体的。竹简，功不可没。

这一区域生长竹子吗？我没有发现，也忘记问了。即便不产竹子也没关系，春秋时期的商业已经兴盛起来。商业的本质就是买东买西赚取差价嘛！子贡是孔子门徒中的巨富，他有雄辩之才，也有经商之道。孔子对他的评价用了两个字——"通达"。司马迁更是不吝笔墨赞赏子贡："子贡一出，存鲁，乱齐，破吴，强晋而霸越。子贡一使，使势相破，十年之中，五国各有变。"不过，孔子也提醒子贡："君子爱财，取之有道。"可是，我好奇的是，那时的子贡在泗地经商运货物是用马车，还是用船只呢？如果是用船只的话，一定走的是泗水水路吧。

船在泗水上缓缓行进，望着岸上劳作的农人，望着岸上的树木及风景，子贡想到了什么？

# 七

自然与人类的历史是相互交织的。

人类及其观念,与土地、河流、动物和植物等非人类部分彼此互动,成为生命的共同体。因此,一个人并不都是他自己,还是他出生的地方,他学步的院落,孩童时期玩的游戏,他的口音和语调,饥肠辘辘时吃到的一顿饱饭,校园里的喜鹊窝,河边垂钓的那个下午,被父母追打的情景,夜晚走过的那片晃动着魅影的树林,迎来送往的礼数,过年过节的那些讲究,等等。所有这些,构成了一个一个的人。

何谓文化?——或许,构成人的那些东西就是。

文化具有鲜明的自然属性和地域特征。

在泗地,许多事物都与泗水有关,包括当地习俗、农事、语言,以及人的性格和价值取向。

在泗地,说起泗水,就会唤起一些人苦涩而温暖的记忆。

王均安(县文联副主席):泗水是有脾气的,夏天,河道上会冲出不少"淹子"——就是大大小小的积水坑。淹子里的水,有两三米深,总有顽童在里面奋勇击水,玩个没够。听我奶奶说二十世纪六十年代,泗水常常发大水。一发大水,河里就有被淹死的猪冲下来。那个年代,正处在困难时期,村里人便把死猪捞出来,褪毛清洗干净,把整猪分割成一块一块的肉,然后分给全村人。一头猪够村里人吃几天了。我出生的时候已经改革开放了,没吃过泗水淹死的死猪肉,但小时候,常去泗水钓鱼。泗水里鱼很多,有鲤鱼、草鱼、鲢鱼,也有甲鱼。长期以来,泗河两岸的人沿袭"钓而不纲"的传统,只钓鱼,不网捕。

孔燕菊（县自然资源局干部）：我家里的几亩菜地都在泗水岸边的高岗上。小时候我常跟大人去锄草，侍弄地里长得水灵灵的蔬菜。夏天，一场雷雨过后，菜地地头的岸坡石头上就长出许多"地脚皮"（地衣）。那些地脚皮肉茸茸的，愣头愣脑的样子特别有趣。放学回来，我就和小伙伴们挎着篮子，去采地脚皮。妈妈把采回来的地脚皮洗干净，晚餐做地脚皮炒鸡蛋，哇，那真是一道美味呀！

汤笑（泗水民俗学者）：捉蚂蚱、采槐花和捉萤火虫是我小时候贪恋的事情。那时候，泗水浅滩上的蚂蚱巨多。我们跟大人割草打柴，就捉蚂蚱。用曲曲草或者毛姑姑草的长茎穿通蚂蚱的颈项，撸到底儿，这样一根长茎就能穿十几只蚂蚱。提回家，开膛，把肠肚子洗净，用油炸，就是一盘好菜。

泗水岸上有许多洋槐树。春天，洋槐开花的时候，我们就用带铁钩子的长竹竿去采槐花。一嘟噜一嘟噜的槐花，雪白雪白的，散发着香气。那些洋槐花很嫩，可以和面一起蒸着吃，也可以炒鸡蛋吃。夏秋之际，傍晚，萤火虫到处飞。我们也捉萤火虫，把捉的萤火虫放到玻璃瓶里，当作宝贝。一边欣赏它们一闪一闪的神奇，一边对着它们唱儿歌"萤火虫呱嗒嗒，狗屎橛是你姥姥家"。

王震（县林业服务中心干部）：我生于一九七二年八月二十九日，属鼠。毕业于山东农业大学林学系，现于林业服务中心工作。四十年前的泗水，河水可以直接喝。少年时代最快乐的事，就是去泗河游泳和踩鱼。父母担心自己孩子在河里玩耍太危险，就把孩子们的鞋藏起来。可是，我们想尽办法还是要去泗水。当时有一句话是"上学听老师的，放学听泗水的"。

我们那个村叫西关村，离泗水有九里路，中间要经过农田和树林，蝉鸣喧嚣，蛙声一片，真是野性十足啊！鞋子被父母收走了，我们就光着脚丫踮着脚尖走,也要去泗水,有时脚丫子被石粒或者草尖刺破,搞得鲜血淋漓,我们也不管。如果路上遇到拖拉机或者四轮子,那就太幸运啦!我们就央求开拖拉机或者开四轮子的伯伯叔叔捎上一段。到了泗水,一猛子扎进河里,我们就忘记了一切。

那时,我们游泳都是裸泳,游累了就爬到岸上拧柳哨。柳哨呢,粗的声音沉,细的声音尖。我们也把柳条盘成一捆,坐上去荡秋千。

可是,不能不回家啊!硬着头皮回到家,父母一看我们晒得黑漆溜光的情形,便用手指在我们胳膊上挠三下,如果出现三道白印子,就抡起笤帚疙瘩打我们;如果没出现,就吼我们赶紧吃饭,写作业。怎样不让父母看出来我们去过泗河呢?后来,我们终于想出了办法——从泗水回来,先到村口老井旁,用辘轳打出一桶水,从头到脚浇下来,再走回家,父母用手指在胳膊上无论怎么挠,也不会出现白印子了。

再后来,我们去泗水,踩鱼的乐趣胜过游泳。踩鱼须先把水搞浑,水一浑鱼就晕头转向了,就钻进了泥里,钻进了水草里,我们就开始踩。踩到鱼了,脚不能动,要弯腰用手抠着鱼鳃,把鱼抓出来,抛到河岸上。每次踩鱼都能踩到十几条,用柳条把鱼串起来,拎回家。父母看到拎回家的鱼,当然也很高兴啊,也不再用笤帚疙瘩追打我们了。

当我在笔记本上,记下这些人的名字,记下他们讲述的一些片段时,不禁又想起了孔子那句话——逝者如斯夫,不舍昼夜。

是啊,记忆里的事,记忆里的人,一些成了故事,一些成了历史。

# 八

泗水，一为县域概念。

泗水，一为流域概念。

泗水，在历史上曾经是淮河最大的支流，流经鲁皖苏三省，长四百公里，流域面积八万平方公里。

后来，强悍的黄河，蛮横地夺泗入淮，进而霸占了淮河河道，再进而强行将淮河踢进海里。泗水呢，很是怅然！无奈，只好默默然，自我化解愤懑，潴蓄之，以其不争的韧性，用时间创造出了昭阳湖、独山湖、微山湖和南阳湖。

事实上，此四湖是泗水的另一种存在形式。

然而，泗水毕竟被劫走了长度，泗水还是当年的泗水吗？

明朝之后，泗水改名泗河。我不知道，水与河有什么区别，也不知道它的流向是否发生了改变。但今天，泗水主要指县域，而不是那条河流了。那是一条多么辉煌而又颇具盛名的河呀！

"汴水流，泗水流，流到瓜洲古渡头。"白居易的诗句，准确道出了泗水终点的位置。如今，在安徽、江苏等广大地域，作为河流的泗水已经彻底消失了。但是，那些至今闪闪发亮并充盈着水的地名，诸如泗县、泗洪、泗阳、泗州、泗口等，无不浸润着泗水的基因和儒学文脉的特征。

泗水，还活着啊！

# 九

孔子乐水乐山，也乐木。

孔子一生种过很多树。在泗水，在曲阜，至今存有他种的树，或银杏，或松柏，或黄连木。二千五百多年过去了，那时的人已经一个也不在了，那时的马牛羊已经一个也不在了，那时的屋宇城池已经一个也不在了。虽然泗水还在流，但泗水里的鱼也不是那时的鱼了。然而，孔子种的树还在。

在泗水县城南面的安山寺，就有一株古银杏是孔子所种。那株古银杏树高二十二米，胸围八米，冠幅四百平方米。历经沧桑，已有两千五百年的树龄了。树下立有一块石碑，上书"孔子手植树"。

思其人，爱其树。

若干年前，此树出现病态，出现衰弱的迹象。泗水县林业部门立即请专家进行会诊，制定方案，采取了救助措施，终于让那株古银杏复壮，并重新发芽长叶，重现勃勃生机。在泗水县期间，我特意去拜谒了那株古银杏。在树下，我感受到了某种奇异的东西存在于古树的周围。那种东西与土壤、空气、风雨、鸟语、蝉鸣以及星辰日月相牵相连，气脉相通。我确信，一株古树，就是一个世界，一株古树，就是一部自然编年史。

我不能不去曲阜拜谒孔林。

曲者，弯也；阜者，高地也。曲阜，泗水拐弯地方的高地之意。孔子去世后，弟子们表达思念的方式，就是在他的曲阜墓地种树。由于弟子众多，遍布列国，树就越种越多了，"以百数，皆异种"，那些树很快

孔子的泗水

孔林　杨国庆摄

成林，并被称作——孔林。

如今，孔林里有四万多株树了，其中树龄超过千年的就有近万株。孔林里野生动物也越来越多，獾子、黄鼬、刺猬、斑鸠、白鹭、灰喜鹊、环颈雉等出没林间，松鼠拖着尾巴，在树枝上跳跃弹蹬。夜晚，猫头鹰悄无声息地站在枯树干上，发现老鼠露头，双爪下去，抓起老鼠就迅速飞走。可奇怪的是，孔林里从未有成群的乌鸦栖落，也鲜有蛇的踪影。

孔林地面上生长着成片成片的蓍草，或开白花，或开紫花，能驱虫防病，能果腹充饥。古时候，同龟壳一样，蓍草是占卜用的材料。蓍草虽然是草，但可以活上千年，能长三百多条草茎。子路曾经问过孔子，为什么要用这东西做占卜材料呢？孔子回答，只是取蓍这个字的含义。称之为蓍，是指生存时间长。老人历年多，更事久，事能尽知。

蘑菇和灵芝也遍布在孔林林荫下，以及枯木上。也许是人们基于对孔子的爱戴和尊重吧，那些蘑菇和灵芝，从来无人采摘，任凭鸟类及各种野生动物享用。

孔林古树保护中心主任刘天衢告诉我，由于受酸雨、空气污染和病虫害的影响，孔林里的一些古树面临着生存的危机。孔林管理处每年投入一百多万元，用于古树救助。购买了多架无人机，进行空中除虫作业。还专门成立了古树消防队，定时巡逻，定位监控，防止火情发生。

刘天衢说，他们为每一株古树都建立了档案，图表卡一应俱全，所有古树的信息，都存入了数据库。他们还对一些古树进行基因取样，在研究分析的同时，进行优化组合培育，目前已经繁育出抗性强品质好的树种。听罢，我竖起大拇指，为他们所取得的成果点赞！

春光融融的一日，我走进位于泗水南岸的曲阜实验中学。这里离曲阜孔子学堂仅有一千米。校园里最显著的标志，就是孔子的雕像。在采芹园里，每一株树木都有挂牌介绍。引起我注意的是那株楷树——在当地，把楷读作皆——此树耐干旱耐瘠薄，抗污染，耐烟尘，病虫少。树干疏而不屈，刚直挺拔，自古就是尊师重教的象征。

倏忽间，教室里传出琅琅的读书声——"子曰：学而时习之，不亦说乎？有朋自远方来，不亦乐乎？"——"子曰：工欲善其事，必先利其器。"——"子曰：己所不欲，勿施于人。"——"子曰：知之者不如好之者，好之者不如乐知者。"——"子曰：我非生而知之者，好古，敏以求之者也。"

教室的上空，伴着读书声，飞来一只喜鹊，喳喳喳叫了几声，盘旋一圈后，落于那株楷树的枝头。它东看看，西望望，然后，翘了翘尾巴，抖抖翅膀朝着泗水的方向飞走了。

泗水流域是"圣源"之地，儒家圣人，包括至圣孔子、亚圣孟子、复圣颜子、宗圣曾子、述圣子思子、和圣柳下惠，以及仲子等诸多儒家先贤都是出生在泗水流域。据说，孔门弟子"七十二贤"中，就有六十人生长和活动于泗水流域。在地理上，它是一个灵动的流域，更是一个独特的生态系统。它的自我净化、自我修复能力都是惊人的。它每时每刻都处在动态变化中，它涵养着生命，也创造着生命。

春秋时期，孔子在"洙泗之间"讲学授徒，周游列国，后人遂以"洙泗"代指孔子和儒家。泗水流域产生了中国最为璀璨夺目的儒家文化，并以自身的不断交融、创新和升华，推动了中华文化的传承和发展。寻根溯源，文脉流长，绵延不绝。故此，泗水又被西方人称为"东方圣河"。

孔子的思想，在中国乃至世界都有深远的影响。据说，影响世界的十位文化名人，孔子排在首位。泗水，究竟给了孔子怎样的力量？

早先的泗水流向先是"倒流"，再旋转着流。——由东往西，再偏西南，忽的一下又向正南，继而再发生偏移，转向东南，注入淮河，再注入长江，最后注入大海。

"混混道源通泗水，严严正气接尼山。"——这是泗地的一副楹联，作者叫仲蕴全，清乾隆年间人。其实，我多日行走泗地，要探究和表达的就是这个意思。

搞清了尼山与泗水的关系，也就大体搞清了中华文化的根脉和走向。

自然之道，无终穷也。

是的，这是孔子的泗水，这是先贤们的泗水，这是泗人的泗水。

是的，这是我们的泗水。

# 尼山之光

## 正是梧桐飘香时

纪红建

纪红建,湖南望城人。中国报告文学学会副会长。著有长篇报告文学《乡村国是》《大战"疫"》《哑巴红军》《彩瓷帆影》《大国制造》等二十余部,在《人民文学》《中国作家》《当代》《求是》等刊物发表长中短篇报告文学200余万字。获第七届鲁迅文学奖、中宣部第十五届"五个一工程"特别奖等,系中宣部"宣传思想文化青年英才"。

"咱们把拍客团改名为泗水微公益团吧,用更多的时间和精力去帮助那些需要帮助的孩子。"齐鲁拍客团泗水站负责人提议说。

会场顿时一片寂静。

"咱们不玩了吗?"一名拍客团成员站起来疑惑地问道。

但这名拍客团成员刚一坐下,就又站了起来,补充说:"对困境儿童进行帮扶,咱举双手赞成。"

"摄影是咱们的命根子,咱们不仅要玩,还要玩一辈子。摄影让咱们走到了一起,大家一起追求美分享美,好山好水好美食。但摄影艺术的真谛在哪儿?是触动心灵的真善美。这几年,咱们不仅通过镜头记录了真善美,还改变着一个个孩子,一个个家庭。"齐鲁拍客团泗水站负责人也站了起来,大声说道,"下一步,咱们还要扩大范围走村串户,对全县困境儿童进行摸排,既考虑系统性,也考虑持续性。"

大家相视而笑,互相点头示意。

想想也是,拍客团解散了,但留下了爱,艺术的真谛还在,更何况还有摄影家协会那个温馨的家呢。

会场响起一阵热烈掌声。

2014年初秋的一天,齐鲁大地正瓜果飘香,齐鲁拍客团泗水站百余名成员齐聚一堂,召开一年一度的年会,共商发展大计。会场气氛热烈,简朴而又隆重。

齐鲁拍客团由齐鲁网发起，由一群摄影爱好者组成。他们不仅通过相机、手机、DV、电脑等设备，利用齐鲁网参与新闻报道、网友互动，成立伊始，还将公益帮扶作为团队活动重点，纵横阡陌都有他们忙碌奔波的背影。

泗水属于山东济宁，是沂蒙革命老区县，也是劳务输出大县，留守老人和儿童多，特别是儿童照护缺位。他们是真善美的记录者和传递者，自然知道帮扶困境儿童的必要性和紧迫性。

时间不等人啊，孩子在一天天长大，急需阳光雨露。扶贫政策在给孩子们送来阳光和温暖，他们恨不得马上化作一束束阳光，去照亮一个个孩子的心灵之窗。

他们怎么放得下姣姣呢！

2013年5月初的那一幕，还深深印在李明珠的脑海中。

那个五一小长假，李明珠跟着爸爸妈妈到泗张镇上焦坡村走亲戚。当时她还只是一个十六七岁的小姑娘，受爸爸影响，迷上了摄影，不论走到哪儿，设备随身带，相机不离手，捕捉生活之美，定格美好。

经过村里一处破旧院子时，两个小孩让她停下了脚步。大的是个男孩，八岁左右；小的是个女孩，两岁上下。他们光着身子，看上去脏兮兮的，男孩目光呆滞，女孩满脸惊恐。

荡漾在李明珠脸上的笑容消失了。她举起相机，按下快门，定格的不是最美的风景，而是质朴的爱。

这个两岁的小女孩正是姣姣。

消息迅速传遍拍客团。

"赶紧去看看吧！"

"俺报名！"

"俺也报名！"

"加上俺！"

……

一周后，拍客团代表来到姣姣家。

"长枪短炮"换成了衣服零食，惊奇欣喜变成了感慨万千。

简单垒砌的房屋，破烂不堪的窗棂，七零八乱的室内。墙上的钟表不再转动，年久失修的电扇已锈迹斑斑。

更让他们揪心的是姣姣一家的境遇。爸爸老实巴交不善言辞，妈妈精神失常只会傻笑，患有自闭症的哥哥未曾踏进过学校的大门，奶奶股骨头双侧坏死行走困难。姣姣呢，没穿衣服，叼着奶瓶，躲在墙角。

"姣姣乖，叫阿姨。"一名女成员手里拿着零食，慢慢靠近姣姣后，又轻轻蹲下身子，微笑着说。

姣姣一言不发，跑过去紧紧抓住爸爸的手，直往后躲。不能怪孩子，她还不会说话，甚至连简单的"爸爸""妈妈"都不会说。

"来，姣姣，给你。"女成员扬起手中的零食。

姣姣看着爸爸，爸爸用微笑鼓励她。她怯生生地走过去，一把夺过零食，又迅速跑到爸爸身后。

大家微笑着，向姣姣投来赞许的目光。

爸爸内心异常焦急，把姣姣的处境一股脑儿地说了出来。

姣姣毕竟还只有两岁，妈妈和奶奶没有能力照顾她，爸爸为了养家糊口，不得不常年外出务工，没有时间也没有精力照顾她，于是哥哥便成了她的"榜样"。哥哥光脚，她也光脚；哥哥不说话，她也寡言少语；哥哥不穿衣服，她也去模仿；哥哥喝脏水吃脏东西，她也跟着学。他们很少走出自家院子，猫猫狗狗、鸡鸡鸭鸭便是他们最亲密的玩伴。

"对于这个家庭，特别是对于姣姣来说，衣物又能起什么作用呢？

解决了一时之需，却无法让他们最终走出'冬天'！"

"如果姣姣就这样待在原生家庭，未来堪忧！"

那时的他们还没有正式做公益，觉得束手无策。

姣姣不懂叔叔阿姨们讨论的内容，但爸爸明白啊，他心如刀割，站在一旁悄悄抹泪。

"只要姣姣过得好，送人也行。"看着即将离开的拍客团代表，爸爸最终还是忍不住含泪说了句。

爸爸的声音很小，拍客团代表却听得一清二楚。

回到家，拍客团代表茶饭不思、坐立不安，姣姣家的那一幕幕就像电影一样在他们脑海中反复播放。有的在家里沉思、焦虑，有的已经开始打听全托幼儿园的情况了，还有的干脆在 QQ 群里、在论坛里发帖子表达心声、寻求支持。

"俺不知道，在这样的生活情况下，娇娇的未来会怎样？会不会和她哥哥一样！"

"俺希望有更多的人关注这个可怜的家庭，帮助一下这两个可怜的孩子。"

"俺不知道娇娇哥哥的心理障碍能不能消除减轻，但我知道，如果我们一起来帮助这个家，娇娇还是会很懂事很乖的。"

"决不能看着娇娇的未来被现实摧毁吧！"

……

爱，就这样在拍客团荡漾开来，化成了行动和力量。

很快，好消息传来。县城的一家医院愿意为娇娇和哥哥进行全面身体检查和心理疏导，镇上最好的幼儿园愿意为娇娇办理全托，几名爱心人士表态愿意为娇娇提供 2 岁到大学毕业的全部资助，更多的志愿者承诺把娇娇家当自家亲戚走动。

爱如春风，融化坚冰。

半年后的一天，拍客团再次来到娇娇家。

"叔叔！"

"阿姨！"

声音有些柔软。

"是在叫咱们吗？"

"是的！是的！"

第一次听到娇娇开口叫人的拍客团成员，激动地掩面而泣。

公益的种子，开始在他们心中生根发芽。

虽然泗水县微公益协会2016年元月才在县民政局正式注册成立，但这并不影响他们爱的传递，帮扶行动也早已开始。

他们的行动，得到了泗水县委、县政府的高度重视和大力支持，要钱给钱，要物给物，要政策给政策。办公场所也由最初爱心人士提供的一间狭小办公室，到政府提供的泗水县新时代文明实践中心大楼的几层楼。

还是跟大家说小芳的故事吧！

2015年春暖花开的一天，微公益协会成员孙涛来到苗馆镇大王庄村的小芳家。

"喜欢画画吗，小芳？"墙上粗糙稚嫩的画引起了孙涛的注意。

"叔叔，俺非常喜欢画画，从小就喜欢。"小芳提高声调，肯定地说。

孙涛看见她坚定的眼神，比较诧异："喜欢画画虽然好，但是花费很大，不要说咱们这种家庭，就是家庭条件比较好的城市孩子，也会犹豫的，你还是安心读书吧，以后即使考个专科，学个一技之长，也可以供养妹妹，孝顺奶奶。"

小芳有些失望地微微点了点头。

孙涛，1978 年出生，身高一米七五，长相阳光帅气，是县供电所的一名职工。

在县第二中学上高二的小芳个头瘦小，爸爸车祸去世，妈妈改嫁，留下她和妹妹与八十多岁的奶奶相依为命。她是个心思缜密的女孩，她告诉孙叔叔，爸爸离开他们已经一年十个月零八天，妈妈改嫁 418 天了。

她从小喜欢画画，即便发生家庭变故，她也没有放弃自己的追求。家里墙上的画，都是她从小学到高中画的，虽然粗糙，但画笔行间透出一股灵气。

刚参加微公益协会活动时，孙涛只想着资助一个孩子，后来在参与帮扶孩子的过程中，发现参与走访调查，能够帮助更多的孩子，决定留下来。

小芳失望的表情，孙涛看在了心里，也让他重新萌生了资助她的想法。

孙涛悄悄把小芳一幅最新的素描画拍了下来，用微信发给了一个搞美术的朋友，让他帮忙看一下。

"确定孩子没有学过画画？"朋友问。

"没有。"孙涛肯定地说。

"如果孩子没学过画画，那她是有一定天分的。"朋友说，"只要进行一段时间的专业训练，肯定会有所收获。"

他又去走访小芳的班主任和专业老师。

"小芳这孩子虽然学习底子差了点儿，但能吃苦，如果能从事艺考，考个本科应该不成问题。"老师们的评价高度一致。

孙涛更加坚定了资助小芳的决心。

"如果几万块钱能够改变一个孩子的命运，那就是值得的。"他郑重其事地对妻子说。

妻子微笑着，充满诗意地说："只要播撒一缕阳光，就会收获一片绿色。老公，俺支持你的决定！"

这年6月，跟着爱的节奏，小芳来到省城，进行封闭学习，系统学习油画。

让培训老师惊讶的是，从零基础开始学的小芳，在三个月后，居然就能画"大画"了。

这背后必然是加倍的付出。

其他学生晚上画到十点，个别的到十一二点，她往往画到凌晨三四点，第二天早上一起床，又跑到画室继续画。

功夫不负有心人。这年12月全省联考，小芳的专业成绩全校第一，超过了很多从高一甚至从初中就开始学画画的同学。但由于心理压力过大，高考时，她的文化课发挥失常，分数仅够专科。

"小芳，高考不是人生唯一的转折。"孙涛安慰小芳说，"上大专也有机会。"

"叔叔，俺要复读，不考上本科不罢休。"小芳态度坚决。

看到内心坚强的小芳，大家倍感欣慰，经过多方联系，在济宁找到一家愿意让她免费学习的画室。

翌年，小芳如愿以偿，考上了东北电力大学服装设计专业。

走进大学，舞台更大，她犹如插上艺术的翅膀，翱翔在理想的天空。作品越来越多，越来越精致，爱的气息也越来越浓郁。

她为泗水县微公益协会画了一幅名为《一双翅膀》的画：洁白的翅

膀，在天空展翅翱翔。

她说，那是微公益协会的叔叔阿姨们给她插上的翅膀，一双能飞翔的翅膀，飞向理想的翅膀。

她还为孙涛叔叔画了一幅画，是幅油画。

这是一对父女的背影。

花红柳绿的春天，一条乡村小道上，一个头戴太阳帽的中年男子努力地骑着自行车。后座上，一个同样戴着太阳帽的小女孩，紧紧地抱着中年男子。她背上背着红色的书包，看得到左脸幸福而沉醉的面容。

她给这幅油画取名：《那年》。

是爸爸的那年，也是孙涛叔叔的那年；是爸爸的背影，也是孙涛叔叔的背影；是对爸爸的思念，也是对孙涛叔叔的感恩。

令人感动的是，微公益协会帮扶的孩子都充满感恩之心。

我被孩子们写来的一封封感谢信深深打动着。

我想向大家分享一位名为彬彬的大学生写给微公益协会的感谢信——

泗水县微公益协会，一个响亮的名字；志愿者，一种温暖的身份。有幸在这个大家庭里成长，结识来自社会各界的爱心人士，感受来自四面八方的关爱与温暖，这是我在这个快脚步的时代里体会到的最细腻的感动。

在这里，我愿意引用杨万里的一句诗：拼却老红一万点，换将新绿百千重。仔细体会，这是一种何等博大的情怀。又想到有人说，没有人永远十八，但永远有人正十八，志愿者们、各位爱心人士们，将他们的青春、他们的精力燃烧起来，输送给我们温暖，加热我们的青春，沸腾我们的青春，以前浪之余力助力后浪之澎湃。

不知道大家这个暑假有没有看这样一部电视剧——《大山的女儿》。这部电视剧以黄文秀书记为原型人物，里面有一个片段，是美沙写诗的情景：我被足球击中了，它撞开我心中那扇森严的门，痛并快乐着；我被歌声唤醒了，它描绘出我一直说不清的梦想，清晰又真实。在这一刻，我忽然明白，梦想并不遥远，我可以奔跑，我可以歌唱，我可以养活自己的小孩，我可以让他有一个美好的未来。

人的共情就是这么奇妙！我们就像诗里主人公的翻版，也许在某个为学费、生活费惆怅的夜晚，助学金的发放让我们放心追求诗与远方，也许在某个压力超负荷内心无比脆弱的一天，志愿者们一句发自内心的安慰与鼓励让我们学会放空沉重的灵魂，也许在某个羡慕别人行万里路的假期，协会看世界的活动让我们有机会用脚步丈量华夏大好河山。

拿我自己的亲身经历来说，有很多在我身上发生的故事谱写着协会最真实的赞歌。2019年，初中毕业的暑假，我有机会跟随协会"带你看世界"活动到西安进行了为期七天的研学旅行。这是我第一次出远门，好奇与激动、胆怯与兴奋交织。

就是在这个星期，我欣赏了壮阔的壶口瀑布，游览了振奋人心的红色遗址；就是在这个星期，我找到了人生奋斗的意义；就是在这个星期，我懂得了新时代的使命，原来读万卷书不如行万里路是这个意思。这次研学行中的体会与感触，是我花再多时间与精力也学不到的。

陕西的夏天炙热如火，仍记得杨叔叔为了给我们拍照留念，扛着沉重的相机趴在地上汗流浃背，夏天内陆的地温可想而知，可即使累，即使热，他从未抱怨过半句。

后来，在协会的组织下，我们家装修了温暖小屋，干净整洁，漂亮温馨，满足了我有一方书屋的愿望。今年春天，为了准备高校专项计划的申报，于叔叔和闫阿姨在百忙之中为我准备推荐信材料，最后助我通过高校初审……

一桩桩、一件件，都刻在了我的心里，如此种种数不胜数。

一句感谢的话不足以表达我们的感激、我们的真诚，但是也只有这一句感谢，才能表达我们的心声。

谢谢你们！

感谢你们！

今年 56 岁的乔向阳老师是泗水县金庄镇三角湾村人，1986 年 12 月参加工作，是金庄镇希孔爱心小学的一名高级教师。

2014 年一个偶然的机会，热爱骑行和摄影的乔老师加入了齐鲁拍客团。当时的拍客团正转型做公益，乔老师的加入更给当时的团队增添了一份新的活力。

伴随团队的发展，乔老师见证了"镜头里的梦想"贫困儿童救助活动丰硕成果，亦见证了青苗衣捐、暖冬行动为山区孩子带去的温暖。

自从转型做公益，早出晚归成了他的家常便饭。他总会利用下午放学后和周末时间，独自一人骑着自行车，带着两瓶矿泉水，拿着一台简单的相机，背着那饱经岁月沧桑的皮包，行走在泗水的各个乡镇街道。

每走访完一个孩子，助人心切的他总会以最快的时间将档案整理好，将帖子发表出来。为了不耽误更多孩子的正常学习，他总会晚上午夜以后睡觉、凌晨四点起床，将省下的时间做这些工作。

"最感动莫过乔老师清晨走访、凌晨发帖。"团友们感慨地说。

一次，爱心人士想资助孩子，乔老师手里已经没有了现成的资料，怎么办？

"我再去走访几个孩子。"乔老师没有丝毫犹豫，"现在就去。"

当时天下着蒙蒙细雨，他依旧是两瓶矿泉水、一辆自行车、一台相机、一个背包，没有吃饭便出发了。

从泗水县城最西南的小区出发，一路向东北，由于路不是很好走，来到星村镇黄路庄村强强家时已近中午。

调查完强强，乔老师又马不停蹄地来到星村镇贺家塘村调查。有意思的是，他忘记了吃中午饭。

雨越下越大，孩子还没有走完，他没有放弃，继续前行。两瓶矿泉水喝完了，早晨和中午的饭也没有吃，此时的乔老师是又累又渴。疲惫的他，一边骑车，一边考虑着即将要走访的孩子，不觉间雨水已浸透了他单薄衣物，一不留神骑进了路边的深沟。

车子坏了，手也被沟里的树枝划破了，乔老师自己进行简单的包扎后，推出自行车，找到一家修车铺把车子修好后，坚持把家住在高峪镇贺庄村的孩子走访完毕才回县城。

这天，他的整个行程达100公里。

回到家时，已近晚上九点。简单吃了些晚饭，躺在床上休息了四五个小时后，乔老师又早早起床把走访的档案整理好，把帖子发表到齐鲁社区。

此时，时间刚好凌晨四点半。

在床上眯了一会儿，时针指到凌晨六点。乔老师又骑着他那辆自行车，开始了新的工作征程……

一个乔向阳的力量，可能还很微薄，但千百个乔向阳便可汇成磅礴力量。

任尚苗，三十出头，中等个头，皮肤白皙，脸圆眼大，温婉秀气。

她是个顽强的"女汉子"，在泗水县济河街道上班，整天忙碌奔波。她也是个称职的妈妈，每天风雨无阻地接送儿子上下学，陪儿子参加各种各样的课外活动，尽量用更多的时间来陪伴他。

她没有因为忙碌而忽视了爱的传递。她申请当上了微公益协会的志愿者，并总会"忙里偷闲"地去参加一些帮扶活动。

2017年暑假，微公益协会开展"带你看世界"活动，带着从未离开泗水的孩子远赴省城，到济南方特东方神画等处参观和游玩。任尚苗是协会志愿者之一。

微公益协会开展的"带你看世界"项目，原名"放飞梦想"，源于两年前的一次外出参观。受一家爱心企业的资助，齐鲁拍客团泗水站组织了三十个孩子到日照看海景观日出，那是拍客团第一次组织孩子外出旅游。

为了让家长安心，他们与家长不断沟通，详细介绍活动的方案和流程。一路上，还格外小心，生怕磕了碰了孩子。然而，让拍客团成员更加担忧的，是孩子的见识。不少孩子从未住过酒店，不知道房间里有卫生间和洗澡间，也没使用过浴室喷头和坐便器。

应该多带孩子们出去走走，开开眼界，放飞梦想！

于是，他们飞呀飞呀飞，飞到了省内的济南、青岛、烟台、日照、泰安等地，省外的北京、天津、上海、南京、西安、延安等地。但他们去得最多的还是日照，泗水离那儿近，孩子们都喜欢大海。

微公益协会用心良苦，让志愿者"一对一"守护孩子。

任尚苗与阁阁就是其中一对。

阁阁是个八岁的小丫头，刚出生两三个月就没有了妈妈，她不知道

泗水微公益

妈妈长啥模样,更没有感受过妈妈的温暖。一路上,小丫头总是与任妈妈手拉着手,形影不离。

第一天晚上十点半左右,任妈妈正迷迷糊糊快要睡着时,胳膊上突然感到一股暖流。

任妈妈正要吱声,但马上停止,话到嘴边又咽了回去。是阁阁从另一个床上爬到了任妈妈的床上,并紧紧地抱着任妈妈的右胳膊。

任妈妈知道阁阁性格内向,不会轻易开口提什么要求,她装着睡着了,甚至还故意发出轻微的呼吸声。

此刻的任妈妈,早已悄然落泪。

为了不惊扰阁阁,她不敢用手擦眼泪,也不敢挪动自己的头,任由泪水从脸庞流下,再流到枕头上。

渐渐地,任妈妈听到阁阁的呼吸声越来越大。

阁阁进入了熟睡状态,任妈妈却睡意全无。她把阁阁搂在身旁,一会儿轻抚着她的头发,一会儿轻抚着她的胳膊,抚着抚着,泪又出来了,流向深夜,流向明天……

"任妈妈,俺能叫你妈妈吗?"第二天早上起床,阁阁鼓足勇气对任妈妈说。

"能啊!"任妈妈先是一激灵,然后微笑着把阁阁抱在怀中。

"母女"俩紧紧相拥。

微公益协会也悟出了一些道道:孩子缺吃缺穿缺见识不错,但更重要的是缺爱,特别是母爱。

随着帮扶工作越来越深入、细致、精准,他们还发现:由于脱贫攻坚取得的显著成效,一般家庭的基本生活保障没问题了,需要资金和物资资助的孩子越来越少,他们给予孩子的不一定是孩子最需要的,孩子

"微爱妈妈"陪伴成长

最需要的是关爱和陪伴。

是该调整工作思路,增加服务项目了!

微爱妈妈!

微公益协会又一个项目在实践中产生了。

新项目接踵而来,儿童服务站、温暖小屋、袋爱回家、女童保护、微笑音画、微爱美发、微爱心声、微爱传承……

这些汇聚成爱的河流、幸福的海洋。

"诺诺,今年多大啦?"

"诺诺,在哪个学校读书呢?"

2019年9月的一天,卓红轻轻地拉着诺诺的手,歪着头朝她微笑。但无论卓红怎么说,诺诺就是不愿意打开心扉,甚至表现出抵触的情绪。

诺诺是卓红当上"微爱妈妈"后带的第一个女孩,也是卓红第一次到诺诺家。

卓红依然微笑着拉着诺诺的手。身为妈妈的她,当然知道要当好一名"微爱妈妈"要有足够的耐心。她个儿不高,打扮朴实,是个极其平凡的女子。她在济宁市生态环境局泗水县分局工作,有个比诺诺小一岁的女儿。

一次,她在泗水县微公益协会的志愿者群里看到招"微爱妈妈"的消息。志愿者群是个开放式的群,只要想了解微公益协会的人都可以进入。一年前,她就进群了,并默默关注着微公益协会组织的各项活动。

"'微爱妈妈'主要针对缺失母爱需要陪伴的女童进行陪伴帮扶,目前主要有两种方式,一种是一对一的陪伴,另一种是集体集中陪伴。陪伴的目的有五大块：学习上、思想上、生活上、情感上、身心安全引导、教育上……"

看到这个消息，卓红心情难以平复。她是一个女性，也是一个妈妈，对于任何孩子都没有免疫，更何况是身处困境的孩子。

于是，她跑到微公益协会提交成为"微爱妈妈"的申请。

在生态环境部门工作，工作经验还算丰富，有个温馨的家，老公也大力支持她，她以为成为"微爱妈妈"不是什么难事。但她把事情想简单了，微公益协会对"微爱妈妈"的要求极为严苛。

"如果是心血来潮，你现在就可以把申请报告收回去。"微公益协会负责人说。

"俺不是心血来潮，俺确实是想为孩子们做点什么。"她急忙解释说。

"当'微爱妈妈'不是想象得那么简单，就像带自己的孩子一样，会面临很多具体困难和难题，如果干了几天坚持不下来放弃了，就会对孩子造成二次伤害。"微公益协会负责人说，"'微爱妈妈'最需要的是善良和爱心。"

她重重地点着头。

即便如此，微公益协会负责人还是微笑着对她说："您回去好好考虑考虑吧！"

直到第三次申请，微公益协会负责人才被卓红坚定的意志打动，批准同意她为"微爱妈妈"。

"您可以接受一个什么样的孩子呢？"微公益协会负责人问她。

"跟俺女儿差不多大，离得近一点就行。"她说。

都已经当"微爱妈妈"了，卓红哪能不知道诺诺多大了，在哪个学校读书呢。这样问，无非是想拉近自己和孩子的距离，培养感情，取得信任。

诺诺的家就在城郊，五岁时，妈妈离家出走，前不久爸爸因病去世，留下她和奶奶。读六年级的诺诺喜欢阅读。她可能还心心念念想着妈妈，思念逝去的爸爸，情绪自然不会稳定。

既然是"微爱妈妈"，就应该和"女儿"无话不谈呀！

怎么办？

卓红想到了女儿涵涵。她们年纪相仿，又喜爱阅读，应该会有共同语言，涵涵可以当桥梁和纽带。

第二次去诺诺家，她就带上了涵涵。

效果出奇地好，诺诺很快就和涵涵玩到了一起。

她们不仅聊学校的趣事，还聊生活中的小事。都喜欢阅读，自然聊到书籍，特别是文学作品。她们聊到《三国演义》《水浒传》《西游记》《红楼梦》等国内名著，也聊到《杀死一只知更鸟》等外国经典文学作品。

"诺诺，这就是你妈妈，快叫妈妈。"奶奶说。

卓红朝诺诺微笑着，如同温暖的春风。

可诺诺还是开不了口，脸唰地红了，也低下了头。

"诺诺，你叫俺红妈妈就好了。"卓红知道，诺诺心里还装着妈妈。

"红妈妈！"诺诺的声音很小很小。

卓红感觉，一丝阳光照进了自己的心灵。

卓红知道，虽然诺诺不再抵触自己了，但要真正走进她的内心，还需要一个过程。

于是，卓红三五天就要到学校或是家里看看诺诺，每个月都要接诺诺到她家里来住一住。无论给女儿涵涵买什么，总会有诺诺的一份，比如小女孩喜欢的衣服、布娃娃啦，中外名著、作文辅导书啦。

一次，卓红接诺诺到她家过周末。涵涵去了姥姥家，只有她们"母女俩"。

"诺诺，问你一个严肃的话题，可能会触及你的心灵。"卓红微笑着说。

诺诺露出羞涩的笑容，点了点头。

"妈妈在你五岁的时候就离家出走了，你告诉红妈妈，你恨妈妈吗？"卓红问。

"红妈妈，俺不恨妈妈，但俺奶奶恨她。"诺诺说。

"诺诺，红妈妈想告诉你的是，红妈妈也是一个妈妈，儿女都是妈妈的心头肉，哪有妈妈不爱不疼的呀。"卓红说，"妈妈离开可能有她的苦衷，也有可能在若干年后会回来找你。"

诺诺听得很认真。

"奶奶恨妈妈，那是上一辈人的事，你不要受影响。"卓红说，"虽然妈妈的离家出走，伤害了你，但你不要把恨种在心里，要在心里种下爱。只有心中有爱，你才能看到希望，你的未来才会变得美好。"

"可是红妈妈，俺还是想妈妈呀！"诺诺说。

"诺诺，想妈妈是对的呀，应该想妈妈。"卓红说，"虽然妈妈不在你身边，但红妈妈在啊，俺任何时候都会在你身边。"

说到这，"母女俩"都控制不住情绪，抱在一起失声痛哭起来。

"母女俩"心灵之间的那堵墙拆除了，她们成了无话不谈的"朋友"。

无论是学习上，还是生活上，也无论是快乐的事儿，还是烦心的事儿，诺诺都会跟红妈妈说。红妈妈跟她聊人生聊理想，甚至开玩笑地问她，有没有小男生追她，有没有心仪的小男生。对于诺诺提出的每一个问题，红妈妈不仅有问必答，还非常专业细致地给出自己的小建议，让诺诺心悦诚服。为了真正了解孩子的心灵世界，化解她心中的困惑，红妈妈向其他"微爱妈妈"学习，自学心理咨询知识。学校也把红妈妈当成了诺诺的亲妈妈，有任何事都会随时跟她沟通。

上初一第一次期中考试，诺诺考得不理想，数学没及格。

"红妈妈，这次期中考试俺数学没有及格。"一天晚上，住校的诺诺在电话那头哭了起来。

"诺诺不哭，这很正常啊，以后努力就是了。"卓红安慰说。

这周六一早，卓红就赶到了诺诺家。见到卓红，诺诺抱着她就哭了起来，卓红轻轻地拍着诺诺的肩膀。

"红妈妈，上小学时俺数学都是九十多分，怎么现在就不及格了呢？"诺诺不解地问。

"初中和小学的知识结构不同了，学习方法也不一样。"卓红说，"有个朋友，她孩子初中第一次考试也没及格，但后来通过努力，赶了上来，还考上了985大学呢。"

卓红知道，一次考试成绩分数的高低不重要，主要是心态。

"诺诺，你心里有什么感受？"卓妈妈问。

"红妈妈，俺怕周围同学不喜欢我，不理俺。"诺诺说。

"如果你要好的同学没考好，你会不会不喜欢他们，不理他们？"卓妈妈微笑着问。

诺诺说："不会的。"

"那不就对了。"红妈妈说，"是你自己想多了。"

"母女俩"相视而笑，又一块"坚冰"融化了。

就在前不久，诺诺还出现了偏科的现象。

"红妈妈，俺这么努力了，怎么还会偏科？"诺诺问。

"你怎么努力的？"红妈妈问。

"每天刷题。"诺诺说。

"你有错题集吗？"红妈妈问。

"有。"诺诺说。

"回头看过吗？"红妈妈问。

诺诺不吱声了。

"这就是你学习方法存在问题。"红妈妈说，"你改变一下学习方法试试。"

诺诺微笑着，使劲地点着头。

一天，微公益协会负责人专门来感谢卓红。

"太感谢你了，你改变了诺诺。"微公益协会负责人有些激动地说，"她原来不笑，也不说话，现在变得活泼懂事了。"

"是孩子长大了，变得懂事了。"卓红有点谦虚地说。

"与你的陪伴和耐心引导密不可分。"微公益协会负责人说。

"只不过给了孩子一缕阳光，她却还给了我整个春风。"卓红脸上露出了灿烂的笑容。

夕阳洒下最后一缕霞光时，我们来到欣欣家。

欣欣个儿不高，有些瘦小，但看得出来，她对我们的到来显得既羞涩又激动。

她的家在泗水县金庄镇晋家庄村，屋后是一片翠绿的树林，屋前是大片整齐的农田。狗儿欢快地摇着尾巴，跟在欣欣后来，一起迎接我们。

欣欣上六年级了，她有一个上二年级的妹妹，一个憨厚老实、沉默寡言的爸爸，还有年过七旬的爷爷奶奶。如果妈妈在家就完整了，可是妈妈在六年前离家出走一直未归。

虽然欣欣的家庭非常朴实，甚至简陋，但这家人的热情，以及欣欣和妹妹脸上洋溢的笑容，让我们感受到了温暖。

姐妹俩坐在沙发上，靠得很紧。妹妹更加羞涩，不仅挽着姐姐的手，还总是用手捂着脸，却没有挡住她脸上甜美的笑容。

刚好这天是周日，她们下午才从微公益协会集体集中陪伴回到家里。这是"微爱妈妈"项目的另一种方式，每月必须有一次。

欣欣和妹妹是周六早上被接到微公益协会的，宿舍在四楼，餐厅在五楼，还有很大很大的活动室。

在那里做什么呢？

与"微爱妈妈"孟妈妈像"母女"一样过日子。

孟妈妈带着姐妹俩包水饺，她们一边聊着天，一边剁肉馅、调肉馅、和面、擀皮、包水饺，自己动手包的水饺味道就是不一样。

孟妈妈给姐妹俩做了泗张黏糊鸡，新鲜味正，劲道醇香，粘连胶感明显，令姐妹俩回味无穷。

孟妈妈带姐妹俩洗澡，教她们洗衣服、梳辫子，告诉她们女孩子应该注意的事项，如何保护自己，如何自信自立，如何树立梦想和理想。

孟妈妈跟姐妹俩聊到了爷爷奶奶的身体情况、爸爸的工作情况，以及她们在学校的学习情况。孟妈妈总说："有什么困难，有什么烦恼，尽管跟孟妈妈说，孟妈妈一定想办法解决。"

孟妈妈陪着姐妹俩写作业，姐妹俩遇到不懂的，孟妈妈耐心讲解，作业写完后，孟妈妈还要认真检查，发现错误及时纠正，并认真讲解。最后，孟妈妈还在作业本上签上自己的名字。

孟妈妈还带姐妹俩参加了文娱活动，与其他孩子一起排节目，欣欣和妹妹参加的是合唱《愿你》。"愿你三冬暖，愿你春不寒，愿你雨天有伞，愿你梦能安，愿你温而善……"唱着唱着，姐妹俩就流泪了。别看姐妹俩年纪小,但她们懂得感恩,能够体味到歌曲的深情感人。

欣欣爱画画,没事就会在本子上画看到的动物或植物。孟妈妈专门给她约来一个爱好书画的朋友,指导她画画,这让欣欣惊喜不已。

下午回到家,姐妹俩也没闲着。他们帮着家里种花生、做饭、刷碗、洗衣服,一直忙到我们到来。

欣欣说,她还会开小三轮车,拉玉米棒子,拉肥料,她都行。

欣欣还说,她的梦想是当一名老师,最好是在金庄镇当一名英语老师,方便照顾爷爷奶奶和爸爸。她特别喜欢英语,每次英语考试几乎都是满分;她也特别喜欢金庄镇,这里风景宜人,泥土芬芳。

夜色越来越浓,星空越来越亮!


那年腊月二十八。

"月月在家吗?"闫娟带着爱心人士来到泗水县泗张镇的月月家。

闫娟的声音不大,也无须多大,因为月月家的房子连门窗都没安装。

不一会儿,月月和妹妹乐乐从屋里披头散发地跑了出来。月月上五年级,乐乐上二年级,没有了母亲,她们只能依赖父亲。可是爸爸长年在外打工干活,哪有时间和精力照顾姐妹俩。

"小姑娘的,也不知道收拾一下。"说着,闫娟就给姐妹俩梳理头发,"你爸爸呢?"

"闫阿姨,俺爸刚才还在呢。"月月笑着说,"可能到地里干活去了吧!"

"都什么时候了,还到地里干活。"闫娟微笑着埋怨。

"俺爸就这样,一年到头就知道在工地和地里干活,从不收拾家里。"月月也跟着埋怨起来。

来到厨房一看，没有鱼肉，只有几个带泥的萝卜摆在那里，没有丝毫年味……看到这些，闫娟心里很不是滋味。

与卓红、孟妈妈不同的是，闫娟是泗水县微公益协会的一名驻会工作人员，不仅要负责办公室的接待协调工作，还是微公益协会泗张镇分会的负责人。在微公益协会，除了协会领导，像闫娟这样的驻会工作人员有十几位，分别负责物资、资金、档案等方方面面的工作。

帮扶工作不仅要驻会工作人员的团结协作，还需要志愿者的参与支持。一批又一批志愿者在努力，一茬又一茬的志愿者在更替。注册的和不注册的志愿者有三四百人，直接参与帮扶的志愿者达到180余人。最大的志愿者有年过七旬的大爷大娘，最小的不太好计算，因为不少中学生甚至小学生跟着父母在做公益。

闫娟是名80后，喜爱文学，也热心于公益。

一次，她偶然来到公益书屋"本道阅读"。在这里，她读到了文学作品，还发现了当时在这里办公的泗水县微公益协会。对于微公益协会，她并不陌生。做饮料批发生意的弟弟是微公益协会的志愿者，经常下到乡镇帮扶，她早有耳闻。

"申请当一名志愿者需要什么条件？"她问一名工作人员。

"只要有爱心就行。"工作人员说。

她当即工工整整填写了志愿者申请表。

第一次以志愿者身份走访，是去圣水峪镇的彤彤家。重病在床的爷爷奶奶，以及爸爸那无助的眼神、彤彤灵动而渴望的眼神，让闫娟潸然泪下。晚上回到家，她就把自己的感受写了出来，并坚定把公益做下去的信心。

闫娟知道，作为一名公益人，除了要有热情和爱心，还要有责任心和耐心。

她负责的泗张镇有个叫小藤的女孩，妈妈有精神障碍，爸爸老实憨厚，小藤还有个弟弟。那年小藤接到高中录取通知书，刚好碰上爸爸去世，家里根本拿不出学费和生活费。

闫娟知道情况后，第一时间来到小藤家里，一边安慰她，一边寻找爱心人士进行资助。在爱心人士的资助下，在闫娟和志愿者坚持不懈的鼓励下，小藤不仅以优异的成绩从高中毕业，还考上了一个不错的本科院校。

可是，迈进大学校园的小藤放松了对自己的要求，觉得考上大学算是解放了，只要混张毕业证，找个工作就可以了。洞悉到小藤的心思后，闫娟对她进行了严厉批评，警醒了她。小藤开始重新规划人生目标，并决定考研。

闫娟明白，作为公益人，还应该有一双发现问题的"慧眼"。

一次，她在县人民医院发现了一个小女孩瘦弱的身影。于是悄悄打听，得知小女孩叫小雨，爸爸妈妈有病，她每天放学后骑着自行车前来探望。因为爸妈生病，上初中的小雨正面临辍学的风险。于是，一缕阳光及时照进了小雨的心灵，让她有了温暖，也有了力量。她不仅完成了初中学业，还考上护校，长成了能为爸爸妈妈遮风挡雨的树儿。

拥有"慧眼"的闫娟自然发现了月月家水泥墙上的图画。

两个小女孩，一高一矮，穿着漂亮的裙子，梳着马尾辫，扎着蝴蝶结，手拉着手行走在乡村道路上。这是乐乐的"作品"。

她还看透了月月的小心思：她希望能有一间自己的小屋，在里面学习、玩耍、安放那些成长的小秘密，就像电视里公主的房间一样，有宽敞的书桌，整齐的衣柜，柔软舒适的小床，干净明亮挂着漂亮帘子的窗……

月月和乐乐是多么渴望拥有一个温暖小屋啊！

一边是期待，一边是行动！

经过一系列严格的调查核实，实地测量，经过一个多月的施工以后，月月和乐乐的温暖小屋如期改建完成。温暖小屋按照姐妹俩喜欢的样子刷了米色的墙，房间里面放着粉色的床、粉色的衣橱和粉色的课桌。

每天放学回家，姐妹俩第一时间跑进自己的小屋，关上房门，打开书包，在温柔的灯光下写作业。最享受的还是晚上，可以睡在自己暖暖的被窝里，自由翻身，呼吸着属于自己房间的空气。

我还听说了萍萍的故事。

10岁的萍萍，上小学三年级，学习刻苦，成绩优秀，乖巧懂事，被微公益协会称为"白蒿女孩"。

微公益协会去走访的时候是个春天，萍萍和妈妈正把田野里刨回家的中药材白蒿摘好晾干。

萍萍告诉他们，那样才可以拿去镇里卖掉，换取的钱可以给自己买来一个学期的学习资料，有余的话，还可以得到几包可口的零食犒劳自己。

妈妈患有先天性癫痫，并且经常发作，常年依靠药物维持，几乎丧失劳动能力，全家生活靠爸爸在外打工维持，哥哥还是个在校就读的大二学生。

平常家里只有萍萍和妈妈两人，每次遇到妈妈犯病，萍萍总是沉着冷静尽心尽力照顾妈妈。做饭，干家务，有时还会帮助妈妈干农活。生活的清苦，对于萍萍来说倒不算什么，至少有妈妈陪伴在身边，可是家中居住条件的现状，却让这个女孩有些烦恼。

萍萍家的院落很简单。正北堂屋三间，两间东配房年久失修，无门无窗，无法入住，一家四口都住在堂屋里。一眼望去，屋内设施一览无余，左边一个布帘做隔断，右边一个衣橱做隔断，里面分别放着一张床。

平时萍萍和妈妈住布帘后的床，逢过年和假期，爸爸回家，哥哥放假，家里的床就不够用了。

怎么办呢？

哥哥睡衣橱后边的床，萍萍只得和爸爸妈妈睡在一张床上。本来就不宽的床，这时候就显得格外拥挤，翻身都很费力。

萍萍是多么渴望有一张自己的小床啊，哪怕简陋一点，哪怕仅能放下自己小小的身体，她也就很满足了。

至于课桌、台灯、粉红娃娃……那得是多遥远的梦想啊！

春风来了，萍萍的梦想越来越近！

2018年，微公益协会就开始实施"温暖小屋"项目，甫一开始就受到热烈欢迎。微公益协会更有信心和动力，他们在充分发挥"温暖小屋"施工经验的基础上，进行再创新、再对标、再升级、再突破，打造出"希望小屋"儿童关爱泗水模式。

2020年，团县委"希望小屋"项目落地泗水山村，萍萍的梦想终于成真……

随后，共青团山东省委、山东省青年联合会、山东省青少年发展基金会共同启动"希望小屋"儿童关爱项目，一间间"希望小屋"在山东各地陆续建成，一颗颗爱的种子也在受助孩子心中慢慢生根发芽。

爱，可以传递，也可以跨越江河。

在江苏、在湖南、在山西、在重庆……"希望小屋"在大江南北如雨后春笋般涌现。

来到泗水县圣水峪小城子村新时代文明实践站一楼时，乡村儒学讲堂正在进行，30多名大爷大娘正聚精会神地听课。

看到我们到来，他们集体站起来鼓掌，欢迎我们的到来。

70岁的陈一鸣大爷是乡村儒学讲堂的全职义工。他从过军，当过民办教师，在公社文化站干过，开过照相馆。2013年泗水县在小城子村创新试点开设乡村儒学讲堂，主要讲传统文化、礼仪孝道，讲堂开讲后，退休在家的他便主动申请当义工。

小城子村有近1400人，留守的有七八百人，全是老人和小孩，75岁以上的就是170多个。他们需要互帮互助、抱团取暖，也需要文化的浸润。一开始在圣水峪城子小学讲，考虑到影响孩子们上课，后来租了一个老百姓的小四合院，再后来建起了新时代文明实践站，乡村儒学讲堂搬到一楼。

陈大爷说，刚开始还有人说风凉话，都什么年代了还学儒学。但组

幸福食堂　杨国庆摄

织者没有动摇，坚持自己的选择。慢慢地，大家看到了小城子村的变化，老人心态平和，中年人孝顺，年轻人上进，大学生、研究生越来越多。近几年村里出了6个博士，20多个硕士，50多个大学生。

另一位义工叫陈本义，小陈一鸣大爷三岁，是小城子村的养鸡专业户。

听乡村儒学讲堂第一堂课，他就被深深吸引了。老师讲了孔子的故事，讲了仁义礼智信的起源以及对应意义。特别是一个细节打动了他：老师讲完课后来到学校门口，看到一位老人拄着拐棍艰难行走，不仅对他嘘寒问暖，还当即掏出二百块钱给老人。

从此，他不仅风雨无阻地参加乡村儒学讲堂，还主动申请当义工。他家里养了四千多只鸡，有忙不完的活，只要哪天乡村儒学讲堂开课，他就会凌晨起床，把所有的活儿赶在上午9点前做完。

虽然小城子村的乡村儒学讲堂早在2013年就开讲了，但现在也成了泗水县微公益协会延伸的触角。微公益协会会长杨斌告诉我说，他们想参与到服务乡村振兴的征程中，探索如何服务农村"一老""一小"和残疾人，打造综合性乡村服务体系。

新时代文明实践站二楼是微爱益家儿童服务站，他们想让留守儿童在这里得到全方位的照顾，而一楼的乡村儒学讲堂也只不过是微孝益家养老服务中心的一个局部。

在新时代文明实践站左边，是小城子村的幸福食堂，老人们定期在这里一起包水饺吃饭，一起下棋娱乐。特别是每年除夕，村里的孤寡老人和残疾人都会在这里吃团年饭。

新时代文明实践站后边则是老人的洗澡间、洗衣房，以及光彩作坊。微公益协会想得真周到，为了给留守妇女增加收入，他们不仅到处联系手工活，还提供专门场地，并美其名曰：光彩作坊。

这些，并不是他们的独创，也不是他们闭门造车思考出来的。没有知识和经验不可怕，可怕的是不去虚心学习请教。他们去上海、广州、杭州等地，学人所长，进步自己。

更为可贵的是，他们知道农村是个广阔的天地，"三农"问题是一个长期的问题，乡村振兴也不是一朝一夕、一蹴而就的事情，而是一项长期工程，需要一茬又一茬的人接续奋斗。所以，他们没有盲目扩张项目，只是根据形势发展和现实需求，一步一个脚印朝前走。

来到泗水，正是春和景明，万物明媚。

但撼动心灵的，不是风景，而是散落在泗水大地上那些温暖人心的美好瞬间。

在微公益协会档案室，被帮扶的儿童资料不仅摆放整齐、科学分类，他们还将全县未成年人依据其需要救助和关注的程度，分为红、黄、蓝、绿四个等级。这难道不是心灵的等级吗？

在微公益协会荣誉室的墙上，有个"爱心助学图"，每帮扶一个儿童，他们就会在儿童所在村的区划图上贴上一颗小红心。我看到，2698颗小红心共同构成了泗水的斑斓银河。

……

在小城子村，我不仅看到了一个中国村庄的朴实与温暖、希望与未来，还感受到了浓郁的乡愁。虽然六年前因库区扶贫，他们从龙湾套水库畔整体搬迁到地势较高的新村社区，但还完好无损地保存了老村落。

绿意盎然的树林间，四处是方块石垒起的墙、盖起的屋，并偶尔传来几声鸡鸣犬吠。

此刻，梧桐飘香。

安静的村道两旁,站立着高大的梧桐树,它们静静地伫立在春风中、阳光下,不骄不躁、不气不馁,就那么普普通通、简简单单,舒展着自己的美丽,挥舞着自己的清香。

此心安处是吾乡

张子影

张子影，著名军旅作家。中国作家协会会员，中国报告文学学会副秘书长、理事兼办公室主任。巴金文学院终身签约作家。毕业于空军导弹学院、解放军艺术学院，鲁迅文学院第24届高研班学员。

已出版长篇文学作品《试飞英雄》《女兵一号》《洪学智》等多部，编剧话剧影视剧《甘巴拉》《生死之间》等多部，动画剧作品四百余集，曾任蓝猫系列长篇儿童动画剧总编剧。在《人民文学》《中国作家》等各种杂志报纸发表中短篇小说及诗歌散文作品数百万字。

作品荣获中宣部"五个一工程"奖、曹禺文学奖、中华优秀出版物奖、解放军文艺奖、徐迟报告文学奖、冰心散文奖、全军文艺新作品一二等奖、空军蓝天文艺"银翼奖"、巴金文学奖等多种奖项。获得国家出版基金，入选中宣部重点主题出版、国家新闻出版署向全国青少年推荐百种优秀出版物、"2017中国好书"年度榜。

"后八"是一个村子的简称,村子的全称是"后八里沟村"。

"后八"这个简称,简直是神来之词,两个字,精确地概括了后八里沟村这十八年来的变化,从当年一个贫困落后的山村,变成如今欣欣向荣、八面来风的富裕新农村。

近些年来,新农村我去过很多,但是后八里沟村还是颠覆了我所有关于新农村的认知。

沿着宽阔的通衢大道前行,来到一个综合性商业区,这里有大型超市、星级酒店、汽贸城,沿街密布的商铺占地有数万平方米。商业区的后面是大片高楼林立的新型小区,一幢幢住宅楼整齐地排列。10层高的服务办公大楼拔地而起,沿纵深的中心广场移步前行,四下里花木琳琅,小桥流水,喷泉吐玉,鸟语花香,仿佛置身度假园林。再往前走,是老年康养中心、医疗所、从幼儿园到高中的15年一贯制学校,15分钟的生活圈,一应设备场所应有尽有。

无论从哪个角度去看,我都无法相信,这是一个村子。

但这就是一个村子,它就是后八村,位于孟子故里山东邹城,是著名的"全国文明村"。

虽然后八里沟村所在的位置得天独厚,是一个有着2500多年博大精深的儒家思想文化积淀的地方,但当年这里却是个出了名的贫穷村、落后村。

2013年，习近平总书记在济宁曲阜考察时强调，一个国家、一个民族的强盛，总是以文化兴盛为支撑的，中华民族伟大复兴需要以中华文化发展繁荣为条件。围绕传承和弘扬中华优秀传统文化，习近平总书记指出"要努力实现传统文化的创造性转化、创新性发展"的文化"两创"思想。后八里沟村人牢记总书记嘱托，深耕人文沃土，依靠经济发展的硬实力和文化传承的软实力，将后八里沟村从一个曾经的贫困村、落后村，发展成为全国闻名的富裕村、文明村，走出了一条"孝善治村、文化兴村、产业强村"的"两创"发展新路径。

一个村子的发展，肯定离不开带头人，带领后八里沟村脱贫致富走上幸福文明道路的带头人，是村支书宋伟。

见到宋伟的第一眼我有点吃惊，明明刚四十出头的人，居然是满头白发。

他马上捕捉到了我的疑惑，自己拍了下脑袋，哈哈一笑说："没办法，要思考的事情太多了。"他的声音洪亮，中气十足，短短一句话、一个动作，那利落的语气、磊落的姿态，以及举手投足间的豪迈、军人的气质秉性袒露无遗。

老兵村支书宋伟是山东省邹城市后八里沟村人，1992年12月入伍，1996年12月退伍返乡。2019年被评为"全国模范退役军人"；2020年被评为"全国最美退役军人"。2023年5月，在庆祝"五一"国际劳动节暨全国五一劳动奖和全国工人先锋号表彰大会上，老兵支书、"全国最美退役军人"宋伟再次荣获全国五一劳动奖章。2023年7月，宋伟又荣获"中华慈善楷模"荣誉称号。

5月的后八里沟村，绿树鲜花、小桥流水，村中央公园的大喇叭里天天都唱响的军歌，今天仿佛比以往更加嘹亮。宋伟大步流星地走在村子里，所有见到他的人都会停下脚步，微笑地同他打招呼。有了这么多光荣头衔的宋伟，在村里，却有一个特别的称谓：老班长。

宋伟当过四年兵，在部队的最高职务是班长。这是他最引以为豪的经历。

## 一

北风萧瑟，一列军用卡车驶出县武装部大院，车厢内十几个新兵并肩而坐，18岁的新兵宋伟也在其中。这已是1992年，改革开放的春风已经盎然，周围村子里的乡亲们生活都好起来了。这一批参军入伍的新兵战友，都来自邹城周围几个乡镇，年轻人兴奋地互相交流着，人人眉飞色舞、兴高采烈，每人都带着大包小件的行李，大家互相传看着各自从家里带出来的新衣服、手表等各种纪念物品。唯有宋伟没有加入众人的交谈，他一个人孤独地坐在一旁，默默不语。他两手空空，除了身上那套部队发的棉军服，别无长物，口袋里区区100元钱，还是父亲打零工数月才得到的。他本来不肯要，但母亲硬塞给他，母亲说"穷家富路"。他知道，他带着这钱一走，家里又要大半年没菜吃。

参军离家那天，送他出门的是大哥。一大早，大哥骑着一辆破自行车，后座上带着他，顶着刮脸的小北风在乡间坑坑洼洼的泥土路上颠了个把钟头，把他送到武装部通知的集合点。卡车开动的时候，大哥红了眼圈，跟着车子边跑边说："六弟，在部队上好好干，争取留下来，再不要回咱们这个穷村了。"

宋伟在家排行老六，他上面有五个哥哥。

后八里沟村太穷了，村人在外面打工，遇到乡音相同的外人问起自己是哪儿的人，都含糊着只说自己是"八里沟村的"，而不愿意说出自己是"后八里沟村的"（当地有前八里沟、后八里沟两个村）。宋伟的家也太穷了，父亲打零工，母亲务农，只有三间寒碜的土坯房。

宋伟报名参军的时候，还发生了一件事。

宋伟生下来的时候，家里已经有五个儿子，被窘迫生活折磨的父母，一看又是个儿子，更加灰心，他们连这个小儿子的名字都懒得再取，于是就"六儿""六孩"这么叫起来。直到上小学报名的时候，老师才给他取了个名字，叫"宋长池"。

宋长池报名上了学，第一天放学，带着写着新名字的本子和书，回到家向爹娘汇报，自己有了新名字。父亲当时就沉了脸说："这名字不好。不好听，也没啥意义。"

小宋长池不懂，父亲也不解释，但毕竟名字是老师取的，也只能先用着。于是，他在学校被老师同学叫作"宋长池"，回到家，一家人谁也不喊他这个名字，还是叫"六孩"。

报名参军那天，父亲专门对他说，"长池"这名字不好，他是要去当兵打仗的人，意义不好，谐音也不好。于是他在报名表上，自己给自己取了个名字：宋伟。

那一刻，不到18岁的年轻人胸怀了壮志。

宋伟来到部队，他果然好好干，而且也干得很好。新训三个月期间，他不仅苦练军事本领，还积极做好人好事，一有空就去帮老兵喂猪、到厨房帮厨。大冬天里，每天早晨悄悄提前一小时起床，打扫院内卫生。新兵连的新兵们都很积极，每个人都变着法儿想做好事。宋伟小小地动了心眼，每天晚上临睡前把大扫帚藏起来，这样，早晨起床扫地就有武器了。东北的冬天特别冷，很多来自内地尤其是南方的新兵不习惯，可宋伟不觉得苦，每天能吃上白面馒头、大米饭，对他来说，是很幸福的事情。

四年的军营生活，宋伟在部队迅速成长，既从军营的大锅饭中吸收了身体的给养，更从军队这个大熔炉中获得了精神的培育和意志锤炼，将骁勇善战、顽强拼搏的军人作风刻进了心灵。新兵连里宋伟的表现很出色，新兵训练快结束的时候，师部下来挑人，本来他在被推荐之列，但不巧那几日他受命外出执行任务去了，错过了一次机会。宋伟也没气馁，一样积极工作。1995年7月，黑龙江省哈尔滨市发生特大洪涝灾害，部队闻令而动，前往灾区抗洪抢险。此时宋伟正在汽车营接受培训，部队领导本来安排他留在单位值守，但宋伟主动请缨去抢险救灾，他和战友们在烈日和风雨中苦战多日，甚至累得倒在泥水的地上昏睡过去。在这次救灾任务中，宋伟表现出色，不久，他光荣地加入了中国共产党。

部队是铁打的营盘流水的兵。1996年12月，宋伟带着"优秀士兵"称号、三个嘉奖和一个三等功的荣誉，告别了战友师长，光荣退役。

回村的那天，是个傍晚，天有些暗，宋伟刚走进村里就差点摔了一跤。村里没有路，唯一的一条泥巴路上东一堆、西一坨，到处堆着垃圾和玉米秆，路两旁全是低矮破旧的土砖屋。宋伟走进家，却没有看到父母，他这才知道，哥哥们长大成家了，因为没钱盖房，父母亲只能把家里这三间土坯房让出，老两口搬进村大队传达室的小屋。因为怕在外当兵的小儿子担心，老两口并没有把实情告诉他。宋伟站在父母栖身的小屋，心里真是难过。老两口看见儿子，也没有挽留，小屋实在逼仄简陋，冷如冰窖，也根本无法再增加一人栖身。宋伟把所有的退伍费留给二老，背上背包，转身离开了村子。

那个晚上，深一脚浅一脚地走在夜色里，宋伟眼泪哗哗流，心头好似有一块大石头堵着，他感到伤心，更觉得惭愧，他在心里发誓："一定要努力，要让父母过上好日子，起码，得有自己的房子住，活出尊严。"

宋伟进了城，先是四处打工，他当过服务员，做过泥瓦工，端过盘子，扫过地，扛过水泥麻包。后来，他打工的那家公司老板，看到宋伟吃苦耐劳，勤学肯干，人又聪明有悟性，就渐渐地交代一些小工程让他负责。宋伟很快显出了部队训练出的才干，他进步很快，不久就能独当一面。又经过几年的艰苦奋斗，他在市里购买了楼房，又买了汽车，回村给父母建起300多平米的新房。

按照当地的风俗，新房入住是要放鞭炮庆贺的，父母亲在村里人缘很好，入住那日，不少乡亲赶来庆贺。宋伟是孝子，给父母亲的新居无论是结构设计还是家具物品都是精心考虑过的，乡亲们看着窗明几净的新房，一个劲儿地啧啧称赞。那一天，听着噼啪炸响的炮仗，看着亲人的笑脸，宋伟却觉得堵在他心头的块垒并没有消除，因为这些乡亲都说了同样的话："我们后八里沟村什么时候也能过上这样的日子啊！"

几年过去了，宋伟的事业蒸蒸日上，他已经拥有了两家很有规模的公司，年收入数百万元，成了周围十里八乡响当当的人物。

一个寒气袭人的冬日，宋伟外出上班，见几个衣着朴素的人在公司大门外探头探脑，旁边还停着一辆破旧的拖拉机。打头几位老者很面熟，他们是后八里沟村的。见他出门，几个人一齐围上来……

原来，村两委即将换届，乡亲们想请他回村当领路人！几位老者用颤抖的手拉着宋伟恳切地说："回村吧，带着我们干，别的村一个个都富起来了，俺们村不能再穷下去啦！咱不能老让外村人看不起呀！"

送走了乡亲，宋伟把自己关在办公室里想了一整天，他陷入了深深的思考。

宋伟夜不能寐。他人生第一次面临如此艰难的选择：一边是他辛苦九年多打拼出来的公司，此时正如日中天；另一边，是村里乡亲们一双双期盼的眼睛和破烂的村庄。

父亲觉察到了儿子的不安。儿子向父亲陈述了原委。

母亲先表达了担忧："咱村的事情不好办，穷了这么些年了，前面好几届村委谁不想把村子弄好，可到头来还是……咱家好不容易富起来了，还是把心思放在家里，过好自己的日子吧……"

父亲起初一直在一旁沉默。末了，做父亲的说了一句话："自己一个人富了，不算富，要是能让全村人都跟着富起来，那才是你的本事。"

宋伟的心里一下热了。虽然脱掉了军装，但是军人的热血还在胸膛里哗哗流淌。

宋伟不是个莽撞人，他决定回去一趟，去实际了解情况。按部队的军事术语，这叫实地侦察，知己知彼。

## 二

几间破瓦房，门前的院子杂草丛生，四下堆满了烂砖碎瓦，还有经年未处理的破旧农具家什、垃圾，窗台蛛网密布，推开吱嘎响的房门，屋内有一桌（三条腿）、两椅（没了靠背）、一个暖瓶（外壳破损）、一只手电筒（没有电池）。一堆账本堆在桌上，纸质脆黄、字迹暗淡，内容却令人心惊：村里总共拖欠外债达 20 余万元。村干部几年没发过工资了。

这些就是村委会的全部"家当"。

后八里沟村位于山东省邹城市东北部的山沟里，因距离县城8里路而得名。全村512户、1760人，面积2.8平方公里，其中土地面积2575亩。1984年5月，后八里沟村实行分田到户，人均土地只有0.8亩，只能单一种植小麦、玉米、花生等农作物，收成不高。加之水利设施缺乏，遇到干旱天气，就只能望天收，社员吃饱肚子都很困难。村里唯一的一条路是长900多米的泥巴路，晴天一身土，雨天两脚泥，村民出行非常不方便。

李秀华是外村嫁进来的媳妇，说起自己结婚时的穷，她用手捂着嘴，说了句："不愿意拉，拉了丢人。"

山东邹城方言，"拉"是"说"的意思。

"不愿意拉（说）"的李秀华还是说了。李秀华在家做姑娘的时候，小姐妹们之间就流传一句话："一辈子不嫁人，也不嫁到穷后八里沟村。"

但姑娘们不可能一辈子不嫁人的，李秀华还是嫁来了后八里沟村。她家里也不富裕，兄弟多，姊妹多，找婆家也不容易，一晃年纪到了，家里着急。这天姑姑来了，说后八里沟村里有个小伙，长得很精神。李秀华一听"后八里沟村"就摇头。姑姑说，见一见再说呗。李秀华就去见了，没想到两人一见面就暗生情愫，彼此很有好感。小伙长得实在是俊，李秀华自己也生得很好看。小伙说，不让她受穷，他给盖新房。李秀华同意了。

后八里沟村人娶媳妇太难了，那些年村里的光棍很多，终于有个媳妇肯嫁进来，还是个俊媳妇，这件喜事在村子里很快传开了。李秀华出嫁这天，半个村子的人都来帮忙，这天宋伟回村看望父母，他也去当了一回"忙客"。宋伟虽然是个没成家的大小伙，也注意到新娘子眼睛红红的，哭过。

李秀华是哭了的，她的定亲礼只有100元钱。婆家答应她的新房子，倒是盖起来了，三间新屋的确新。正是冬天，屋内生了火盆，晚上，婆婆将熄了的炭渣直接就倒在屋内的地面上——"没办法，屋里太潮了。地面的泥还是湿漉漉的，墙面一抹一把水。"李秀华说。

婚后第二天，李秀华才得知，新房虽然有了，但盖房用的砖、瓦、木料，甚至屋内简单的家具，一多半都是借来的。新媳妇李秀华从此开始了漫长的"还房"过程，走到哪里，看到一块尚可用的砖瓦或者一块石头、一根木料，不管多远，她都要拣回家，家门前的路边上堆了好几大堆。

村子日子贫、环境差，生活没奔头，群众怨气大，人心散，赌博打架斗殴时有发生。

站在村委办公室，宋伟心里别提多难过了。从小在村里长大，宋伟当然知道村子穷，但没想到时至今天还能穷成这样。

好长一会儿，宋伟站在那里不说话，陪他一起来的组织上的领导和村民代表也惴惴不安，他们盯着宋伟，很怕他会说出撂挑子之类的话。但出乎所有人的预料，宋伟点头："我干！"

2004年的冬天格外寒冷，但后八里沟村两委换届氛围火热，1000多名村民参加的改选投票，宋伟高票当选村主任。2005年1月，宋伟又全票当选村党支部书记。

"我是当过兵的人。当兵的上了战场就绝不能后退，我就要跟贫穷这个敌人干了！"宋伟说。

当过兵的宋伟开始了他大刀阔斧的脱贫攻坚战。

打仗要有人，全村人都在关注宋伟这个新支书的排兵布阵。

一桌两椅，兄弟二人对坐，桌上的茶碗里茶水冒着热气，大哥却瞪起了眼睛:"你说什么?要免了我的职?"

大哥是村里的会计,他在这个岗位上已经工作了十几年,一贯谨小慎微,兢兢业业,因为这份工作还是自家唯一的收入来源。大哥大他15岁,日子粗糙,大哥脸上已经有了父亲的沧桑。大哥不相信地看着面前的宋伟:"我又没犯错,你上任第一天就让我下课。你还是我亲弟弟吗?"

宋伟软弱地低着头,嘴里说出的话却一点也不软:"正因为我们是亲兄弟,得避嫌。"

嫂子哇地哭出声来:"小六,你忘了当初在家,你哥是咋对你的?"

宋伟垂着头,一声不响。

呼的一声响,茶碗碎在地上,大哥站起身,拉起大嫂头也不回朝外走,隔了两条街,宋伟还能听得到大嫂伤心的哭泣。

麦田是粮田,三嫂在麦田里栽了300多棵树苗,这是不符合政策规定的。宋伟劝说不成,干脆带着人,一夜之间把树苗拔得干干净净。三嫂当然不依,直奔到宋伟面前,伸手将他的脸挠出几道印子。宋伟当然不能还手,也不恼,带着刮花的脸,表情平静地在村子走动、开会,在全村夜校课上讲话。

两件事办下来,全村人哑然。新书记上任,对自家人也不留情面。村两委其他成员也都看明白了,迅速整改自身存在的各类问题。

还是一桌两椅,桌上半杯白水也没有,宋伟不介意对方的轻慢,站着,诚恳地说:"宋同,到村委来吧!"

后八里沟村是一姓村,全村人都姓宋,宋同年岁稍长,宽额方脸,在村委多年,熟悉情况,人也比较方正,新书记一上任他就主动请辞,不想宋伟亲自上门挽留。宋伟诚恳地说:"宋同,你在任上时间长,了解情况,群众基础好,咱们一起干。"

宋同摇头说："我怕不是你的对手。"

宋伟坦荡地大笑："咱俩是一起攻坚的战友！要说对手，咱们共同的敌人是'贫穷'。"

上任后的第一次全体村民大会上，宋伟声音洪亮地发布了"上任宣言"："乡亲们，我是部队培养出来的共产党员，在军人的字典里，没有怕苦怕难、畏缩不前、自私自利、低头认输的字眼，更没有贪生怕死一说！俺向大伙儿表个态，如果咱村一年不发展，就说明俺没有找到方向与目标；如果两年不发展，就说明俺思想滑坡，偷懒耍滑；如果三年不发展，俺就自动辞职，绝不能耽误咱村里的发展和建设！"

座下一片热烈的掌声。

宋伟深知如果只靠自己单枪匹马上阵，浑身是铁也打不出几颗钉，还是要发动和依靠群众。可村里一穷二白，人心涣散，从哪里下手呢？兴村先兴貌，振村先振心。宋伟第一件事就是树立形象，他要树立村子的形象。上任后的第一天，他就自己抡起大扫帚打扫村委的院子，又动员村两委，带着他们一起清除经年的垃圾、杂物，修补破漏的屋顶，粉刷剥落的墙面，一周之后，宋伟在粉刷一新的村委办公房前，树起一面崭新的国旗。

鲜艳的国旗升起来，那亮眼的红色照亮了村人的心。

宋伟从家里拿出积蓄，给村里的老干部兑现拖欠了多年的工资，重新健全了组织；而后，他个人出资20万元，发动党员干部，带领全村党员干部群众一起，打扫各家房前屋后的卫生、修路、整理河道、清理垃圾、修建水渠、建绿化带……

几个月后，路通了，村庄绿了亮了，环境优美了，人们从这些变化中看到了希望，群众开始有了向心力，同时村子面貌焕然一新，为下一步发展集体经济奠定了基础。

宋伟经过认真思考，为村里建起了两家企业，利用之前自己在城里办公司时的资源，帮助这两个村办企业打开了市场，当年的获利就还清了村子历年的欠款。之后，宋伟趁热打铁，借鉴"借梯上楼、借鸡生蛋"的办法，主动与知名企业建立联系，争取外部投资。在他的积极争取下，多个农副产品加工项目落到村里，集体经济开始慢慢有了爬坡式发展，群众的生活渐渐好起来。

但宋伟并不满足，他明白，后八里沟村积贫积弱，要想彻底翻身站起，必须借助强劲外力，作为村子的带头人，他这个班长出身的指挥员，可得有战略眼光。

## 三

转眼到了2007年，党中央出台新农村建设的精神之后，当地政府也出台政策，开展城中村改造。宋伟敏锐地捕捉到了这个消息背后的巨大意义：这是彻底改变贫穷落后面貌的一个非常好的机遇。但是，这次的市政府改建计划中，起初的摸底考察区域中并没有他们后八里沟村。于是宋伟几乎天天往城里跑，找国土、城建、规划等有关部门，反映情况，表达诉求。他一次又一次地跑，一遍又一遍地说，偏偏那段时间正是雷雨季节，连续几天，市委、市政府大院的安保都能看到一位穿着淋透的旧迷彩服的退役军人在风雨中奔波。

宋伟的努力和争取终于有了结果，考虑到这个贫困山沟小村的特殊情况，市里同意将他们村纳入新农村改造范围，但是只享受城中村改造政策，不享受财政补贴。

后八里沟村既往贫困的历史人所共知，个别领导还是不无担心："你们，能行吗？"

"保证完成任务！"一身雨水汗水的宋伟用军人的姿态庄严立正，庄重地行了一个军礼，然后取过桌上的纸笔，大手一挥写下两排字，放在市委领导办公桌上，只见白纸黑字写着：

甘为群众谋福祉，
不给政府添麻烦。

"军令状"是立下了，可如何去打这场"翻身仗"呢？

经过规划，后八里沟村准备用120亩集体机动地建设一个生活小区，将所有村民搬进去居住。按照预算，需要投资1.2亿元。

这个时候，不时有人表示，建设工程他们可以全资代做，但条件是，项目完成后村建商品房小区的所有权归建设方。这样一来，属于村子的集体权益及利益就被别人完全控制了。宋伟当场断然拒绝。

对方笑着说："好处，你随便开。"

宋伟怒吼："滚！"

来人滚了，丢下一句话："看你们这穷山沟，还能翻出花来？"

老领导、老战友关心他，村民们理解他，劝他说，实在不行就让给外面公司做吧，能让全村人住进新居，也算是很不错了。宋伟摇头："我是村支书，就是全村的当家人，属于这个大家庭的一草一木，我都不能丢，寸土必争。我们自己干！"

自己干？怎么干？搞建设需要资金，钱从哪里来？虽然近几年村里办厂有了些许盈余，但搞基础设施建设、整治村庄环境，加之还债，已所剩无几，就是全部投入，也不过杯水车薪。搞建设需要设备，这些大型机械动辄几百万，无论是租还是借，价格都令人望而却步。怎么办？对刚刚脱贫的村里人来说，这笔钱太过庞大了。

开会，从上午开到下午，又从傍晚开到凌晨，大茶壶里的水喝干了，茶末子都嚼成渣了。最后宋伟说了声："散吧。"

宋伟开启了连轴转模式，白天东奔西跑，找战友，找曾经的合作伙伴，请他们垫资进场；夜晚，他踏着月色走访在外工作的村民，劝说他们一起为家乡建设出力。

一个大雨的清晨，李秀华又哭了，因为昨夜的大雨，将她辛辛苦苦搜集来的一堆沙子冲跑了，还损失了一些砖石。几年过去了，当初她结婚时欠别人的盖房材料，还没有还完，新房已经变成旧屋了，墙体单薄，冬冷夏热。当哭泣中的李秀华在泥水中努力挽救时，村主任走过来。宋伟规定，村干部每天早晚都要巡村一次，最近这几日，宋伟早出晚归去跑资金，巡村的任务就由在家的其他几位村干部轮流完成。

村主任劝李秀华回家，不要在雨水中徒劳了，村主任认真地说："宋书记说了，三年内，让咱村里人全都住上新房！"

李秀华根本不相信。李秀华伤心地说："俺孩子都快上学了，俺的房子还没弄好呢！"

没有人知道宋伟是如何做通妻子和家人工作的，也没有人知道宋伟在多少个晚归的夜晚，面对家中灯火时的心情，妻子只是觉得他越来越沉默，归家的时间越来越晚。有时凌晨了，还没有听见熟悉的脚步声。

这天清晨，母亲听见门响，走出来只看到儿子的背影，她不知道，儿子在她的门前，双膝跪地叩了三个头。她更不知道，儿子转身走开，是不想让他们看见自己的眼泪。

宋伟破釜沉舟。他把自己的物业公司和建筑公司全部停了，掏空全部身家积蓄，拿出了自己多年打拼积累的血汗钱，连同所有工程机械和设备，全部无偿献给了村集体。

元旦刚过，沉睡多年的村子被三声礼炮唤醒，建设家园的战斗正式打响，村里所有的壮劳力都投入了这场战斗。宋伟把大喇叭装到工地上，每天播放雄壮的队列歌曲。工地上旌旗招展，人声鼎沸，最高处的建筑上拉着一个巨大横幅，上面写着："一家人、一条心、一个目标一起拼。"

2008年1月13日，是后八里沟村民永远值得铭记的日子。

全村人齐心协力，前后十一个月的时间，新家园全部完工。成为全市第一个当年开工建设、当年建成入住、整体免费搬迁的新农村建设的样板村。新建成的惠民小区新房全部统一装修，配备了灶台、煤气，转过年的春节，全村512户村民不花一分钱，高兴地拎包入住了小区。这其中，当然就有李秀华。这一天，距她大雨中哭泣的时间，才刚刚过了一年零四个月。

不久，后八里沟村又积极对上争取政策，相继开发了大型农贸批发市场、汽车装饰配件商城等4个专业市场；投资15亿元，建设了一个占地96亩的大型商业综合体；投资10亿元，建成一个占地300亩，全市第一所集幼儿园、小学、初中、高中和国际部为一体的高品质寄宿制学校——北大新世纪邹城实验学校；投资3.3亿元，建设了一座医养康养服务中心。经过不懈努力，该村已形成了地产开发、建筑安装、商贸物流、教育科技、医疗养老、文化旅游、无人机制造销售等产业体系，成为远近闻名的富裕村。

后八里沟村抓住新农村改造的机遇，一跃摘掉了贫困的帽子，全村的面貌焕然一新。新小区高高的楼房上没有任何广告，而是写着几排醒目的大字：

不给政府添麻烦，

多为国家做贡献，

甘为群众谋福祉。

## 四

阳光撒在后八里沟村小区大门上，"鑫琦花园"四个字闪闪发光。

2009年3月，后八里沟村注册成立了实业公司，实行"村企合一"的管理模式，大力发展集体经济。村子成立了鑫琦集团。起名的时候，颇费了一番脑筋，备选方案一长串，最后，村民们确定了一个名字：鑫琦集团。

"鑫琦"两个字包含了后八里沟村民们的美好心愿：第一个含义借助它的谐音"心齐"，人心齐泰山移。第二，鑫是三个金，代表着多金、财富，琦是美玉，代表全体村民对未来一个美好的向往。

村子富起来了，宋伟并没有松懈，他深刻感受到，不能"富了口袋，穷了脑袋"。

孟子曰："老吾老以及人之老，幼吾幼以及人之幼，天下可运于掌。"如何改善村里的风气，让全村人真正做到"心齐"？后八里沟村是个千年古村，历史上就有孝善传统，后八里沟村两委班子以此为根基，确定了"孝善"治村的发展思路，以创建"心齐人家"为载体，弘扬孝善文化，实施文化沁润工程，要求党员干部带头讲孝善、行孝善，树立弘扬孝善的风气。

当过兵的宋伟深知思想工作的重要性。要想将全村人的思想统一到一起，不是件容易的事，他想到了夜校。还在上任之初，宋伟就将村里的夜校恢复起来。宋伟将全村群众按年龄性别分为几个层次，授课内容和方式针对不同层次的群众也有区别。每周固定上课时间，先宣讲党的政策、国内外大事，然后是通报村子前一周的情况、下一步的工作计划，还定期开展文化和技术培训。宋伟带头讲课，村干部、本村和外请的专业人才轮流授课。按宋伟的说法："落后就是因为没有文化，没文化就没思路，没思路就无法找到发家致富的途径，思想上、观念上、行动上都要与时俱进。"在农村，持续开展村民教育是一个难题，而在后八里沟村，村民夜校已经办了16年，共举办了600余期，夜校之灯长明不熄，对经济发展和文明建设功不可没。除了夜校，村里还建起了广播站，广播站设在村委会，国事家事天下事，事事传送。村民们早上听新闻，中

后八里沟村图书馆　杨国庆摄

午看报纸，晚上上夜校或者去图书馆。早在 2009 年，村里刚刚富裕起来后，就建成 400 平方米的图书室和电子阅览室，2019 年又建成 5000 平方米的大型图书室，藏书十万余册，提供温馨、舒适、恒温的现代化阅览服务，面向全市开放，不仅为村民服务，也成为全市青少年和爱书人最喜欢的阅读场所。

为了开阔眼界，打开思路，谋求更大发展，宋伟还组织党员干部和村民到华西、南山集团等先进地区学习，极大地激发了全体村民发展集体经济的热情。

宋伟是"老班长"出身，把他部队的那一套优秀的作风全带到了工作中，首先是规章制度，人人都会背《村民守则》、家家都放着《宋氏家训》，村中心的服务大楼上有鑫琦精神：尚德、奋斗、有为、爱心；办公走廊里挂着企业使命：让鑫琦人幸福、让老百姓受益；宿舍走廊到处都贴着合格员工标准：当鑫琦模范，做社会好人。

2010 年 6 月，后八里沟村党支部改为党总支，宋伟担任总支书记。他又提出了一个新的口号："干不到一流就是失职，拿不到第一就是落后。"如今，村里办公楼、会议中心和小区墙上最醒目的位置，总有这条令人振奋的工作口号。

村里每周一升国旗，集团所有员工都必须到场。升旗仪式结束后，各部门各小组就地开会，就那么站着，上周的工作总结、本周的工作计划，几分钟说完，然后大小干部各自奔向各自的岗位。村民则是每月参加一次升旗，风雨无阻，雷打不动。随着雄壮的国歌声，鲜艳的五星红旗缓缓升起，衣着整齐的全体村民庄严静立，共同抬头，向祖国的旗帜行注目礼。十几年过去了，这个典礼一直坚持下来，成为后八里沟村人骄傲和自豪的仪式，爱党爱国爱村庄，成为后八里沟村人的精神信仰。

全村实行网格化管理，全村按人户分为若干层网格，由党员和村民代表管理。小喇叭接进每一户人家，村里的大小事，小喇叭一通知，家喻户晓，一呼百应。

随着村集体企业的发展壮大，宋伟越来越意识到人才是发展的重要原动力。他在夜校的课堂上对大家说："新型农村集体经济的发展，需要新的活力。好比我们现在集体经济这台车，光靠我们自己拉，拉不动，跑不快，我们要广招外面的优秀人才，人家拉车跑得快。他们虽然不姓宋，但是，进了我们的集体，也是我们一家人。"为了从层次上得到更大的提升，按照人才引进的理念，宋伟以独到的慧眼，积极引进各类大学生，通过招才引智参与村企管理，推动后八里沟村向纵深发展。

女大学生曹敏，就是这一时期进入鑫琦集团的。1989年出生的曹敏是山东滕州人，毕业于青岛农业大学。她原来在家乡附近的一家企业工作，一个偶然的机会，她陪一位亲戚去鑫琦应聘，亲戚落选了，她却被集团的人力资源留用了。考虑到自己在原单位每天上班要骑一个小时电动车，曹敏就同意了。老实说，刚到后八里沟村来上班的曹敏对自己的新工作并不适应，她觉得作为村支书的宋伟"太较真了"。

村里每月都要给60岁以上的老人发放福利，有礼物、食品和代金券。每月给当月过生日的老人过集中生日，发放祝寿红包。宋伟事无巨细地交代，挑选礼物要实用，购买的食品要安全，一部分要能放的，一部分保质期要短，比如牛奶、面包等。因为宋伟知道，有些老人节俭惯了，发了食物也舍不得吃，会把东西存起来。宋伟要求发放的部分食品必须是保质期短的，这样就强制性要求老人们必须尽快吃完，以免浪费，从而保证老人们真正能享受到特殊的照顾。每年重阳节这天，村集体都要给每位60岁以上的老人发放唐装、冲锋衣、运动衣、大衣等礼品，还组织老人游览孟府孟庙、城市规划展览馆、博物馆等，看邹城市的发展变化，还要举办一次所有老人参加的"百叟宴"，让全村老人欢聚一堂，开开心心地举行一次大会餐。

而就是这次的聚餐，让曹敏深受触动。

聚餐的菜谱，宋伟是要亲自过问的。而且，就是这份菜谱，办公室送审了六次，才得以通过。宋伟不厌其烦地给村委会主任宋海霞交代：饮食口味要清淡，不要放辣椒；所有的菜品都要尽量煮烂，便于老年人消化；不要做鱼，以防鱼刺卡住了老人的喉咙，如果一定要做鱼，就选择没有刺的鱼肉……

重阳节聚餐这天，全村以及集团员工父母满60岁以上的老人，全都被请到宴会厅，村两委、集团管理层全部到场，无论职务高低，今天全是服务生，宋伟带头，搀扶老人入席，传菜，倒水，取纸巾，送醋瓶，一边服务一边嘘寒问暖。所有干部全程躬身站立，为身边的老人服务。直到老人吃好喝好，再将他们一一送回。然后，大家一起再将宴会厅清理干净，盘子碗洗净收纳。那天还发生了一件事，宋西钦老人99岁了，患了老年病，他认不出自己的3个儿子，但宋伟走到他面前时，老人高兴地拉着他的手说："这不是小六吗？"在场的3个儿子惭愧得面红耳赤。

在这样的榜样力量影响下，年轻大学生曹敏迅速成长，她先后担任解说员、办公室文员、办公室主任，如今已是邹城市北大新世纪实验学校法定代表人，先后荣获"山东省优秀共青团干部""第五届济宁年度新闻人物""建功邹城先进个人""邹城市优秀教育工作者""邹城市乡村好青年""邹城好人""邹城市优秀青年志愿者""邹城市五四杰出青年"等荣誉称号。

起初，曹敏的父亲听说大学毕业的女儿在村集体企业上班，心里总是不安，悄悄地跑到后八里沟村里来看了看，女儿的工作环境和工作状态令他大吃一惊。站在高大巍峨的办公楼下，面对现代化的办公室，看着永远来去一阵风的工作人员,做父亲的承认,这一切超出了他的预期。做父亲的欣欣然回到了家。没过几天,新的好消息再次传来:女儿当选为邹城市政协委员。

"我爸抱着我们政协委员的合影照片高兴地乐了一天。"曹敏微笑着说,美丽的脸上泛着红晕。

宋伟太忙了,这一点,作为他司机的王硕深有感触。跟着宋伟当司机的几年,小王学会了一样本领:坐在车里睡觉。宋伟如果外出开会出差,比如去省城济南或者去北京出差,他的习惯动作是白天处理完事情后,叫上司机连夜坐车赶回村。司机王硕把车灯擦得亮亮的,一路大睁着眼睛在寂静的夜里飞奔,等到了村头,都是凌晨两三点钟,把宋伟送回办公楼前,王硕马上就地把车停了,也不下车,抓紧时间就在车上眯一觉。等清晨村里的喇叭响起嘹亮的军歌,王硕醒来,看到清晨的太阳照到车窗,宋伟正迎着晨光在大楼前参加早点名的工作安排。

长期的忙碌劳累,透支了宋伟的身体。2016年的一天,宋伟突然感觉头疼欲裂,衣领处湿了一片。大家连忙把他送到医院,医生诊断为脑脊液耳漏。这个听上去陌生的名称让大家有些摸不着头脑,但是医生紧接着的话让众人紧张起来:要做开颅手术。随行而来的办公室人员都流出了眼泪。

宋伟自己很冷静,进手术室之前,他让在家的村两委、各部门负责人打开手机免提,把各项工作一一交代。"俺这次要是出现意外,下不了手术台,你们一定要继续干下去。俺若倒了,村两委班子不能倒。"听着他像交代后事一样的叮嘱,在场的人不禁泪流满面。在村民的牵挂中,经过长达8个多小时的手术,宋伟终于转危为安。手术后第7天,宋伟不顾医生劝阻,硬是出了院,带着满头粽子一般包裹着的纱布出现在村里。

这一时期村里的中心工作是完成3万平方米的超市建设。在此之前，市里有统一的规划要求，村两委也向邹城市委、市政府承诺，一定在2017年1月开业。尽管组织上知道了他突发疾病，对工程工期并未严苛要求，但宋伟是个说到做到的人，他出了院就奔向超市工地。此时，距离超市开业的时间只有一个来月了，还有许多工作没有完成。宋伟回到村里忍着头疼连续开会安排动员，要求各部门积极采取措施，确保工程按期推进。为了赶进度完成任务，那段时间鑫琦集团公司全体员工除了留守人员全都到了现场，夜以继日地工作，连续20余天大家吃在现场，经常忙到夜里12点甚至凌晨2至3点钟才回家休息。宋伟不仅带头干活儿，还要协调解决许多重点问题，总是最后一个离开现场。经过大家的共同努力，超市如期开业，但是宋伟却因连续高强度的工作，过度劳累，再次出现脑脊液耳漏，不得已又做了第二次手术。

2009年，市里决定从优秀村党支部书记中考录公务员，宋伟的名字赫然在列。然而，令人没有想到的是，他却向街道党工委递交了《关于我不参加公务员考试的说明》，言辞恳切地表达了村子建设刚起步，自己不能为了个人升迁进步把村子搁到坎上的心愿。

18年过去了，老兵宋伟将当初欠债20多万元的穷困村，变成资产数十亿元的"全国文明村""全国最美乡村"。村集体进行资产配股时，宋伟又做出一个令人震惊的决定：他将个人在集团分得的13亿多元股权收益和30%的股权全部捐给全体村民和员工，使鑫琦集团真正成为全村人的企业、全体员工的企业。宋伟以一名普通党员的身份、以一名服务者的本色，踏上了带领全村实现高质量发展、共同富裕的新征程。

有人问宋伟，为什么要这样做。宋伟说："古人云，有恒产者有恒心。我们共产党员是要让大家有恒产。一起听党话，一起跟党走。"

富裕不忘国家，后八里沟村人感念党和政府的好政策，用他们的实

宋伟书记讲党课

际行动回报社会。2015年，出资1000万成立山东省首家精准扶贫救助基金；2016年，出资60万元倡导成立了邹城市扶贫基金；2017年，为省老龄事业促进基金会捐款400万元；2019年，出资400万元拍摄百集优秀传统文化短视频《知行学堂》，助力中华优秀传统文化，展现时代风采；2020年，捐款500万元现金助力打赢防疫阻击战。此外，还每年花费800余万元慰问因病致贫家庭、留守儿童、孤寡老人、抗战老兵、伤残军人、英烈家属等，形成了"社会有需求，后八里沟村不缺席"的服务品牌。后八里沟村先后荣获"全国文明村""中国美丽乡村""全国民主法治示范村""中华孝善模范村""全国先进基层群众性自治组织"等30余项国家级荣誉称号。

2023年农历正月初一这天，后八里沟村男女老少，无不兴高采烈、喜气洋洋，大家聚集在村里的广场上，等待村两委组织"全村福"照片拍摄。请来的摄影师被眼前这其乐融融的庞大队伍惊呆了，只见村中心的文化广场上，聚焦了2000多人，人人笑容满面，广场上欢声笑语。摄影师深深地被感动了，随着照相机咔嚓一声，一张"心齐人家"的巨幅画面定格了后八里沟村人的幸福。

见到宋伟过来了，乡亲们纷纷招手喊。

"书记，站我这儿！"

"老班长，站我这儿！"

"六孩儿，来这里——"

花白头发的后八里沟村当家人宋伟站在人群中，他的脸笑得像朵花。

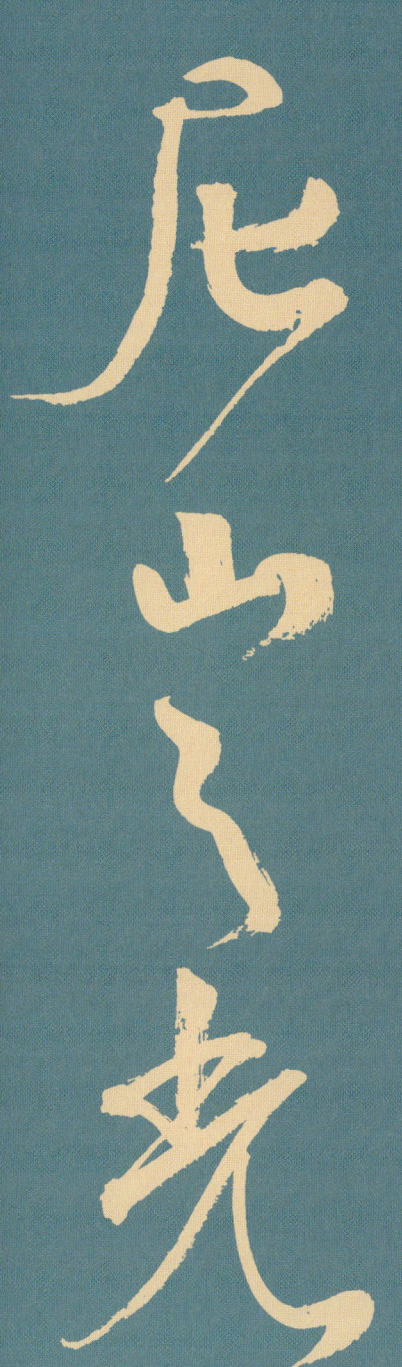

# 尼山之光

天下『和为贵』

许晨

许晨,山东德州人。中国作家协会会员,中国报告文学学会理事,山东省作家协会原副主席,青岛市作协名誉主席。曾在《人民文学》《中国作家》《人民日报》等报刊发表许多优秀作品。出版有《居者有其屋——中国住房制度改革纪实》《人生大舞台——"样板戏"启示录》《血染的金达莱》《琴声如诉》《山海闽东》等长篇报告文学和散文集。多年致力于海洋文学研究与创作,著有《第四极:中国蛟龙号挑战深海》《一个男人的海洋:中国航海家郭川的故事》《耕海探洋》等海洋三部曲,深获好评。荣获第七届鲁迅文学奖、第五届冰心散文奖、第三届中国工业文学一等奖、全国海洋文学大赛特等奖、新中国"七十年七十部优秀有声读物奖"等奖项。

> 胜日寻芳泗水滨，无边光景一时新。
> 等闲识得东风面，万紫千红总是春。

一首由宋代理学家朱熹挥毫写下的诗句，描绘了盛春时节河边踏青的情景，春风送暖，百花盛开，蕴含着尘世中追求圣人之道的美好愿望。诗中所写之泗水，距离人文圣地曲阜很近，均属山东济宁所辖的县市。

2023年4月下旬，正是一年春好处，恰逢众志成城平复"新冠"之时，三年难以正常出行的人们扬眉吐气，纷至沓来。尤其面临疫后第一个"五一"小长假，在意料之外而又在情理之中爆红的"淄博烧烤"带动下，"畅游齐鲁，乐享生活"再次涌动热潮。

享誉四方的儒家学说发源地、圣人孔子的家乡曲阜，同样迎来了朝圣般的游览高峰。车来人往，摩肩接踵，一队队打着小旗的旅游团队笑逐颜开，一辆辆挂有各地牌照的大小车辆欢声不断，好一派太平盛世、和谐社会景象。

当然，大千世界芸芸众生，个别地方也会传出一两声杂音，关键就看如何对待了。

这一天，孔庙孔府孔林（三孔）旅游景区的南面，正对孔庙，门额上题有清乾隆皇帝御笔的"万仞宫墙"不远处，忽然响起一阵不合时宜的争吵声，引得周围人们频频侧目——

"哎，你会开车吗？找死啊！"

"我打着转向灯，看不见吗？眼瞎啊！"

"你小子怎么说话啊？小心我抽你！"

"哟嗬，看你能的。走，找个地方练练……"

一言不合，越说越上火，当事者瞬间脸红脖子粗。

原来，这是两位自驾车前来游览的外地游人，可能由于不熟悉路况，跑着跑着，一方突然转弯，差点撞上另一方直行车辆，车内孩子吓得哭了起来。气得后车人怒不可遏，追上去逼停了前车，打开车门怒斥起来。不料对方也不是省油的灯，听着话音不顺耳，也来了气，跳下车怼了回去。

各不相让，双方纷纷出言不逊，甚而口带脏字互相推搡，眼看一场小小纠纷即将升级成斗殴。旁边有人打了"110"报警电话，不一会儿，随着警笛声响，一辆警车闪着警灯驶来了。

"警察同志，你听我说……"

"你别恶人先告状，听我说……"

"别着急，都先消消气，一个一个慢慢讲。"

很快，出勤民警弄清了原委，分别劝慰道："旅游嘛，要高兴，为了一点小事闹心不值得。转弯让直行，这是规则，错了就要承认。你呢也别得理不让人，有话好好说。好了，咱们老祖宗讲究'和为贵'，没出事就别计较了，交个朋友吧！"

有理有情，两位自驾旅游者渐渐冷静下来，心有愧疚。一方表示："是我没看清路标，转得太急了，见谅见谅！"另一方也不好意思了："我一时上火，别往心里去啊！"一场雷鸣电闪，转眼风平浪静，两人握手言和了。

一声"和为贵"，世人得安宁。

恰巧，此时我们来到了圣人之乡曲阜，分别走访了九龙山下武家村、鲁城街道龙虎社区、阙里社区和公安局东关派出所，实地参观采风，与当地村民和基层干部交谈，心胸就像洒满了明媚的春光，一片风和日丽、鸟语花香。

其中最为引人入胜的，还是那句两千多年前传来的"和为贵"。它体现了中华文化的智慧、理念与崇高愿景，为人与自然、人与社会、人与人之间和谐相处、睦邻友好奠定了坚实基础。这在武家村老支书武波，鲁城街道龙虎社区党委书记、居委会主任许东等人的讲述中，感受至深。

和为贵　王广通摄

作为孔子故里和儒家文化发祥地,近年来,济宁在全市范围内着力打造"和为贵"社会治理品牌,建立"和为贵"矛盾调处服务中心,推动德治、法治、自治有机融入基层社会治理,把各种纠纷解决在群众家门口,探索出一条"以礼让人、以德教人、德法融合"的新路子。

几年来,全市总共建成"和为贵"矛盾调处服务中心和调解室4711个,实现市县乡村四级全覆盖,其中医疗纠纷、劳动争议等重点领域的行业性"和为贵"调解室273个,年均调解案件两万余件,调解成功率达98.5%以上,基本实现小事不出村居、大事不出镇街。

为此,他们还设立了市委、市政府领导公开接访制度,直面群众,和颜悦色且对症下药解决矛盾纠纷。这天上午,济宁市委主要负责同志来到市"和为贵"矛盾调处中心,热情接待了18位群众,耐心倾听他们

"和为贵"社会治理服务中心

的问题诉求,一一给予合情合理的答复。并且,他强调在迎接习近平总书记视察济宁十周年、倡导发扬优秀传统文化之际,要进一步擦亮"和为贵"品牌,一切为群众着想,营造一个心齐气顺、政通人和的良好氛围。

如今在济宁广阔的社区和农村,有矛盾到"和为贵"服务中心"拉拉呱、评评理"成了居民们的首先选择。"和为贵"服务中心和调解室墙上的一张张微笑握手的照片,记录下一个个言归于好的瞬间。

事实上,人民调解是一项具有中国特色和深厚民族传统文化内涵的法律制度,是我国人民独创的化解矛盾、消除纷争的非诉讼纠纷解决方式。它被国际社会誉为"东方经验""东方之花"。在"和为贵"阳光春雨沐浴下,这束"东方之花"盛开得更加艳丽芬芳了。

好啊!这引起了我浓厚的兴趣,如同古人"胜日寻芳泗水滨,无边光景一时新"似的,我兴致勃勃地去探寻其间的来龙去脉……

## 一

十年前的 2013 年 11 月 26 日,历史聚焦在古代思想家孔子故里——山东济宁曲阜。

这一天,习近平总书记来到这里考察,发表了重要讲话,强调一个国家、一个民族的强盛,总是以文化兴盛为支撑的。对历史文化特别是先人传承下来的道德规范,要坚持古为今用、推陈出新,有鉴别地加以对待,有扬弃地予以继承。

春风化雨，点滴入土。

儒家文化发源地的人们"近水楼台先得月，向阳花木易为春"，立即思考并付诸行动。如何秉承中华传统文化的智慧之光，守护好中华民族的精神血脉？如何在推进国家治理体系和治理能力现代化进程中，实现传统文化与现代社会的有效对接？也就是说，如何转化与怎样创新的问题。济宁人在这些方面做了积极的探索和践行。

毋庸讳言，一个时期以来，由于种种原因，有些地方在发展经济追求致富的过程中，人文道德建设成为薄弱环节，出现了邻里不和、婆媳吵闹，动不动就拳脚相加等现象，"小纠纷"酿成"大矛盾"，以至于发生了一些不应该发生的事件。

那句形容风气不好的老话——"人心不古，世风日下"，就是指丢弃了祖先的某些优良基因。早年，据说联合国曾组织70多位诺贝尔奖获得者，探讨人类命运，研究世界未来，研究到最后，他们一致认为：人类要想获得发展和幸福，需要回到2500年前，在中华文化的经典当中找到方法！在中国的孔子那里寻求智慧！

于是，将传统文化与现代文明有机融合在一起，搞好"家风、村风"道德建设和综合治理，就在孔孟之乡——济宁曲阜率先开始了。

武家村，隶属济宁曲阜市小雪街道，建村于洪武十三年，地处九龙山怀抱，为白马河源头，村里人口达2300多人，多为武姓。村党支部书记名叫武波，看上去人高马大，实则心细如发，为人善良，赢得了村民诚心拥戴。

一天，有位年过七旬的老人找到他："书记，我得上法院打官司，给你说一声。"

"这是为了啥？"武波闻言一惊，村里多年没有闹什么矛盾了，怎么他要去打官司呢?

"我养了一群鸡,刚才邻居过来非要抱走一只母鸡,说是他的。我不让抱,吵了起来还差点动了手。"

哦,武波想了一下,这点事不值当告状,影响不好,就说:"你别打官司了,我给你两只鸡做补偿吧。"

谁知,他把头摇成了拨浪鼓:"我哪能要你的鸡呢,再说也不是为了这点东西。我快八十了,不能背个偷鸡的恶名。"

此言一出,武波完全理解,但感到告状不可取,何况就算告赢了,两家也伤了和气,结下了梁子,不利于文明村建设。可母鸡身上没有记号,都说是自己的,怎么辨别呢?想来想去,灵光一闪,他有了主意,说出来也让老人点头称是。

吃过晌午饭,武波叫上几名村民见证,召集闹"意见"的两户人家,宣布了处理规则:在距离两家相等100步的地方画一个圈,把那只有争议的母鸡放在里边,让它自己跑,跑到谁家就是谁的。这个法子不错,大家都同意。

果然,抱鸡人一撒手,早已惊慌不已的它,扑棱着翅膀连飞带颠地向一个院落跑去。当事人一见,心服口服,再也不争了。武波支书笑着说:"瞧瞧,鸡不会说话,可认路啊!你们都不是故意找事的,只是一时没看清。好了,没事了!"

无形中,将一场官司消解于萌芽状态,两家笑着握了手,日后还是好邻居。此事给了武波极大启发:村民们虽说不是一个姓,可低头不见抬头见,有了矛盾尽可能大事化小,小事化了,不激化不结疙瘩,日子才能过得和和美美。

此后,武波支书在带领大家发展经济、脱贫致富的同时,甘愿做一个"和事佬"。谁家因为宅基地、林果木、兄弟妯娌之间起了纷争,他往往及时赶到现场，走东串西，有时入户调解，有时请到村委会谈心，第一时间"多云转晴"。

几度寒暑过去了，武家村调解成功率达到了百分百，实现了零纠纷、零上访。有人问武波有什么经验？他说："做调解，关键是要一碗水端平。人心里都有杆秤，只有公平公正了，大家才会信服。"

这种做法和效果迅疾传遍四里八乡，引起了曲阜市司法局、信访办等单位关注。长期来，社会家庭中的一些鸡毛蒜皮的小矛盾，如果单纯靠法律手段解决，难免撕破了脸皮，导致"案结事不了，邻里成世仇"，而和风细雨化解纠纷，则是社会综合治理"治标又治本"的一剂良方。

一次会议上，有关部门的汇报得到了曲阜市委领导同志的高度重视：这不就是习总书记考察曲阜时提出的传统文化古为今用的范例嘛！孔孟思想中就有"和为贵"的理念，完全可以运用到当今社会综合治理工作中。

和为贵，是儒家倡导的道德实践原则，原文出自《论语·学而》："礼之用，和为贵。先王之道斯为美，小大由之。"意思是礼的作用，贵在能够和顺。按照礼来处理一切事情，人和人之间的各种关系就能够调解适当、恰到好处。

此乃中华优秀文化的重要特色之一。不仅儒家，传统文化中的其他流派，如佛、道、墨诸家，也都主张人与人之间、族群与族群之间的"和"。佛教反对杀生，道家倡导"不争"，墨家主张"兼爱"，这些就构成了我们"和文化"的内涵。

"和"，是宇宙自然和社会人生发生的规律、存在的常态、功能的佳境。类似的古训很多，诸如和气生财、和气致祥、和衷共济、和睦相处等。两千多年来，"和文化"对国家的统一、民族的团结、经济的发展、社会的安定、文明风尚的养成，起到了重要的促进作用。直到今天，贯穿其中的人文精神和自强不息、积极进取的价值取向，仍是综合国力的重要源泉。

具体到个人来说，那就是"家和万事兴"。

曲阜市委领导同志立即展开风尘仆仆的调研，进一步学习领会儒家文化中"和"的精髓，协调政法委、司法信访、街道社区等有关部门，以"和为贵"为品牌，挖掘"德治"方式预防化解矛盾纠纷，制定出台了《曲阜市关于村村建立"和为贵"调解室的意见》，以刚性约束的方式，探索非诉讼化解矛盾纠纷的方法。

办公场所建立在原有村（社区）人民调解室，统一悬挂"和为贵"为主题的标识牌，绘制并张贴"和为贵""平为福""德不孤，必有邻"等富有传统文化特色的标语，营造"以礼相让、以理服人、以德教人、德法融合"的人民调解文化氛围，双方当事人坐在一起，怨气、埋怨就消除掉一半。

不用说，小雪街道的武家村走在了前列。早就尝到用"和"字化解恩怨甜头的村支书武波，干得更加起劲了：腾出几间房子建起调解室，摆上了桌椅茶杯，墙上醒目地写着"和为贵"三个大字，以及古往今来和睦相处小故事的挂图讲解，使人置身于此，一种温馨感油然而生。

曾经有一对吵闹着要离婚的小两口，一前一后地进入调解室打算一拍两散。没想到，调解员还没到，两个人在看完满墙的"和为贵"故事后，感慨万千，心生愧疚，自己手牵手出来了。不调自解，这就是文化的力量。

吴村镇某村，有一起十年未解决的宅基地积案，双方各说各的理，法院调解、宣判都不服，认为自己吃亏了，不断上访，成为让人头疼的上访老户。自从有了"和为贵"调解室，有关调解员把当事人请来，巧妙运用古代"六尺巷"的故事，吟诵着那首发人深省的古诗："千里家书只为墙，让他三尺又何妨。长城万里今犹存，不见当年秦始皇。"

随后，调解员说了一句："时代进步了，经济发展了，难道咱们还不如古人吗？"双方受到强烈的震撼和启迪，加之苦口婆心的开导和设身处地的着想，终于赢来了"冰消雪融"，两家达成了和解协议。这种教育攻心的做法，弥合了看似难以平复的"大裂痕"。

好事传千里。2014年11月13日，《法制日报》及时刊登了记者余东明的一篇报道，为了真实生动还原当时情景，摘要如下：

"和为贵"根植百姓心头

在乡村、社区普遍设立"和为贵"调解室；利用传统节日探索"双节执行"；传承"廉"文化大力推进职务犯罪预防全覆盖工程；在农村、社区公示"诚孝仁爱"榜……近日，《法制日报》记者深入山东曲阜基层一线，调查该市探索"儒学治乡"给基层社会治理带来的种种变化。

……

"这是俺家的责任田，迁坟不行！"南李庄村的老李态度很坚决。

"你那以前是老坟场，迁坟天经地义，再说修路还不是让你们受益多！"薛家村的老孔不甘示弱。

9月17日晚，一场"民情夜会"在姚村镇薛家村村委会"和为贵"调解室召开。不久前，姚村镇修路挖出了薛家村孔氏家族的祖坟，随后两个村的村民因迁坟和补偿发生纠纷。当天晚上，镇党委书记等人亲自坐堂调解。

……

据了解，今年以来，曲阜在农村社区普遍建立"和为贵"调解室，以"民情夜会"为工作载体，通过"儒学治乡"形成新时期下基层社会治理的新机制……

一花引来百花开。

兄弟县市镇村，纷纷学习这种做法，当地主政者自然也是青眼有加。济宁市领导明确表示，和为贵品牌值得推广，但要上升高度，一统两办。也就是说在党的领导下，整合有关部门，做好两个办事中心，一是办好民政之事，二是办好社会治理。

随后，由市委政法委牵头，借鉴享誉全国的"枫桥经验"，充分发挥儒家文化发源地优势，倡树"礼之用，和为贵"，推动德治、法治、自治有机融入基层社会治理。2015年9月，他们整合司法、信访、公安，以及公共法律服务中心、网格化服务管理中心等部门力量，成立济宁市"和为贵"社会治理服务中心，坚持以党建统领"双基"工作指引，将"和为贵"思想贯穿融入社会治理工作始终，通过整合资源、创新机制、流程再造，集成打造充分发挥各部门职能、便民高效的一站式综合性工作平台。

前不久，我们慕名来到济宁市，参加了由市委政法委副书记姜元峰主持的"和为贵"品牌建设专题座谈会，来自金乡、任城、微山、嘉祥、曲阜、邹城等市县区乡村、市政法部门的同志们，娓娓而谈，有事例有观点，生动感人，令人茅塞顿开，精神振奋。

会后，在任城区"和为贵"社会治理中心副主任、信访事务中心主任张国华的引领下，我参观了这个独具特色的办公场所。面临繁华大街，一座楼房的一楼门面，正门上方写着一行红色大字：任城区和为贵社会治理中心。走进大门，映入眼帘的是一排写着劳动局、建设局、司法局、民政局等牌子的办公台，墙上悬挂着习近平总书记的讲话节选：

"了解民情、集中民智、维护民利、凝聚民心。"

"群众诉求合理的解决问题到位、诉求无理的思想教育到位、生活困难的帮扶救助到位、行为违法的依法处理。"

张主任一一向我们介绍着工作流程："市民有事来了，先由接访员负责接待，问明诉求内容，分别介绍到各个局办值班员那里，具体洽谈，而后再酌情'对症下药'。"

我饶有兴趣地听着、看着，当看到墙上那个"和"字标识时，情不自禁长久驻足。张主任用手指着问我："你看那个'和'字像什么？"

那是一个大大的变形的红色"和"字，左边像站立的人，右边像一团祥云。下方写着：以和为贵，德化人心。我思忖着说："这个'禾'字旁是一个人拱着手，那边'口'字像是云彩缭绕。是吧？"

"呵呵，你的眼光不错。这标识的释意是：夫子拱手，祥云环抱；仁者重礼，和合相抱；道法自然，立意高妙。祥云寓意一团祥和，和为贵，天下安。"

我点点头，感到这个图形标识，极具中国儒家文化的喻义组合，构成了诸多视觉元素，识别强烈，达到了形与意的完美统一，可见设计者的独具匠心与强烈的责任感。随着时间推移，品尝到甜头的济宁人将这项创举不断完善提高。

2020年6月，中共济宁市委制定印发了《关于建立"和为贵"社会治理服务中心工作体系的意见》文件，按照市级抓统筹、县乡抓治理、村（社区）抓网络、全网智能化的思路，市县乡村四级建设"和为贵"社会治理服务中心（室），升级N个全科网络，构建一张智能信息网络，实现"群众接待一扇门、矛盾化解一条龙、预测预警一张网、指挥调度一盘棋"。

那过往年代的一次次剑拔弩张、势同水火的矛盾纠纷，就这样沐浴着"和为贵"的春风化雨，峰回路转，冰释前嫌，在儒家文化孔孟圣人的家乡，传唱出一支支动人的歌谣……

## 二

"乡亲们,快抄家伙,那边又来抢粮了!打啊!"

"上,谁也不能当熊包!打死了,全村人养着他全家。"

随着一阵喊打声,一群手持铁锨、锄头的农民冲出村庄,向着前边麦田跑去。对面,同样也有众多拿着木棍、菜刀的汉子冲来。刹那间,双方混战在一起,怒骂声、击打声、哭叫声搅成了一锅粥。

这曾经是一幕真实发生的场景,地点就在山东与江苏两省交界的微山湖周边。

微山湖风光秀美、湖产丰富,抗战时期因我党领导的微湖大队、铁道游击队、运河支队等湖区抗日武装打击日寇而闻名遐迩。然而,你可知道,由它引发的鲁南和苏北村民争斗事件,竟然持续了150多年。从清末民初,直到新中国成立后,几乎年年没有止歇。

微山湖,是我国北方最大的淡水湖,面积1266平方公里,周长550公里。其中山东与江苏接壤204公里,涉及山东省济宁市的微山县、鱼台县、金乡县和江苏省徐州市的沛县、铜山区、丰县。京杭大运河傍湖而过。从北到南分别是南阳湖、独山湖、昭阳湖、微山湖,统称南四湖。湖中有座微山岛,面积约9平方公里,因商纣王的哥哥微子启葬于此地而得名。

早在清咸丰年间,黄河两次决堤,洪水退后,微山湖周围形成可耕种的湖滩淤地。鲁西南郓城、巨野等地的灾民就到这里耕种无主湖田。因产权不清晰,原住民与移民产生了矛盾。地方政府为了省事,干脆修了一条长堤,把他们分开来,称为"大边"。双方民众分住"边里边外"。

可是为了多种地多收粮食，以及争抢芦苇鱼类等湖产，人们经常突破"大边"，械斗不断。

1949年7月之后，以南四湖为基础建立了湖区办事处，隶属山东省台枣专署。1952年11月调整规划，徐州及所属县（区）划归江苏省。两省商定边界基本上"以湖田为界"。经国家批准，山东新成立微山县，将江苏沛县所属湖面和湖西沿湖村庄划入，以便整体管理南四湖地区。

由于湖田随着湖内水位的变化而变化，水位高的时候湖田就少，水位低的时候湖田就多。当地人说："水涨到哪里，哪里就是山东；水退到哪里，哪里就是江苏。"这种动态的边界线，难免会造成各种纷争。济宁微山和徐州沛县两地的矛盾逐渐升级，因抢种耕地，双方爆发了多次打斗，甚至动用猎枪打死了人。

鲁苏边界纠纷成为困扰中央及两省难以解开的"大疙瘩"，双方村民"鸡犬相闻，老死不相往来"，更不用说友好相处通婚通商了。

时代列车驶进了二十一世纪，这种状态再也不能继续下去了。一方是孔孟之乡、礼仪之邦，一方是刘邦故里、汉族名之源，均为历史文化深厚之地，却因为湖田争斗了上百年，伤亡近千人，实在是令人唏嘘。"和为贵"理念，在此时此地显得尤为重要，在两省党政部门和人民群众的努力下，转机于2003年出现了。

这一年，微山湖地区的降水比往年减少一半，露出成片的湖田。济宁微山县傅村镇大卜湾村，与徐州沛县大屯镇丰乐村隔湖相望，相互之间的交织田地遍布湖区，麦子长势不错，但人们心中暗暗嘀咕："收粮时恐怕又要争抢打斗了。"

毕竟是新时期了，双方公安派出所人员时常一起学习开会，较为熟悉，都十分重视"维稳"任务，便早早电话约定："所长好，快麦收了，

江北明珠微山湖　李苗摄

咱们各自管好本方的治安，有了问题协商处理好吧！"

"好的，我建议咱们分别派出民警值班，实行错时收割，避免村民直接接触。"

双方商定：今年由微山县的大卜湾村先行收割，两天后由沛县的丰乐村再开镰。

说话间，麦子黄了，傅村镇和大屯镇派出所民警日夜值班，深入湖田严防争抢。不过，多年的边界不清还是带来了问题：大卜湾村割了丰乐村的一部分麦子。眼看"烽烟"再起，民警和社会治理人员及时介入，安抚村民友好协商，最后微山方面补偿一万元和平解决。

这是双方多年来不用械斗解决问题的开始，迈出了和解的第一步。2003年6月19日，济宁市委政法委书记带队出访徐州市政法系统，受到了热情的接待，为双方"联合维稳"做了沟通与铺垫。此时，一个与两地都有关系的人物，进一步起到了牵线搭桥的作用。

时任江苏徐州市委政法委副书记、市社会治安综合治理办公室主任李德臣，恰是山东济宁人，而在入伍当兵时，又来到了徐州九里山下的军营。他从普通的士兵做起，一步一个脚印，由淮河流域到边疆黑土地，凭着扎实的努力，30岁便走上了团级干部的岗位。1991年，李德臣转业回老家，任山东济宁市监察局副局长、市纠风办主任。而他的妻子则一直在江苏徐州工作，2001年，为解决两地分居，李德臣调往徐州市任政法委副书记。

瞧，这样一位与鲁苏有着不解之缘、又有强烈责任心和正义感的人，自然不能坐视"兄弟不和"。现在他更加感觉时不我待了，向市领导写出了《和平友好解决边界纠纷》的建议书。徐州市委书记高度重视，立即做了200余字的批示，表示赞同。

经过一番沟通和准备，2003年9月，徐州市委书记带领市"四套班子"和相关县、市领导50余人，来到山东济宁市走访。同样，得到了时任济宁市委书记等一班人的热情欢迎。本身是济宁人而在徐州工作、十分熟悉两地情况的李德臣，自然是不可或缺。

一行人说说笑笑走进宾馆大厅，在孔子故里"和为贵"思想的春风里，握手言欢，求同存异，一切本着友好协商的原则，洽谈并建立了遇事协调处理机制。

这次"破冰之旅"意义重大。此后，济宁市党政领导又回访徐州市，签订了《关于联防联调共同维护边界地区社会稳定的协议》。2004年8月，沛县与微山县缔结为友好县。双方都深刻认识到，几十年的纷争，耽误了群众的生产，牵扯了干部的精力，既没分出高低，又浪费了大量财力与精力。过去的问题互不追究，因争议导致的伤亡，由各自县乡财政出资抚恤。一切向前看。

这一来，成功解决了苏鲁微山湖争端，鲁南苏北2市6县18个乡镇100多个村庄，都分别建立了友好关系，结束了长达百年的边界械斗。同时，济宁徐州两市定期互相走访，政法委、公安司法等部门协同6县领导，每年分别在两市召开边界稳定协调会，真正达到了"以和为贵"。

中央电视台《第一线》栏目组前来采访报道，制作了三集专题片《百年恩怨化和谐》，反响甚佳。2006年5月，中央综治办与中央维稳办在山东济宁和江苏徐州联合召开全国创建平安边界现场会，总结推广省际边界微山湖地区维护社会稳定的先进经验。

两地干部不约而同地认为："我们两县之间，是真心诚意的互相沟通，建立一种友好的长期的协作关系。为此，大家总结了一句话：干部多握手，群众不出手。"

微山湖周边"风平浪静"，除了两地的细致工作外，还有一个重要原因，那就是改革开放的功绩。各地经济社会高速发展，老百姓对农田的依赖减少了。当年拼个你死我活,是指望多种几亩地,多收救命粮。而今乡镇企业蓬勃发展,人们已昂首步入小康社会,都在花心思发展多种经济,湖田已不是那么重要。

尤其近年来,在中华文化与现代文明相融合的热潮里,济宁全市上下争创"和为贵"社会治理品牌,微山县更是积极向前,将儒家文化的"和为贵"思想,运用到基层人民调解工作中,探索形成了"看、走、坐、谈、观"五步矛盾调解工作法,有效化解了移民搬迁、湖地边界等历史遗留问题。

2022年11月29日,第33次鲁苏边界微山湖地区社会治理现代化协作联席会议以视频会议形式召开。济宁市委常委、政法委书记张国洲,徐州市委常委、政法委书记刘广民出席会议并讲话。济宁市副市长、市公安局局长李海洋主持会议,两市及接边6县区有关人员分别与会。双方回顾了坚持"和为贵"理念,持续抓好鲁苏边界微山湖地区平安稳定工作,共同维护打造了连续20年没有发生较大纠纷和严重治安问题的和谐局面,进一步签订了《关于鲁苏边界微山湖地区社会治理现代化协作框架协议》,推动双方在打击违法犯罪、矛盾纠纷调解等方面的沟通协作不断向常态化、深层次发展。

微山赵庙镇曹庄村与沛县丰乐村相邻,两村交界处有一家非法洗砂厂。老板就在这个狭小的空间内"躲猫猫",造成环境污染,也给两村带来极大的困扰。村民说:"江苏执法人员去了,他们跑进山东地界;山东执法者到了,他们又跑回江苏地界。"

如果是在过去,两个村子就会互相指责,争端再起。现在有了"和为贵"调解室,一切都好说了。微山的曹庄村与沛县的丰乐村的村干部、村民代表一起坐下来想办法。一番协商后,两村决定联合起来,一致行动,配合支持执法部门工作。

兄弟同心，其利断金。在他们共同协作配合下，执法部门有的放矢，顺利取证，一举取缔了这家非法洗砂厂。

协商议事，真是帮人们解决了不少难题。小到邻里纠纷，大到村与村之间的矛盾，群众都可通过民情意见箱、微信群、"和为贵"调解室等途径，心平气和地共谋对策。为此大家纷纷表示："以和为贵，安定团结，才是美好生活的根本。"

2023年4月下旬，我们来到济宁微山县西平镇采访，与镇党委书记张晓斌、西平派出所民警、四级警长房栋，还有村民代表等人座谈，感受颇深。西平镇与江苏沛县大屯镇搭界，两地的不少村庄纵横交错，素有"一脚踏两省"的说法。独特的地理位置，让两地有着千丝万缕的联系，往年自然少不了"火星四射"。

"和为贵"社会治理以来，这里与其他乡镇村一样，发生了天翻地覆的变化。双方村民变得十分友好，那种"见面不说话，碰头绕着走"的现象再也没有了。

最典型的例证是：两地村民很少有通婚的，就像英国戏剧家莎士比亚笔下的《罗密欧与朱丽叶》，因家族矛盾严禁青年人交往一样。沛县大屯镇有位小伙子，在大学里与一位女同学恋爱了，情投意合。可女方恰是微山西平镇人，两家父母和亲友知道了，一百个不同意！理由就是两村是冲突"仇家"。

"不行，坚决不行！"女方家长脸色铁青，"你要是嫁给大屯人，就永远别进咱这个门！"

男方老人也毫不示弱："儿啊，咱就是打一辈子光棍，也不能要那边的媳妇！"

然而，爱情的力量是无敌的，何况已进入了二十一世纪。两个处在热恋中的年轻人，使出浑身解数求爷爷告奶奶，希望家人别那么顽固，直到最后拿出了"撒手锏"："如果不同意，我俩就跳湖去！"

果然，亲友们被"镇"住了，陷入沉思。西平镇调解员得知了此事，将其家人请进了"和为贵"调解室，动之以情，晓之以理，终于使他们点了头。按照风俗，男方要到女方家正式提亲，临行时，大屯这边又犹豫起来，这可是多年来第一次与"仇家"结亲，万一不受待见咋办啊？

事到临头，硬着头皮去吧。谁知，提亲人一进村，就受到了西平人的热情欢迎，敲锣打鼓地迎到女方家中。毕竟时代不同了，人们把老祖宗的教诲重新拾起来，一句"和为贵"，掀开新篇章。女方举办了隆重的宴席，礼遇男方，从此两地变成了"亲家村"。

现今的湖东湖西，大屯西平，互相结为亲家的已属平常事，莎翁作品中的"罗朱悲剧"，在当代鲁苏边界上再也不会重演了。两个镇党委还成立了"和谐鲁苏，六域共建"联盟，围绕"组织、平安、产业、环境、文化、人才"等方面，共建和谐社会与镇域发展。

讲述上述故事的，是坐在我对面的西平派出所民警、四级警长房栋，他本身就是一个"鲁苏一家亲"的见证人。他的哥哥名叫房建，恰巧在邻镇——是江苏沛县大屯派出所副所长、二级警长。这引起我浓厚的兴趣："好，你们兄弟俩面对面了，这是有意安排的吗？"

"不，是碰巧了！"年轻的房栋笑着说，"我哥比我大四岁，当年考上了东北公安，后来调到江苏沛县。而我也是考上公务员，在本地当民警的。"

"真是无巧不成书啊！这样工作起来是不是更方便了？"

"是的。过去两省边界闹纠纷，政府单位也不融洽。现在早变样了，我们时常联手巡逻，齐心协力，保一方平安。"

对于一名"敏感"的作家来说，自然不会放过现实中"戏剧性"一幕。随行的市公安局万艾东警官是个有心人，立时安排我们与这对"兄弟警察"见面，体验一下"边界和谐"气氛。于是，房栋一边打电话，一边引领我们一行驱车前行。

时值正午，春天的阳光透过云层，洒满了平坦的乡村公路，闪着一片明亮的光泽。来来往往的车辆分别挂着江苏和山东的牌照，说明这里是两省交界处。我们到后稍事等待，一辆江苏警车驶了过来，身着警服的大屯镇派出所房建副所长和两位民警下了车，笑着向我们伸出了手。显然，两地民警已在电话中交流了情况。

望着这对年轻干练的警察"兄弟档"，望着和平美好的两省边界景象，我心生无限感慨：这是一个时代的象征啊！过去"不共戴天"的双方，实则是"群众争利，干部争气"——村民为了湖产打斗，政府部门为了表示硬气，或多或少偏袒本方，以至于常常碰出火花来。今天"以和为贵，以善为本"，真是和和美美一家人了！

来来，我们照张相吧。说着，我与房家兄弟并肩站在一起，随行助手举起手机拍照。背后白墙上赫然显示着一条醒目的红色标语：鲁苏一家亲，携手创辉煌。

## 三

在济宁市任城区越河街道，有条远近闻名的"竹竿巷"。

初次听到这个名字，我心头蓦然一动：它一定有着古老而又特别的来历。不错，得益于穿城而过的京杭大运河的哺育，济宁作为"运河之都"南通江淮、北达燕冀,是农副产品交流的重要码头。江北不产竹,江南的毛竹、嵩竹、斑竹等,都由运河向北方贩运,并且多在此地交易。

随之而来的竹编工匠上岸谋生,将竹器店铺在运河沿岸展开,渐渐地形成了一条街区,人们便叫它竹竿巷。而今竹竿日渐稀少,名字却永存下来。小巷长而狭窄,蜿蜒数百米的街道两旁,错落有致的茶坊酒肆,黛瓦粉墙,每一个檐角、每一扇格窗、每一块店号牌匾,都述说着昔日的繁华。

眼下,这里正在打造名为"运河记忆"的文化旅游项目,疏通了一段游览河道,沿岸整修了古朴典雅的老建筑,红灯高挂,乐曲悠扬,河面上漂来一条条画舫游船。水声灯影老运河,流光溢彩迎宾客。不用说,竹竿巷是其中不可或缺的景点……

可是,就在改建这条具有文化底蕴的街区时,一部分商户竟闹起了不大不小的纠纷。个别人甚至情绪激动,吵吵嚷嚷,扬言不解决就阻止施工,还要去区里市里上访。这是为什么呢?

本来运河南岸就是商业街,沿袭下来的传统商铺一家挨着一家,不仅仅济宁人喜欢来这里买东买西,外地游客往往也奔着"竹竿巷"三字前来逛一逛、看一看,采购一些特色商品。平常车水马龙,人来人往,遇上节假日则更热闹了。商家们忙累并快乐着。

"运河记忆"文旅项目上马了,方案中拟将一段路建成步行街。在街道两端实行封闭管理,车辆不管大小一律不准进来。按说这是一个有利于游人观赏购物的好举措,可在此经营多年的商户们不满意了,七嘴八舌地叫喊起来:

"这不行啊!两头一堵不通车了,客人就会大大减少,咱这生意还做不做了?!"

竹竿巷旧貌　张明华摄

"是啊，过去开车进来买东西，门口一停很方便。如果被挡在外边，人气没了，非赔钱不可。"

"走，找社区、找街道，这样搞法我们不同意！"

有人振臂一呼，几十家商户群起响应，找到竹竿巷社区居委会要"讨个说法"。时任社区支部书记、居委会主任的张宝芳是位在基层工作了十几年的老模范，一心扑在居民身上，有口皆碑。面对大家反映的问题，她十分重视，请进社区"和为贵"调解室和"爱心驿站"，耐心交谈：

"来来，别着急，先坐下喝口水。你们说得有道理，咱社区一定好好调查一下，帮助解决。"

"张书记，你对咱很好，也很辛苦。我们不是对你有意见，是针对他们搞项目的。改造是好事，可不能影响了咱的生意啊！"

张宝芳由于多年积劳成疾，已经有病在身了，仍然顾不上看病治疗——有时去医院打吊针，听说社区居民或者租户有事了，拔了针头就走，此刻更是认真对待商户们的诉求。经过耐心细致地了解、调研，她心里有了数——

不是项目设计有问题，而是前期公示没有解释清楚。实际上，打造这条步行街是有利于商家的。它北临老运河，东起清平桥，西至南门桥，项目周边涵盖三条街道及竹竿巷、清真寺等多处名胜古迹。虽说不让汽车载客进来，但在不远处设有停车场，将来人气不但不会降低，反而会成为集旅游、观光、休闲、娱乐于一体的综合性文旅景区，堪称济宁城的文化会客厅，此处会更加红火兴旺。

紧接着，张宝芳书记带着社区"和为贵"调解人员、"爱心驿站"志愿者们走出去，一家一家上门去耐心说服、展望前景，直到所有曾经疑虑重重、忧心忡忡的商户都释然了，这才拖着沉重的脚步回到办公室。坐下喘口气，她又在思考解决小区停车等事宜了。

一桩由不理解而引发的事件，在这样亲切负责的基层干部和颜悦色的调理下，转瞬间化解得无影无踪。并且，那些反对者的态度发生了180度大转变，积极拥护配合旧街改造了。

这条文旅商业步行街果然不同凡响，自2022年8月4日正式开街以来，迅疾上了热搜成为"网红打卡地"，并名列山东省第二批省级旅游休闲街区，也是济宁市第一家省级旅游休闲街区。岸上，游客你来我往；河中，游船荡漾碧波；夜晚更是华灯闪烁，歌声悠扬，犹如仙境一般。

然而，这般美丽繁华的景色，社区居民的贴心人、优秀共产党员、济宁市"孔孟之乡"和谐使者张宝芳却再也看不到了。2022年5月25日，

"运河记忆"文化街区夜游灯光景观

她因病医治无效不幸去世，年仅53岁。在告别仪式上，人们成群结队自发前来为心中的好书记送行，热泪情不自禁地洒落下来。其中有些商户哭着说："张书记啊，步行街可好了，你却没有能够游玩上一次……"

她走了，多年来在社区推行的微诉求、微心愿、微循环、微公益、微智能"五微"治理模式和"未诉先办"工作机制，还有那句朴实的话永远地留在人世间："群众的事要想在前头、做在前头，不能让'小纠结'积累成'大矛盾'。"

说得好啊！归根结底，中华传统文化中的"和为贵"理念，需要"全心全意为人民服务"的宗旨去实现！

孔孟之乡，人杰地灵。

2017年5月，为了全面贯彻实施人民调解法，坚持以矛盾纠纷化解为主线，促进"平安中国"建设，经过层层评审，国家司法部公布了一批"全国模范人民调解员"名单。济宁市金乡县的"和为贵"调解七步法创始人杨代启榜上有名。

喜讯传来，人们交口称赞："咱们的老杨当之无愧！"

现年59岁的杨代启，是金乡县兴隆镇杨门楼村党支部书记，兼任5个村的法律顾问。自从1999年当上村干部之后，他就与矛盾纠纷调处结下"不解之缘"，因为乡村振兴首要的是"人和"。实践中，老杨认为要处理好村民之间七七八八的事情，不仅要有热心、耐心，更要有丰富的法律知识，千理万理法理才是硬道理。

为此，老杨自学取得了法律专业的专科证书，掌握了一定的法律知识。每逢镇上县里举办法律培训班，他一次都不舍得落下。在家里专门设了一间学习书屋，不断加强理论修养，提升调解的能力和水平。公道正派的工作作风，乐于助人的生活态度，再加上丰富的法律知识，让他处理起各种纠纷来更加得心应手，让人信服。

那年，村民高老爷子的两个儿媳发生了争执。起因并不复杂，本是一家人的妯娌俩因为分家闹得不愉快，互相看着不顺眼。这一天，两人在承包田里又"干"上了——

一个气哼哼地说："这块地边是俺家的，让出来！"

一个撇嘴道："咦？俺一直在这儿种哩，啥时候成了你家的？"

"就是俺家的，当初你就多占了，早该退出来。"

"满嘴胡咧咧，谁信呢？撒泡尿照照，你算个人嘛！"

一句话惹恼了二儿媳，上去就是一巴掌："我让你骂人！"

大儿媳当然不吃这个亏，"噢"的一声扑上去，厮打在一起。不远处的村民们听到打骂声，赶忙跑来拉开了两人。

一场"短兵相接"，大儿媳嘴部破了皮，渗着血丝；二儿媳小拇指被扭得红肿了，疼痛难忍。两人分别去医务站看了伤，对着丈夫哭诉受了欺负。哥俩都不愿认怂，摩拳擦掌地找上门去，眼看一场"大战"就要爆发。

老杨及时赶到了！往那儿一站，个头不高却很有威严，这自然来自他说事拉理的水平和热心肠。两家不动手了，都拉住杨代启评评理，指责对方的不是。

"好啦，先别吵，听我说。"老杨不愧是调解高手，之前先摸清了闹事的缘由，并且想好了对策，"大街上这么闹好看吗？走走，跟我走。"

说着，他将两家人领到"和为贵"调解室坐下，每人面前倒上一杯热水，慢悠悠地说："你们打架是违法的，一家人为这点早有定论的事吵吵闹闹，实在不应该。作为家里的老大，凡事要以和为贵，多包容少计较。老二也要尊重当哥嫂的，有话好好说。这样老人才放心，也给孩子做个好榜样……"

良言一句三冬暖。在老杨一番入情入理的劝说下，大儿媳态度慢慢软了下来，主动承认先骂人不对，还拿出钱来赔偿二儿媳的医药费。杨代启赞许地点点头，转眼看着老二夫妻："瞧瞧，现在你大嫂很后悔了，自家不团结，让外人看笑话，你们也说说吧！"

实际上，听完杨支书和大嫂的话，老二两口子已有悔意了，连忙说自己也有错，愿和好如初。同时，二儿媳还表示自己的伤不重，不要大嫂家的钱。

"这就对了，家和万事兴嘛！握握手吧！"老杨高兴地站起来，看着他们的手握在了一起。

小事不升级不出村，老杨把握得很好。碰上两个村的事儿，他同样做得干脆利索，让人心服口服。

几年前，兴隆镇魏店村有户王姓村民，掏钱购买了一台搅拌机，由于没揽上什么活儿，贴出告示表示可以出租。正好邻村贾某承包了一段工程，便以双方认可的价格租赁下来。

不料，三年新冠疫情闹得工程不好干了，贾某生意失败，无法支付租金，欠下一万余元的债款。王某一再索要无果，颇感无奈，跃跃欲试准备打官司。这时有人告诉他，镇上有个"杨代启调解工作室"，帮助不少人解决了难题，何不去试试看？

是啊，官司不好打，赢了也不见得能执行，还彻底伤了和气。王某想想有道理，便找上门来求助。

面对这起纠纷，老杨首先通过细心倾听、抓住焦点，而后用电话和微信分头调查了解，摸清了事情起因和矛盾核心，以及一台搅拌机的使用价值。进而，分别找他们两人谈话。

杨代启对王某说："你这台机器不是新的了，租金不能定那么高。

再说呢，这两年有疫情干不了活，应该体谅人家嘛！"

"是是，我考虑这些情况了，没想要他欠的那个数，可也不能不给吧？杨支书你调吧，尽量多争取点就行了。"

"能有这个态度，是不错的。这样，我试着帮你要个五六千元，行吧？"

"行行，你如果能调下来，我请客！"

转过身来，老杨找到贾某，首先结合道德及相关法律进行了一番教育，接着道："如果上法院告你，那是一告一个准，你百分百的败诉，丢人还得加利息还钱。"

"我没钱！"不管怎么说，对方就是一句话。

"呵呵，你理亏还嘴硬。本来我还想帮你减轻一下债务，看这个态度，你准备上法庭，强制执行吧！"

"别别，杨书记，一万块我是还不了，他能少要点还可考虑。"

"对嘛，能不打官司就不打。我找老王说说，看还一半行吧！"

最终，说来说去，双方达成了协议：贾某一次性还给对方5000元，王某不再追究任何责任。

收到欠款后的王某，十分满意，感慨万分："我没有花一分钱，就将拖了这么长时间的欠款要回来了，谢谢杨书记，谢谢！"

现在，"有事说理找老杨"已是兴隆镇广大群众的共识。而杨代启呢，也从中感受到一种成就感，常说："公安司法如同西药，治病却有代价；人民调解是中药，慢工出细活，少有副作用。"并且，他还总结出"调解工作七法"，即：婚姻家庭纠纷——感情疏导法，合同纠纷——相似判例释明法，邻里纠纷——换位思考法，土地宅基地纠纷——借力帮助法，损害赔偿纠纷——息事宁人法，群体性矛盾纠纷——各个击破法，疑难复杂纠纷——借力联调法。通过这些办法，杨代启帮助群众解决了一个个难题，化解了一场场矛盾。

在济宁大力构建"和为贵"网格化社会治理服务体系时，杨代启根据多年经验和调解能力，通过授课、培训、现场调解等方式，为网格员传授经验，调解水平大幅提升。这一结合践行了"网格＋调解"新模式的生动实践，不仅让网格员化身调解员助理，更让网格员敢于调解、善于调解，成为搭建沟通的"连心桥"，把纠纷化解在"家门口"……

二十里铺，一个华夏大地上普普通通的乡镇。尤其在北方，几乎各个省份都有类似的地名，以离县城远近而定：十里、二十里、三十里不等。最为响亮的是陕北民歌唱到的那个《三十里铺》：

> 提起个家来家有名
> 家住在绥德三十里铺村
> 四妹子爱见那三哥哥
> 他是我的知心人……

优美动听的曲调，真诚朴实的歌词，将二十世纪农村青年的真挚爱情唱得深切动人。读者朋友，你可知道，在山东济宁任城区，就有一个二十里铺哩！

它原来叫作徐龙铺，清道光年间，因村庄距济宁城二十华里，又曾设驿站，故改村名二十里铺。新中国成立后，曾为二十里铺公社、乡镇，现为二十里铺街道。由名称的不断变更，可以看出城市化的进程。今天这里的"有名"不是因为"三哥哥和四妹子"，而是有一个高质高效的"和为贵"社会矛盾纠纷调处化解中心。

这天，我在任城区"和为贵"中心张国华主任陪同下，专程来到这里参观采访。走进门来,处处洋溢着一股浓浓的儒家之风、和谐之气。不算太大的办公室分为内外两间,墙上悬挂着醒目标语——遵纪守法理为先,知足常乐和为贵。还有调解员守则、调委会职能、纠纷当事人的权利义务,等等。一条整洁的长条桌上摆放着暖壶茶杯,中间竖着一双手紧握的"和"字标志牌。

最富有创意的是,进了大门左右分别有两道小门,一道门上方写着"干戈之路",打开一看,果然是个封闭所在,写着"此路不通"四个字。另一道门上方写着"玉帛成桥",打开则是一片光明通向调解室。寓意着"化干戈为玉帛"。呵,这不禁让人拍案叫绝。相信闹矛盾的人,置身于此,怒火怨气就会消失了一半。

二十里铺街道办事处主任助理崔鹏和调解中心主任刘志远,热情地

二十里铺"和为贵"中心墙上悬挂的醒目标语

将我们迎到调解室，讲述了发生于此的许多感人的"和为贵"故事，将"和谐""美好"几个字写满了村庄农户。其中，令人赞叹的是建设济宁高铁站的不凡历程——

进入二十一世纪以来，中国高铁发展突飞猛进，四通八达。各地人们都在盼望着高铁通向自己家乡，那将带来经济社会的大繁荣。就像歌赞青藏铁路的歌曲《天路》唱的那样：一条条巨龙翻山越岭，为雪域高原送来安康……

相比而言，济宁境内早有京沪高铁贯通南北，而市区直到2020年随着鲁南高铁线建设，方才规划专门的高铁站——济宁北站。它位于任城区二十里铺街道境内，是中国铁路济南局集团有限公司管辖的铁路车站，总规划用地面积24.48万平方米。

"火车一响，黄金万两"，话不虚传。济宁人拿出当年支前的劲头全力配合支持，首当其冲的是征地拆迁。高铁站加上延伸的铁路线，涉及任城二十里铺街道53个村庄，其中10个村有搬迁任务。

毋庸讳言，对于民众来说，拆迁是改善生活条件的大好时机，可在当地政府手中却成了"难啃的骨头"。因为个别人会"漫天要价"，充当"钉子户"。好在二十里铺街道党工委、办事处在济宁市、任城区坚强领导下，出以公心，实施了周密且富有人情味的拆迁行动，波澜不惊。

他们组成了以街道主要领导为组长的工作专班，特别安排"和为贵"调解人员参与，一头扎进拆迁村户中，苦口婆心，依法说理，从而在不长时间内，使高铁用地问题不成为问题，一台台建设机械轰轰隆隆地开进来了。

十个指头不一般齐。某村有户崔姓居民，年龄不大却很顽固，幻想着凭借拆迁来个一夜暴富，找了不少麻烦。拆迁政策规定：门面房补贴价格高于院内房。他有三间临街商铺，另有四间厢房是仓库，却要求全拿门面房的补贴款。这违反政策，理所当然被拒绝了。可他被钱迷了心窍，写成"小作文"发到网上，强词夺理博取同情。

工作人员跑断了腿，说破了嘴，可他油盐不进、软硬不吃。最后，还是街道主任助理崔鹏出面，把他请到了"和为贵"矛盾纠纷调解中心，和颜悦色而又坚持原则地谈起来：

"小崔啊，说起来咱们是一家子，一笔写不出两个崔字来。我是从关心你的角度来说这个事的！"

"行，崔主任，你看得起我，我谢谢你！可是我也绝不干吃亏的事。"

"说得不错，那你可记得老祖宗一句话：老实人是不吃亏的……"

随后，崔鹏从国家政策到具体情况，从为人处事到个人前途，设身处地为他讲解了一番。并且，针对他所提出的种种问题，一一做了解答。终于，使这个"刺头"有所开窍，由开始气哼哼地昂着头，渐渐地坐正了身子，低下了头。

"钉子"一个个拔除掉，二十里铺的征地拆迁顺利完成，画上了一个圆满的句号……

不过，生活就像海洋，一波平息一波又起，没有一帆风顺的航程。

一年半之后，济宁北站竣工通车了。喜庆的锣鼓还没有完全消失，一声惊呼在二十里铺响起来："不好了！农民工们不干了，拿着家伙要去找包工头算账！"

"啊？！快拦住，有话好好说！"

2022年春节前夕，承担济宁北站高铁广场的工人们，早就干完了活，却一直没有拿到应得的工资，忍无可忍，聚集起来决定去找承包施工的老板算账！山雨欲来风满楼。区里、街道上都坐不住了。

原来，居住在二十里铺街道的某人开办了一家劳务公司，召集工人分包了这项广场工程。原本想挣一笔钱过个"肥"年，谁知遭遇上疫情，上家公司转不动了，一直拖欠工程款项，他也没钱付给农民工，几次前去讨要未果。苦不堪言。

国家对于拖欠农民工工资是"零容忍"的。尤其春节将临，一旦有事将不利于社会稳定。任城区和二十里铺街道高度重视，立即委派"和为贵"社会治理中心人员，随同有关部门前去处理。

现场一片混乱，几十号农民工情绪激动，有的泪水涟涟，调解人员挥着手连连说："农民工兄弟们，别急别急，大家的难处我们完全理解，可这样闹解决不了问题啊！请先回去，我们一定帮助把工资要回来！"

终于，他们的一片真情平息了人们的怒火，而后找到那个包工头商讨，理清"乱麻"，又专程帮助他去找上家公司协调。得知对方也不是不想付款，实在是资金链断裂。"三角债"造成的困难，怎么办呢？

调解人员没有强硬要求执行合同，也没有灰心气馁，而是积极联系沟通。一次次将双方法人代表请到"和为贵"社会治理中心来，本着"得理让人""换位思考"的原则，不使矛盾激化，重在解决问题。

只要心诚，石头也会开出花来。在各方求同存异、化危为机的努力下，并且得到了上级党政部门的关心支持，终于找到了一条切实可行的道路。在"和为贵"调解室内，双方正式签订了分期还款协议。

农民工们拿到了久违的工资，满心感激政府，感激调解中心，兴高采烈地回家过年了……

"以和为贵，德化人心。"

千年古韵传承至今，融会贯通，演变出一曲现代文明的交响乐章。那么雄浑嘹亮，那么美妙悠扬，堪称"绕梁三日，余音袅袅"。在古老而年轻的孔孟之乡、运河之都里，由点及面，升华成一种为人处事的君子风范。

自2014年起，济宁在曲阜试点探索实施"和为贵"解决纠纷之路，2015年在全市推开"和为贵"调解室模式，民事矛盾调处化解取得了良好成效。不久，明确打造"和为贵"社会治理品牌，作为推进市域社会治理现代化的重要举措。

时光进入二十一世纪二十年代，济宁再出大手笔，成立"和为贵"社会治理服务中心，为市委直属正县级事业单位，由市委常委、政法委书记兼任中心主任，建设高规格、高标准的"一站式"矛盾纠纷调处化解工作平台。整合12345政务服务便民热线、企业诉求"接诉即办"等72条群众诉求受理渠道，公检法、人社、住建等多个部门入驻，做到"一站式接收、一揽子调处、全闭环解决"。

2021年5月，中央政法委领导同志视察济宁曲阜市"和为贵"社会治理服务中心，给予充分肯定。2022年6月，在中央政法委举办的第八次全国市域社会治理现代化试点工作交流会上，济宁市以《弘文崇德 正风砺行 发挥政法队伍在德治教化中的表率作用》做了经验交流。同时，《济宁市积极培育"和为贵"市域社会治理品牌》案例，入选山东省社会治理创新优秀成果。

随着学习贯彻习近平新时代中国特色社会主义思想主题教育的深入进行，济宁全市不断创新文明实践活动形式，用民众听得懂、看得见、能参与的方式，使"和为贵"等优秀传统文化渗透到群众的思维方式、道德规范、行为准则和价值取向之中。

梁山县在城市社区高标准建设"水浒聚议听"社会治理平台，定期对社区管理、群众诉求等事项进行商讨办理；嘉祥县打造了"巧媳妇调解团""老兵调解室"等组织，采取"和为贵"调解室与司法行政工作

曲阜百姓儒学节　杨国庆摄

乡村儒学讲堂　孙守明摄

室建设相结合的方式，及时有效地"调"出邻里文明和谐；曲阜市的"百姓儒学节"已连续举办8年，市民在喜闻乐见的形式中，学好、用好优秀传统文化。

此外，汶上县开设"心理茶吧"，在充分了解矛盾纠纷基础上，充分发挥司法、律师及心理咨询优势，吸纳当事人喝茶谈心、聊心事、话进展，在平起平坐的交流沟通过程中解开心结；泗水县圣水峪镇每周六举办"儒学讲堂"，将儒学经典融入村民生活故事中，大家听得津津有味……

与此同时，济宁各区县还普遍开展了孝贤之星、最美少年、好媳妇、好婆婆、文明家庭等评选活动，传承诗礼家风、倡导文明生活、培树和善民风。在全市范围内开展的系列活动，都为"和为贵"治理体系落地开花，提供了丰沃"土壤"。

市委常委、政法委书记张国洲在谈到对"平安济宁"的展望时说："党的二十大报告，为新时代各项工作提供了行动指南和根本遵循。我们将扎实推进更高水平的法治建设，持续完善'和为贵'社会治理体系，深化拓展网格化精准治理，有效防范化解各类矛盾纠纷和风险隐患，使人民群众永享安居乐业！"

是啊，表面上看是和平化解"家长里短"的纠纷，骨子里弘扬的是"和文化"精髓，构建的是社会稳定、人类大同的命运共同体。一个家庭、一个城市、一个国家莫不如此。

由小见大，山东省济宁市高度推崇"和为贵"理念，可谓弥足珍贵。这正是：天下"和为贵"，世上"善为高"；干戈化玉帛，人间更美好！

当时明月在

李玉梅

李玉梅,中国作协会员,中国报告文学学会理事。作品散见于《新华文摘》《人民文学》《中国作家》《光明日报》《山东文学》等。已出版长篇报告文学《云门向南》《国碑》《怒放》《生命交响》《安得广厦》《杨靖宇:白山忠魂》《拏云志》等。长篇报告文学《国碑》入选2019年中国作协重点扶持作品。《杨靖宇:白山忠魂》获第二届军事文化节优秀作品奖。《拏云志》入选中国青年出版社"新创业史计划"。短篇报告文学《黄河岸边有我家》上榜2022年度中国报告文学排行榜。

一轮明月从尼山的山坳里不紧不慢地跃出，大沂河上顿时清辉闪耀。今人不见古时月，今月曾经照古人。

　　鲁襄公二十二年八月廿七，公元前551年9月28日，尼山脚下，坤灵洞内，一声嘹亮的啼哭划破苍穹。那一天，携泥裹沙、浩瀚浑浊的黄河水，忽然变得澄澈透亮。据说那一天世间还出现了诸多异象，神奇的，玄妙的，被居住在尼山周围的人们世世代代口耳相传。尤其是尼山南侧山坡下大沂河畔的鲁源村，故事最多。

# 一、新月

　　累了三天，从鲁源新村开车回到曲阜市区的家里，颜培俊浑身散了架一般，大脑皮层却依然兴奋异常。半躺在沙发上，细细回味这两年发生的看似不可思议却又顺理成章的一切。许是怕影响颜培俊的思绪，一弯新月小心翼翼、探头探脑地悄然升起。

　　山东省重点文化旅游项目尼山圣境一期工程，2012年在曲阜市尼山镇启动时，周边毗邻的鲁源村、夫子洞村、圣源村、西官庄村、北东野村等几个村庄着实喧哗、欢腾了一阵子。虽然那时方圆十几里的老百姓对这个功能定位"文化修贤度假胜地"和"世界级人文旅游目的地"的项目并不十分了解,但那条醒目的宣传语"孔子的世界,世界的孔子"让他们隐约有个预感,他们的生活会因为尼山圣境的建设而发生巨大的改变。

月亮东升西落,缺缺圆圆,一晃五年过去。尼山圣境大致轮廓初现。随着二期工程进入实质操作阶段,鲁源村的整体搬迁也终于被提上了议事日程。

消息传来,鲁源村像火炉上一壶100摄氏度的开水,咕嘟咕嘟的水花翻滚着、沸腾着!拥护者有之,占大多数;观望者有之,是少数人;反对者亦有之,属极个别。颜培俊和丈夫刘德坤是占大多数的拥护者。

刘德坤比颜培俊整整大十岁,他们曾经是公司的同事。在认识颜培俊之前,刘德坤有过一段短暂的婚史,离婚后独自带着儿子生活。颜培俊性格活泼、率真开朗,她的笑声里有温度也有热度,她人在哪里,哪里的气温就会比另外的地方高出几度。颜培俊就像上苍赐予的拯救使者,成了刘德坤生活中的一抹亮色。刘德坤铆足了劲追求颜培俊,从公司追到家里,好女怕缠郎,一缠再缠终于抱得美人归。

很多年了,颜培俊也无法忘记第一次去鲁源村婆家的经历。这个经历是所有嫁到鲁源村的外来媳妇的共同经历。当然,这个经历仅限于2019年以前。

坐在刘德坤的摩托车上,颜培俊被崎岖的山路颠簸得七荤八素,她忽然想起了鲁迅先生的名言:"世上本没有路,走的人多了,也便成了路。"这哪里是正经八百的路哟,一条羊肠小道,曲里拐弯,半边黄土半边砂石,一个坑连着一个洼,但这真真实实是千百年来进出鲁源村唯一的路。

鲁源村，顾名思义，鲁水之源。水之源头在昌平山，汩汩清泉汇入沂河，一路向西。鲁源村是一个大自然村，包含东鲁源和西鲁源两个行政村。颜培俊是农家女，从小生活在农村，一路上，她以自己的农村生活经验想象着刘德坤的家。

三间石头房，进门的时候要低下头，否则会碰到低矮的房檐。木头的窗棂子上糊着一层塑料纸，经年累月的烟熏火燎，被油渍、烟渍污浊得看不出以前的样子。刘德坤的大哥结婚另立门户，二哥二嫂与父母住在一起。床不能算作床，只是一块铺板而已。昏黄的电灯，叶片上糊着一层厚厚的油泥、转起来吱呀作响的电风扇，除此之外家里再无其他家用电器。刘德坤偷偷告诉颜培俊，从记事起他就没在自己家睡过觉，都是到处借宿，今年在这家，明年在那家，抑或这几个月在这家，几个月之后再换到另一家。

去了一趟婆家的颜培俊彻底打消了回鲁源村常住的念想，哪怕后来他们在村里盖了房子，除了年节，她也极少回去。夫妻俩在曲阜市工作，也就顺理成章地住在了市区。习惯了城市生活的颜培俊与刘德坤，2017年在面对鲁源村拆迁的选择题时，毫不犹豫地投了拥护票。

鲁源村是整体异地搬迁，新村在老村以北 1.5 公里左右。不管是拥护的、观望的，还是反对的，一户、两户、三户……村民三三两两搬离了村庄。彻底腾空不久，旧村便在推土机的轰鸣声中轰然倒塌。与此同时，鲁源新村的新址地基上塔吊林立，打桩机日夜不息，不舍昼夜。那段时间，建筑工地周围时常会聚拢一波又一波探头探脑的村民，鲁源新村是在万众期待、万众瞩目下，一砖一瓦、一草一木地长大的。2019 年 11 月 5 号，鲁源新村公开选房。

拿到钥匙后，颜培俊家的房子是村里第一批装修的。两口子有商有量地选了时下流行的新中式风格，典雅，端庄，配了全套的实木家具，装修材料也全部买绿色环保的。之所以拿到钥匙就装修，原因就在于鲁源新村东面不远处的尼山圣境在盛夏七月推出了"文化夜游季"，一辆又一辆旅游大巴载着旅游团迎着夕阳的光影透迤而来，观赏完华彩光影水幕、无人机秀、浪漫烟火、真人实景表演后再踏月而归。除了旅游团，还有一部分自驾游的游客进入尼山圣境景区，他们需要在景区停车场停好车后统一乘坐尼山圣境的电瓶车进入景区。而鲁源新村就在停车场对面，新颖的建筑群吸引了过往游客的注意，不止一人，不止一次，循着鲁源新村的村碑牌楼走进村里探查、询问。

"这里是鲁源新村？这些别墅都是村民的吗？"

"你们村里有民宿吗？"

……

"民宿"一词逐渐成了鲁源新村的热词。尤其是2019年国庆节投入运营的曲阜三孔文旅与西鲁源村合作运营的里仁美宿，毫不夸张地说，它开启了一扇让鲁源村民看见迥异于自己日常生活的大门，里仁美宿一度成为鲁源村民的"民宿小课堂"。

颜培俊去里仁美宿参观完之后，她慢吞吞地从西鲁源踱回到东鲁源东四胡同6号院自己的家。就在这段不长的路上，颜培俊打定了主意："新房自己不住了，改做民宿！"

丈夫刘德坤并没有想象中难以说服。结婚这些年，他越来越信任甚至是依赖自己的小妻子。作为继母，颜培俊合格甚至优秀，她对刘德坤的儿子视若己出，送他去读书，去参军，如今已经是二期士官、优秀士兵。每一张喜报，颜培俊都倍加珍惜，专门找了一个箱子装起来。作为妻子，2013年刘德坤查出糖尿病并伴有并发症，眼睛视力下降几近失明，家庭的重担全部落在了颜培俊的肩上。作为母亲，颜培俊把她与刘德坤的女儿教育得明事理、知进退。女儿在曲阜城区的学校读书，初中三年级，明年就要面临中考。为了女儿上学，他们暂时不会回鲁源新村常住。房子空着也是空着，如果能开起民宿还能有一份收入，何乐而不为呢？对于妻子的想法，刘德坤百分百支持。

2020年元旦，装修工程接近尾声。元旦过完不久，春节也快到了。两口子盘算着冬天民宿没有生意，准备工作可以慢慢来。1月23号，突如其来的新型冠状病毒疫情导致武汉封城，全国上下因为疫情揪心揪胆。尼山圣境景区也因疫情暂时关闭。景区关了，旅游停了。没有游客，民宿没有客源。颜培俊的民宿创业蓝图八字还没画一撇就已经结束，未始即终。唉，怎不叫人沮丧？

"没事，没事，好事多磨嘛！"刘德坤稳定的情绪抚慰了颜培俊焦躁的心。

一月，二月，三月，日子一天天过去，疫情硝烟日渐平息。这期间，颜培俊得知可以在网上申报民宿营业执照，她半点也没犹豫，直接在线申请了"鲁源印象民宿"的名字。鼠标点击"提交"时，心扑通扑通狂跳不已。仅仅三天之后，颜培俊的申请就顺利通过。看着"核名通过"的提示，颜培俊湿了眼眶。哭什么呢？这不是离自己的梦想更近了一步嘛，该高兴才对！

颜培俊在网上搜索"民宿挂哪个平台推广好"，根据搜索结果在携程旅行、美团榛果民宿、OYO、途牛、途家等多个平台上逐一登记上传鲁源印象的图片和简介。广撒网的目的在多捞鱼。每完成一个网站的登记，颜培俊都会心一笑。第一条鱼啊，你什么时候才能游过来"自投网罗"啊？

2020年4月8日，武汉重启。全国各地的景区陆续开放，尼山圣境也重新迎来久违的游客。

一天晚上十点多钟，一家人正准备休息。颜培俊的电话陡然响起来。

这个时间谁会打来电话呢？拿出手机一看，一个陌生的河南电话号码。河南！几百公里远的地方，那边一没亲戚二没朋友，莫不是诈骗电话？接还是不接？刚想挂断的时候，颜培俊冷不丁想起来，会不会是有人在网上看到了民宿的联系电话打过来咨询呢？骗子就骗子吧，不贪小便宜就不会上当受骗，再说了，接电话又不浪费自己的电话费。

"喂，您是鲁源印象民宿吗？"

"啊……是……是啊！"惊喜来得猝不及防，颜培俊迅速调整着心态，努力平复着内心的激荡。那一刻，她只有一个信念，一定要促成这来之不易的第一单生意。

打电话来的是河南一个年轻的创业者，他要带着他年轻的团队到尼山搞团建，让自己的小伙伴们感受博大精深的儒家文化。

"我们有十八个人，都住单间，一共需要十八个房间！"

"没问题。"

"早餐怎么吃？"

"民宿有厨房，你们可以自己做简单的早饭，也可以去村里的早餐店吃。"

"我们分两批入住，第一批大概20号中午左右到，第二批稍晚一点。"

今天星期天，19号，20号不就是明天嘛。颜培俊略一迟疑，依然说了一声："没问题！"

颜培俊一口一口"没问题"，听得丈夫刘德坤心惊肉跳。有没有问题，他们两口子心知肚明。虽说不是什么大问题，但解决起来也得费点工夫。自家的鲁源印象只有四个房间，其余的十四间房要联系村里其他从事民宿经营的人家。家里的民宿硬件设施齐备，但房间的布草并没有到位，主要是担心铺设好了无人入住，时间一长落灰还得清洗。好在还

鲁源印象的颜培俊　李玉梅摄

有时间！一大早，夫妻二人分头行动。一个赶往鲁源新村落实房源，顺便再打扫一遍卫生；另一个去商店拿回早已订好的物品。

时间一分一秒过去，颜培俊争分夺秒收拾着屋子，心里急得像燃着一把火。不等丈夫刘德坤带着床上用品赶过来，第一批河南客人已经到了鲁源新村。所幸对接的另外几家民宿万事俱备。这边刚安顿好第一波客人，刘德坤也到了。又是一阵手忙脚乱，刚刚铺好床想倒杯水喝，水温还没降到不烫嘴，第二波客人也到了。

河南客人在鲁源印象住了三天，在携程网上给了5分的好评。

5分是最高分！不过颜培俊知道客人给她打出的这个5分更多的是鼓励分，而非真正意义上的满分。但不管怎么说，鲁源印象正式开张营业了，而且还是一个不错的开始。

送走客人，把房间恢复如新。颜培俊的肩膀才敢彻底松弛下来。她不想吃饭，只想靠在沙发上好好歇一歇，哪知一睡就到了半夜。丈夫不忍心叫醒她，拿来一条毯子轻轻盖在颜培俊身上，蹑手蹑脚地关上灯。

窗外，一弯新月如钩。

## 二、蛾眉月

月上中天，新月吐蛾眉。今夜尼山升起的是一弯俏丽的蛾眉月。月光清凉如水，树影婆娑似梦。

同样作为鲁源村的媳妇，王闰夏的家要比颜培俊遥远得多。王闰夏的家在河北沧州盐山县。她出生在1990年的闰五月，盛夏时节，爷爷给她取名"闰夏"。

王闰夏兄弟姐妹五个，是一支小型的超生游击队。最小的弟弟出生之后，父母终于得偿心愿，偃旗息鼓，过一份踏踏实实的日子。孩子虽多，倒也没有重男轻女，五个孩子父母都供着读完了大学。

从唐山职业技术学院会计专业毕业后，王闰夏没有回老家，而是留在了实习时天津东丽区的一家企业。缘分天注定，情窦初开的少女在天津遇到了她命中注定的爱人——来自山东曲阜尼山镇鲁源村的刘强。

刘强是家里最小的孩子，比王闰夏大两岁。2004年初中毕业后，在家玩了不到一个月，就跟着老乡到天津务工了。两个人认识时，刘强已经在天津闯荡十年。鲁源村像刘强这么大的年轻人绝大多数都在外务工，甚至连他们的父母一代也都在外务工，村里只余年迈的老人和年幼的孩子。

结婚前，王闰夏跟着刘强回了一次家。中国的曲阜，世界的孔子。作为蜚声中外的旅游名城，曲阜令王闰夏深深向往。京沪高铁、日兰高铁是这座古城飞翔的双翼。下了高铁换长途汽车再倒公共汽车，路况越走越差，柏油路、水泥路、砂石路、土路……王闰夏的心也越来越凉。

不管是像颜培俊这样的曲阜本地媳妇，还是王闰夏这样的外省姑娘，鲁源村给她们的第一印象都是一样的，偏僻、贫瘠，她们都不会对这个山谷深处交通不便的村庄产生归属感。这里只是她们要共度一生的丈夫的生身之地，是她们的婆家，是她们十月怀胎生下的孩子身份证上的籍贯所在地，除了这些，这座山村对她们而言并不具有更多的特殊的含义。她们不会放弃自己已经熟悉的适应的生活与习惯贸然回到这里。在繁华的都市里，哪怕是临时租赁的一席之地，也比鲁源村自家的房屋对她们有吸引力。

刚结婚那会儿，王闰夏与刘强工作之余也尝试过创业，小夫妻晚上在天津东丽区无瑕街的银河公园摆摊卖石膏玩具。他们买来石膏粉和模具，在租来的小家里制作各种造型的小动物、卡通人物，灌装，凝固，轻拿轻放。

下午下班后，小两口飞速赶回家，三步并作两步去出摊。摆好小桌子小凳子，每张桌子放上事先在家里做好的石膏模型，再摆上相对应的彩色图片与水彩颜料。夕阳西沉，公园里的照明灯与霓虹灯次第亮起。恋爱中的小情侣、跟着父母散步的小朋友，前者可能被憨态可掬的情侣对偶吸引，后者可能会在父母的协助下涂画一只小老虎或一个头戴王冠、身穿繁复花边纱裙的白雪公主。潜在客户经过他们的小摊前，刘强与王闰夏都会很努力地招揽生意。生意好的时候，一晚上能赚三百多块钱，生意差的时候不过百元。忙的时候，两个人分头招呼客人；没生意的时候，他们就坐在小桌前看银河公园的景致，艳丽的碧桃，四季常绿的油松，柳绿花红。远处有高楼，近处是别墅。

"我们能在这个城市安家吗？什么时候能在这万家灯火中有一个家？"两个人面面相觑，各自在心中喟叹。

夜市经济受天气影响太大，北方的春天寒气逼人，夏季并不漫长，再去除大风与雷暴天气，出摊的日子屈指可数。秋分之后天黑得越来越早，气温越来越低，晚上出来的人也越来越少。一吨石膏粉还没用尽，王闻夏与刘强的第一次创业就下马了。

儿子出生没多久，鲁源村整体搬迁的消息传来。这对于王闻夏与刘强来说无疑是天大的好消息。新闻里关于返乡创业的报道此起彼伏，两个人第一次正式考虑返乡回鲁源村，但更多的顾虑是什么时候回？回去能干什么？失去土地后的鲁源村民未来要靠什么生存？他们将要迎来一种怎样的生活？

2019年9月，刘强带着妻儿回到家乡。鲁源村已经蜕变成鲁源新村。彼时一栋栋联排别墅还没有分房到户到人，不知道哪一户才是自己家，但事实摆在眼前，其中的一户在不久的将来就会真真切切地属于自己。

王闻夏与刘强也是拿到新房钥匙就开始动工装修的。眼瞅着村里的民宿一户户开起来，"圣源民宿""鲁源印象民宿"……小两口给自家的民宿起名"清源民宿"："清"字取自鲁源新村周边有山有水，空气清新，山清水秀；"源"就是鲁源村的"源"，源头活水，象征着流动的财富。他们还在手机上百度了"源"字的寓意，无论哪一个释义都觉得解释到自己的心坎上，怎么看怎么熨帖、合适。

其实最初刘强回乡是想搞自动售货机，他漂在天津的十五年里，前十一年在钢管厂，后面的四年从事自动售货机的整体售卖与所售商品的

鲁源新村的别墅　李玉梅摄

补给。回到鲁源村之后，王闰夏陪着刘强做市场调研，结果大失所望，这里的人流量与消费水平明显达不到大量投放自动售卖机的标准与条件，只好暂时放弃。即便是打定主意搞民宿，也招来刘父的反对："哪里会有人到村里来住啊？"

颜培俊家的鲁源印象4月份迎来第一批客人，而王闰夏家的清源民宿直到三个月后的7月份才正式开张。不同于颜培俊经营鲁源印象是整套房交给客人，王闰夏一家三口住在一楼，二楼与三楼才是客人的客房。一楼就相当于大酒店的前台，王闰夏还在网上购置了超市里码货的货架，摆上日用百货与方便面、面包、火腿肠等便捷食品。住家与民宿一体的经营模式，让"近距离全天候服务"不再是一句空话。清源民宿入住旅客的二次入住率非常高。2020年7月暑假里的第一批客人,一家八口出行,虽然只住了一个晚上,但2021年暑假,这家人再一次在携程上下单预定了清源民宿。客人临走时告诉王闰夏,之所以二次入住她家的民宿,是因为他家的老人孩子都喜欢喝王闰夏熬的八宝粥,用料讲究又实在,味道香甜可口。不经意间的细节往往最打动人心。

刘强现在开起了网约车,接送客人方便,自己家人出行也方便。儿子马上就要上小学了。王闰夏与刘强合计着要让孩子去曲阜市区读书,这样一来,他们就得搬到城里去住。民宿的经营模式还得稍微做一下调整。孩子教育是大事,其他的事情都要给这件事让路。

从天津返回鲁源新村四个年头了,王闰夏早已接受了自己鲁源新村村民的身份,外来的媳妇终于对这个不是自己家乡的地方有了归属感。

月是故乡明?其实也不然,王闰夏觉得尼山上的这一弯蛾眉月也是俊俏的,魅惑迷人的。

# 三、上弦月

月亮一天比一天丰满,在今夜,长成了弦在左、弓背在右的上弦月,一半明媚一半晦暗。

接到第二届YFB教育者生态公益大会主办方预订住房的电话时,孔凡玲开心得像个孩子。她是鲁源新村的两委成员,还是妇女主任兼计生主任,如今又多了一重身份——鲁源新村民宿联盟服务队队长。

2019年鲁源村整体搬迁后,在原有村名中加了一个"新"字,成为

"鲁源新村"。原先一个大自然村、两个行政村的规制未变,鲁源新村依旧分为东鲁源与西鲁源。村委会大楼前的文化广场是鲁源新村的中心,以此为界,东侧为东鲁源村,西侧是西鲁源村。

孔凡玲的娘家在距离尼山镇二十多公里以外的时庄镇。高中毕业后她就去了曲阜北关的一家五金厂务工,在那里遇到了自己的丈夫。别看时庄镇与尼山镇相距只有二十几公里,两个镇的地形地貌却相差甚远。时庄镇地势平坦,旱能浇涝能排,土地肥沃,农民以种植小麦为主。孔凡玲家境虽不算富裕,但也是从小吃着白面馒头长大的。反观丈夫家鲁源村这边,地是山地,田是梯田,不下雨时地里干得冒烟;雨势一大,原本就贫瘠的地表土就会被冲刷殆尽,使得土壤墒情更加糟糕。生活在这方水土的人们纯粹靠天吃饭。

丈夫温言慢语地给孔凡玲讲过他小时候靠山吃山的经历:春天有嫩嫩的荠菜、婆婆丁、香椿芽和榆钱,榆钱无须做熟,可以直接捋来吃,齿颊留香。五月槐花香时,香气萦绕山野,美中不足就是吃多了会头疼,拌上棒子面撒上盐巴,上锅蒸成槐花饭最好。采来酸枣树刚长出的新芽,把家里的锅刷干净,热锅焙一下就成了酸枣叶茶,清火气,助安眠。夏天的雷能炸出地下蛰伏的蘑菇,秋天有黑黝黝、红彤彤、黄澄澄、绿莹莹的果子,有毒无毒看山林里飞翔的鸟儿吃不吃就行。那群带翅膀的精灵为与山共存的人们做了食物探寻的先行者。冬天上山挖仓鼠洞,绝对不会空手而归。丈夫口中的鲁源村宛若世外桃源,只是隐约闪躲的眼神泄露了他心底的彷徨,他的讲述仅仅是山里人"谁不说俺家乡好"的本真。

初夏时节,第一次去鲁源村婆家,那是孔凡玲第一次在生活中近距离接触梯田,以前只是在课堂上的书本里见到。随着山势的起伏,梯田在太阳下呈现出不同的颜色,黄绿,青绿,墨绿。也许在别人看来那是道风景，但对于同样从小生活在农村的孔凡玲来说，她知道高低错落的地势落差，那意味着在搬运农具、收获庄稼时需要比在平坦的田间劳作要付出更多的劳动。这里的农作物以玉米和红薯为主。平时作为辅食吃一吃，能调节口味，天长日久成年累月地把玉米、地瓜当饭吃，哪怕换着花样上锅蒸、烤着吃，晒干煮、磨成粉摊煎饼，但玉米就是玉米，地瓜就是地瓜，怎么也吃不出小麦的香气。

孔凡玲1990年结婚之后一直借住在娘家。那些年，左邻右舍，丈夫的本家，都会暗暗猜测这只"金凤凰"何时才会真正飞来鲁源村筑巢垒窝。直到儿子四岁上幼儿园时，孔凡玲才姗姗迟来，从娘家时庄镇搬到了"穷乡僻壤"的婆家——尼山镇鲁源村。

当年的孔凡玲绝对是嫁进鲁源村的高学历媳妇代表，她性情直爽，说话办事周道利索，一毕业就在企业上班，也算得上是见过世面，反正比一直面朝黄土背朝天的农村妇女视野开阔许多。到鲁源村常住的第二年，她就进入组织视野，成为鲁源村的村委委员，妇女主任与计生主任一肩挑。1997年的农村，妇女工作与计生工作可是两项着实考验一个人综合能力的差事。孔凡玲干得如鱼得水，游刃有余。

照顾着家庭，看护着孩子，忙活着地里的活计，从事着村里的工作……转眼间儿子长大成人，读大学，工作，结婚，给孔凡玲娶回来一个秀外慧中、知书达理的安徽儿媳妇，生了一个孙子一个孙女，"子"加"女"凑成了一个"好"字。

孔凡玲的儿媳妇叫胡享享。作为同样嫁到鲁源村的女人，儿媳妇胡享享显然要比婆婆孔凡玲幸运得多。胡享享虽然远嫁，从江淮大地、八皖之乡安徽嫁到孔子故里、东方圣城曲阜，但她所嫁之地的鲁源，与婆婆昔日婚嫁的鲁源早已不可同日而语，今天的鲁源是脱胎换骨的鲁源新村。

青砖灰瓦白墙的联排别墅，房前屋后是乔灌草的复合式绿化，鹅黄的迎春花带来春消息，人间四月天牡丹芍药斗艳争芳，炎炎夏日有火一样燃烧的石榴红，秋风瑟瑟起，菊花开过百花杀，北风萧萧雪花飘飘，天地一片苍茫，一剪寒梅傲立独放……鲁源新村四季皆有赤橙黄绿青蓝紫的七色花开。

胡享享嫁到鲁源新村，在尼山圣境找了一份销售工作。工作在景区，家住在景区，鲁源新村早已融合为尼山圣境风景区的一部分。

鲁源新村的民宿经营方兴未艾，村里成立了民宿联盟服务队，孔凡玲被推举为队长。各家各户的民宿都在携程、去哪儿等中介平台上各自为战。偶尔出现大型团体集体入驻时，民宿联盟服务队就会派上用场发挥作用。目前东鲁源村登记在册的民宿73家，西鲁源村50家，这120多家民宿总接待能力在五百人以上。鲁源新村的承接能力刚好符合第二

鲁源新村　杨国庆摄

届YFB教育者生态公益大会主办方的要求。初春时节,浩荡的不仅仅是春风,更有浩浩荡荡的一辆接着一辆的旅游大巴,全国各地的教育人云集鲁源新村。孔凡玲忙得脚不沾地,那三天每天的午饭下午三点钟才能吃到肚子里。

晚上一家人才能团聚在一起。吃晚饭的时候,胡享享告诉婆婆孔凡玲,她在尼山圣境里认出了几位来参会住在她们家民宿里的客人。客人还跟她打招呼呢。

儿媳妇胡享享收拾家务,婆婆孔凡玲则辅导11岁四年级的孙子和9岁二年级的孙女做功课。

"奶奶,妈妈,天上的月亮快圆了!"

可不是嘛!一轮半圆的上弦月,距离满月为时不远矣。佳期如梦。

## 四、满月

一轮明月从尼山的山坳里不疾不徐地升起,月亮不抵圣水湖畔的灯光。月光清冷,灯光炫目。高72米、重1136吨世界上最大的孔子雕像矗立在尼山圣境的最高处,在月华与灯晕的双重映照下,不动声色地俯瞰着人世熙攘与蕃昌。

2500多年过去,尼山脚下圣人出生时的坤灵洞如今已经更名为"夫子洞"。当年那个第一声啼哭响亮的婴孩,终成被千秋万代尊崇、敬仰的万世师表。只是,那位独自分娩、怀抱婴儿的母亲,在流淌的历史长河中,多半只以"孔夫子的母亲"这样的身份出现,她甚至没能像孟子的母亲那样留下一个三迁为儿的智慧故事。即便最后母凭子贵，被加封为启圣王夫人。但在今天的视角看来，也终究有几分意难平。其实她原本是有名字的，鲁国颜氏，颜徵在。

《史记》卷四十七《孔子世家》中写道："孔子生鲁昌平乡陬邑。其先宋人也，曰孔防叔。防叔生伯夏，伯夏生叔梁纥。纥与颜氏女野合而生孔子，祷于尼丘得孔子。鲁襄公二十二年而孔子生。生而首上圩顶，故因名曰丘云。字仲尼，姓孔氏。丘生而叔梁纥死，葬于防山。防山在鲁东，由是孔子疑其父墓处，母讳之也。孔子为儿嬉戏，常陈俎豆，设礼容。孔子母死，乃殡五父之衢，盖其慎也。郰人挽父之母诲孔子父墓，然后往合葬于防焉。"这段叙述中，囊括了颜氏女颜徵在从恋爱、生子、教子直至死去的一生。

孔子的父亲叔梁纥，名纥，字叔梁，字和名放在一起称谓，不提

夫子洞　杨国庆摄

姓氏，是当时对人尊敬的称呼。其实他应该叫孔纥，尊称为叔梁纥。叔梁纥是一个大英雄，他青史留名被人津津乐道的故事，一个是"力举城门"，一个是"护送臧纥"。这两次战功使得叔梁纥擢升为陬邑大夫。

千百年来，太史公笔下的"野合"一词屡屡撩拨着后来人的神经。汉语言从仓颉造字的古代汉语到现代汉语一路变迁，文字与书写载体演变的同时，诸多词汇的含义与词性也在悄然发生着变化。汉代画像砖拓本就有《桑林野合图》，似乎从一个侧面佐证了司马迁的叙述。然，若按照女子妊娠期仔细推算一下就知道"纥与颜氏女野合而生孔子"中的"野合"，绝不会是"交之于田野，桑间濮上"。孔子生于公元前551年9月28日，那颜徵在受孕应是在上一年的腊月。北方的腊月，数九寒天的芜野之地，怎么看都绝非适合郎情妾意的时节与场所。

上海古籍出版社2011年第1版《史记》的《孔子世家》中有这样的释义："梁纥娶鲁之施氏，生九女。其妾生孟皮，孟皮病足，乃求婚于颜氏，徵在从父命为婚。"其文甚明。今此云"野合"者，盖谓梁纥老而徵在少，非当壮室初笄之礼，故云野合，谓不合礼仪。

以上这一段文字也算是为曾经的花季明媚少女颜徵在正名了吧。

2012年在北京长安大戏院公演的新编京剧《孔圣母》，开场前画外音诵读一首七言律诗："一代贤母姓名香，寒门育孤世传扬。托起巨人双肩上，万世师表出门墙。齐鲁大地金沃壤，孔圣蒙师是高堂。时轮未减光万丈，儒学源头万古芳。"概括了一位外柔内刚、百折不挠的母亲短暂而宏远的一生。

花鼓铙钹响起，京胡清亮、悠扬。颜徵在粉衣登场。她蜂腰款摆，莲步轻移，啪的一声，洁白的水袖撒花似的飞扬开来，风拂杨柳般一扬一荡，一摆一掸，一叠一搭，露出暂白皓腕，摇花手，轻吟慢唱。

> 百花开，东风拂，人间春满。赏美景，聆鸟鸣心，泛波澜。数芳龄，更岁月何人为伴？待字女自择婿，不羡官宦，不慕钱权。年龄何限？贫富何关？只求个情投意合赤诚儿男。多少个王孙公子提亲来遣，有一个孔纥将军占我心田，他举城门救同胞与鲁国的好汉，愿与他结鸾凤相偕百年。

唱罢退场，颜徵在亮相完毕，一个有着独立自我意识的女性形象立在了舞台中央。接下来孔纥上场……于是，17岁的花季少女与66岁的花甲英雄不合当时礼仪地野合了。那是一个月圆之夜。花好，月正圆。

人有悲欢离合，月有阴晴圆缺，此事古难全。公元前549年，叔梁纥去世。这意味着颜徵在失去了丈夫，孔丘失去了父亲。"丘生而叔梁纥死，葬于防山。防山在鲁东，由是孔子疑其父墓处，母讳之也。"在有限的文字史料里，盛满了一个寡居女人带着年幼儿子生活的一万种艰辛。"孔子母死，乃殡五父之衢，盖其慎也。郰人挽父之母诲孔子父墓，然后往合葬于防焉。"公元前537年，颜徵在去世，此时的少年孔丘痛失双亲，浩然天地间只余他孑然一人。不过，少年的智慧在这个时刻已经不可抑制地显露出来。"五父之衢"在当时的鲁国是曲阜东郊一条热闹的大道，是曲阜通往防山的必经之路。少年将母亲的棺椁停在五父之衢边上，停丧不葬，他要借助外力实现自己的诉求。结局是圆满的，聪慧的少年将母亲与父亲合葬，而他也终于得以认祖归宗，回归孔门。"吾十有五而志于学……"15岁的少年，从这里出发，踏上了成为至圣先师的第一步。那就是另外的故事了。

与所爱之人生同衾死同穴，颜徵在的一生应该是无悔无憾的。

其实无须放大对母亲的赞美与吟咏。一个圆满、完整的女性一生，为人女、为人妻、为人母当中任何一个环节的缺失，或多或少都会留下些许遗憾。大多数的女性成为妻子、母亲是她们主动的选择，始发之心无所谓奉献与崇高。想要，想做，便付诸行动。既然这是一种主动的选择行为，那由此带来的各种好的坏的幸福的苦涩的美满的艰辛的体验，就得接受、承受甚至是忍受。这与"欲戴王冠必受其重"是同一个朴素的合理的逻辑。

鲁源，鲁水之源，无论是旧时的古昌平乡，还是今日之鲁源新村，在这片广袤的大地上生活过、生活着一个又一个至柔至刚的女性，无论是生于斯长于斯的女儿们，还是为爱奔赴而来的媳妇们，她们都是一块块丰饶丰腴的息壤，让这片土地充满了生机，生生不息。

月上中天，一轮满月高悬。圣人双掌叠放，掌心朝内，左手在外，右手在内。他身躯微微前倾，这是虔诚恭谦之礼。礼敬九天神明，礼敬厚德大地，礼敬像大地一样的母亲。

月圆之夜，诸事圆满。

归来

柏祥伟

柏祥伟，1970年生，济宁市泗水人。山东省作家协会第二届、四届签约作家，济宁市作协副主席。2012年加入中国作家协会。至今已在《人民文学》《文艺报》《青年文学》发表作品400万字。著有长篇小说《孔府民间档案》《仲子路》《活到死》《创》等，小说集《火烧》《水煮水》《仇人》《无故发笑的年代》等。曾获泰山文艺奖、山东省文艺精品工程奖、乔羽文艺奖等。山东省首批齐鲁文化之星，济宁市首批济宁文化名家，济宁市首批签约制文学艺术家。

# 第一章：学者

## 一

2007年初冬，天高云淡。一行学者参观完尼山，沿着坑洼不平的小道走到尼山脚下，王殿卿教授仰望山顶，神情凝重地发出一声叹息，陈洪夫正在他身边。

众人各自告别返程回家以后，王殿卿教授的那声叹息，犹如投掷在平静水面上漾起的涟漪，一直在陈洪夫内心里久久不能平静。他回想起陪同来自全国各地的文化学者登临尼山时的场景，一行皆是满腹经纶的著名学者，其中王殿卿、李汉秋、王楚光等学者，虽年龄都在六十岁以上，登山时却兴致昂扬，步履轻快。

众人沿着山岭小道，穿过绿荫葱葱的千年古松，登上石阶走进尼山书院。此时正是初冬季节，寒风萧瑟，枯叶凋零，书院里寂寥冷清，满目凋敝，目睹古松枯败，破旧门窗，一股霉尘味儿回荡在书院里。众人愕然之后，纷纷唉叹，书院不再有书生身影，也听不到琅琅书声，只有乌鸦嘎嘎之声隐隐入耳，更显凄凉心情。

众人神情肃穆，缓步行至厅堂，对堂前的孔夫子像拱手施礼，愣怔良久，皆默然退出书院。行至尼山脚下，走在众人最前边的王殿卿教授叹声道："岁寒然后知松柏之后凋也。"

陈洪夫与王殿卿教授相识于2004年，时任泗水县教育局局长的陈洪夫去北京参加全国教育系统培训会议，会议邀请时任北京市青年政治学院常务副院长王殿卿教授授课。王教授是全国著名德育教育专家，曾任首都师范大学教授，主持全国教育科学十五规划教育部重点课题等研究。他对教育事业的未来发展理念，使在场的陈洪夫心生共鸣。讲课结束后，陈洪夫走到讲台前，对王教授做自我介绍，谈了听课感受，并相互留下联系方式，邀请王教授前去泗水做客。

此后两人保持着联系。两年多以后，王教授去山东某地召开一次关于传统文化的研讨会，邀请陈洪夫参加。会议结束以后，陈洪夫主动邀请与会学者："诸位难得来孔孟之乡，不妨借此机会逗留数日，再返程也可。"

王殿卿教授欣然同意，并邀请几位学者同行。

王教授道："洪夫先生是当地人，更是咱们同道中人，咱们一切听从他的安排就行了。"

按照此行安排，参观尼山以后，陈洪夫又邀请诸位学者去了孔府和孔庙参观，然后带学者们去了泗河发源地的陪尾山参观。当年孔夫子由泗河逆流而上，在泗河源头陪尾山下，面对滔滔河水，发出"逝者如斯夫，不舍昼夜"的千古感叹。此时学者们身临其境，体验儒家"洙泗渊源"之地，才知孔夫子出生在尼山、成长在曲阜的具体历史背景。

诸位学者感慨："不虚此行。"

如今仔细品味几位学者彼时走出尼山书院时的感慨，陈洪夫终于明白王殿卿教授在尼山脚下发出的那声叹息。几番犹豫后，陈洪夫拨通王殿卿教授的手机："先生登尼山有何感想？"

王殿卿教授答:"我此生如约诸位学者重新建设书院,再现当年琅琅读书声,使优秀传统文化生机蓬勃,应是世间美景。"

陈洪夫沉吟片刻,才对王殿卿道:"先生,如有此想法,我也当尽力。"

王殿卿道:"新建书院谈何容易,我召集国内有志者,当尽力促成。"

两人相约保持密切联系,数月之后,有好消息传来,王殿卿教授参加在北京召开的国际儒联会之后,邀请与会学者商议新建书院。王殿卿教授慷慨发声,在场者入耳动心,众人共鸣,达成一致意愿,20多位学者在倡议书上签名,并将重建书院定名:尼山圣源书院。

王殿卿教授将此事告知陈洪夫之后,陈洪夫欣喜之余,立即给当地政府领导汇报此事:全国学者倡议重建尼山圣源书院,此事意义重大,机会难得,我们应当全力参与,于千秋万代,功莫大焉。

领导开会研究之后表态:重建书院之事,我们全方位做好服务。由陈洪夫负责全程联系对接此事。

事不宜迟,陈洪夫随即联系王殿卿教授,邀请钱逊、牟钟鉴、丁冠之、郭沂、颜炳罡、骆承烈等数位教授来泗水县召开研讨会,商议新建书院事宜。陈洪夫召集附近村里的村委负责人,陪同学者踏遍尼山周围山野,遴选书院新址。众学者虽体力疲乏,但心情愉悦,兴致盎然。

众人忘却劳累饥渴,下午两点多,众人从王家口村行至颜母山下,途经一处种植花生的田地,其中一位村委负责人指着一块花生地,询问诸位:"这是我家种植的花生,已是成熟季节,我拔些与诸位品尝。"众人便不客气,相互拔出几簇花生,抖掉泥土,拨开花生皮,将鲜美花生仁吃进嘴里,鲜香溢满唇齿,众人皆赞叹,身居城市,很久没有接触田野,难得如此开心。

尼山是孔子的出生地，西去是连绵山岭，南去也是山坡，北面是村庄，东边毗邻尼山水库，一行人察看数日，最后选定在距离尼山千米的北东野村西的一片空地。此处南邻小沂河，南接孔母颜徵在的家乡颜母庄，是一块儒家起源的风水宝地。

确定地址以后，陈洪夫给县里汇报，县委随即召开常委会，议定新建尼山圣源书院，随后得到济宁市委市政府大力支持：要钱给钱，要土地给土地。

自此，占地百亩的尼山书院于2008年挂牌成立，牟钟鉴院长制定书院体制：民办公助，书院所有，独立运作，世代传承。以"明德弘道，博学笃行"为院训，国内外著名学者纷至沓来，形成了一个包括北京大学、清华大学、中国人民大学、中国社会科学院、香港中文大学、台湾大学、美国夏威夷大学等高校和研究机构在内的高端学者团队，开始举办一系列的高端学术会议、理论研究、培训交流等工作。

2010年9月26日上午，举世闻名的首届尼山世界文明论坛在圣源书院隆重举办，四百多位国内外嘉宾出席开幕式，来自欧、美、亚洲的七十余位专家学者，以"和而不同与和谐世界"为主题，开展高层次对话，并于27日闭幕式时，发表了以人类和谐为主题的《尼山和谐宣言》，全文如下：

公元2010年9月27日，中国古代伟大的思想家、教育家孔子诞辰2561周年之际，我们重温2500年前那个需要智者并产生智者的时代的人类智慧，藉尼山世界文明论坛，共同发出和谐宣言：

怀着对人类现实命运的忧伤，

怀着对人类共同未来的焦虑，

面对战争、杀戮、冲突的残酷现实，

面对日趋恶化的地球生存环境，
人类的灵魂感受到了前所未有的孤独和恐慌。
汲取 2500 多年来人类精神导师们的伟大智慧，
我们倡导和谐，
我们倡导仁爱，
我们倡导宽容，
我们倡导礼让，
我们倡导信义，
我们倡导己所不欲，勿施于人，
我们倡导民胞物与，天人合一，
我们倡导各美其美，美美与共，
我们倡导四海之内，皆兄妹也，
我们倡导和谐世界，和而不同。
为了建设一个和谐的世界，
为了守护一个共同的地球，
我们呼吁理解尊重，化解积怨；
我们呼吁对话交流，避免冲突；
我们呼吁节俭低碳，呵护家园；
我们呼吁团结合作，共创未来。
我们祈愿——我们的倡导和呼吁能够得到全世界的响应！
我们祈愿——我们的倡导和呼吁能够变成全人类的共同行动！

二

2012 年底，时任中国社会科学院儒教研究中心秘书长的赵法生接任尼山圣源书院秘书长。书院与北东野村毗邻，阡陌相连。赵法生在书院居住，村庄鸡啼犬吠，声声入耳，袅袅炊烟飘散到书院里，整个书院沉浸在浓郁的乡土氛围之中。这让从小在农村长大的赵法生感到亲切。

回忆往昔，赵法生出生于山东青州的乡村，家贫，自幼喜爱读书，母亲反对看闲书，但本家一位姑母很支持，故能在农忙中一直见缝插针读书。1981年他考入山东大学中文系，毕业后分配到党政机关，后从事金融工作，均有所成，但自己并不满足，后考入中国社会科学院读博，并从事儒学研究，由此与传统文化结缘。时光如白驹过隙，如今远离乡村已近三十年的赵法生想，今天的村庄到底是什么状况呢？

赵法生怀着这样的好奇，相约时任书院副秘书长的陈洪夫，两人一起走进了北东野村和夫子洞等周围几个村庄，对村庄进行了走访调查。那时赵法生还不会想到，自此以后，他会与这个偏僻的小村庄产生唇齿相依的交集，成为开办乡村儒学讲堂的开路先锋。

北东野村距离尼山夫子洞不足千米，村南的小沂河在《论语》有所记载："莫春者，春服既成，冠者五六人，童子六七人，浴乎沂，风乎舞雩，咏而归。"再往南就是孔子母亲颜徵在的家乡颜母庄。这座村子有一千多口人，村民大多以农耕为主，主要种植地瓜和花生，头脑活泛的人再以村里的农产品延伸做生意，开设加工花生米的油坊，储存地瓜利用季节时差赚取利润。总体来说，村民的生活自足有余。

在乡村儒学讲堂没开办之前，北东野村的村支书庞德海在村街上见过几次赵教授，彼此没怎么细聊，只知道这个说话笑眯眯的、戴眼镜的中年男人，是来自村西头尼山圣源书院的教授。那时候庞德海不喊教授，他和村里人一样，把书院的人称为先生。在乡间，先生就是有学问人的代名词，包括医生和教师，乡里人统称叫作先生。

有时候庞德海在村街上遇见赵先生，两个人点头说几句话，赵先生说逛逛，庞德海也就很客气地说欢迎。后来有村民给庞德海说，那个戴眼镜的赵先生，经常去老百姓家里聊天，尤其是到孤寡老人家里，一聊就是大半天，好几个老人都说赵先生这人太好了。

庞德海问："怎么个好法？"

村民答："赵先生不端架子，平易近人，和咱老百姓拉家常，搭手帮老人干活，还给老人掏钱花。"

庞德海问："他掏多少钱？"

村民答："二百三百的，说让老人补贴家用，老人们感动得直掉泪。"

按照北东野村村民的话说："赵教授很喜欢来家里串门，俺们愿意和他聊天。"再后来，庞德海听村民亲切地将赵先生直呼为"老赵"的时候，庞德海吃了一惊，他明白这不是村民们说话没礼貌，而是发自内心地对这个赵教授表达亲切。

## 三

赵法生去村里串门，不喜欢去家门有着高门槛的人家，他更喜欢去低矮房屋的院落，站在敞开的大门前，喊一声："家里有人吗？"

屋里有人答："谁啊？家来坐吧。"

在这一问一答之间，乡情乡音就显出来了，赵法生找到了少年时在农村生活的感觉。赵法生去串门的人家，大多都是孤寡老人。坐在农家自制的木板凳上，端着沾满茶垢的瓷碗，赵法生笑眯眯地和这些老人聊天。

家里有几口人？孩子都出去打工了吗？生活怎么样？孩子们对你照顾吗？

老人们给赵法生的回答，大多是叹息。更有老人回答："孩子们都大了，各过各的日子，都忙着挣钱，俺不给孩子们添麻烦。"

聊天越聊话越多，有时候聊到晚上十二点，赵法生才步行穿过村街回到书院。只不过，此时他的心情是沉重的，因为再细聊下去，赵法生发现，这些与孔夫子出生地紧密相连的村庄，本该民风淳厚，讲究乡礼，如今却存在着让他吃惊的事实，很多村里的年轻人对老人不但不孝敬，甚至还有虐待老人的现象。有的年轻人自己住着瓦房小楼，却让老人常年住在村外的草棚里。有的年轻人自己吃喝享乐，却不愿意给老人缴纳几十块钱的医保费。一个年轻的儿媳妇，在大街上打骂自己的婆婆。

村里一户老人，儿子在淄博打工多年不回家，儿媳妇扔下两个孩子走了之后，再也不见音讯。身患哮喘病的老人只得带着两个孩子在村里种地勉强维持生活，平时到处捡垃圾补贴家用。因为老人无力照顾，其中正在读小学的大孙女只得中途退学，赵法生去老人家里走访时，谈到伤心处，老人请求赵法生领走一个孩子。

赵法生当场泪目。不久，赵法生和陈洪夫想办法让失学的孩子重返了学校，并给这户老人一些资助。

村里人给赵法生讲了一个邻村老人的事。这位老人膝下育有两个儿子，儿子成人结婚以后，老人主动搬出去单独居住。老人平生节俭，对自己的衣食起居几乎到了吝啬的地步。平时理发时，在镇上每次理发是一块钱，邻村理发是八毛钱，为了节省两毛钱，老人每次要步行五公里路去邻村理发。这位老人病危弥留之际，却拿出一张十万块钱的存折，分别给了两个儿子每人五万块钱。真是难以想象，一个平生依靠土里刨食的农村老人，此生要如何节衣缩食，从牙缝里积攒下十万块钱。

一场调研下来，赵法生发现，在村里的偏僻地方，存在很多低矮破旧的"老人房"。儿女一结婚，老人就要从家里搬出来，搬到远处一个又矮又小的房子里单独生活，老人似乎也已经习惯了此种待遇，有的老人在儿子找对象谈女朋友时，生怕女朋友嫌弃自己是累赘，就主动表态，一旦他们结婚，自己就会搬出去单独生活。

这等于是子女放弃了对老人日常照顾和赡养的义务。

大部分年轻人都常年在外地务工，还有的年轻人挣了钱去县城买了房子居住，留守在村里的村民，几乎全部是妇女、儿童、老人群体。

走访调查的结果让赵法生内心不安，如何帮助这些老人，如何拯救被破坏了的乡村文明，赵法生决定要寻找一条出路。

乡村才是儒家文化的根，儒学才是乡村文化的魂。当初全国学者倡议重建尼山书院，就是要让传统文化从"象牙塔"走进民间，教化大众，如果在乡村设立一个讲堂，这个讲堂就是村里的大槐树，这对重建乡村文明应该是至关重要。

## 四

新农村建设不仅是经济问题，重建被破坏的乡村文化生态，重塑乡村人生价值和教化体系，更是建设新农村的当务之急。赵法生将在北东野村的走访结果汇报给尼山圣源书院的领导，在书院领导牟钟鉴、王殿卿、刘示范、颜炳罡等先生的支持下，以赵法生为首的学者们决定要在北东野村开展儒学教育实验。

在商讨如何开办儒学教育的过程中，时任尼山书院执行院长的颜炳罡教授谈了自己的感受。他言谈语速缓慢，神情温和，但当说到动情处，他也会扬起手，语调不觉地高昂起来。他谈及一段自己经历的往事：1996年的一天黄昏，正在山东大学任职的颜炳罡独自一人站在山大老校旁边的洪楼广场，马路上行人稀少，广场北侧的洪楼教堂里，传来唱诗班的声音。颜炳罡顿生感慨："《新约》《旧约》传唱了这么多年，在孔子的故乡山东，却没有人高声诵读儒家经典，这不是孔子的悲哀，而是山东人的悲哀，是时代的悲哀！"

孝道文化是儒学的根本，也是老百姓最易于接受的切入口，乡村讲儒学就从孝道入手。赵法生教授担心村民们听不懂书本上的儒学知识，便着手编写了《论语》《弟子规》《增广贤文》《三字经》《家训》等经典注释读本，把教材分成启蒙性教材和提高教材供村民诵读，在编写语言和形式上注意用通俗易懂的语言把儒家理念进行故事化表达。

颜炳罡教授认同赵法生的做法，他说："学术界不缺少咱们那几篇论文，但现在乡村缺少伦理道德，乡亲们缺听得懂用得上的文化向导。"

某天晚上，颜炳罡教授和赵法生在书院里散步，月光如水，草虫鸣唱，清新的乡土气息扑面撩心，赵法生对着夜空中银盘一般的月亮感慨："咱们都是农村出来的孩子，对农村都怀有深厚的感情，如今目睹破败的乡土伦理文明，真是心痛！"

颜炳罡教授说："我小时候的乡村，是一种守望相助、出入相友、疾病相扶持的生活图景，但现在许多优秀的文化被破坏了，人与人之间缺乏信任，甚至父子成仇、兄弟反睦、邻里互斗。"

随着赵法生的叹息，颜炳罡随即说："所以呢，咱们有责任献出一份自己的力量，我们要做打开院墙办书院的传承人，要做背着干粮为孔子打工的人！"

一年之后，赵法生教授在他撰写的《乡村儒学的缘起与意义》一文中提出自己对乡村儒学的理解：乡村儒学的基本理念是，以乡村儒家文化的重建来带动乡土文明的重建，通过儒家的孝道和五伦教育，培育民众的人生信仰和价值观念，重建乡村的人伦秩序和文化生态。我们将这一理念变成定期化的课程，以课程为核心建立其一套儒家教化体系，再通过教化活动将理念变成农民的生活方式。

## 第二章：村民

### 一

北东野村有一千二百多口人，庞姓占了七成。年过六十岁的庞德海，说话声音响亮，嗓门高亢。他在北东野村当了多年的村支部书记，平时在负责村委会的工作之余，还和家人开了一个规模不算很大的加工花生米的油坊，家里的经济情况比别人家显得宽裕了些。因为他的辈分在村里比较高，村里大部分的庞姓晚辈都要称他长辈，也正因如此，村里一些困难户总是找他帮忙。

这些年，庞德海在村里凭着一己之力做了不少事。只是个人能力毕竟有限，村里时常发生的不孝偷盗等闹心事，一直让他苦恼不已。

赵先生去村民家里串门拉家常，庞德海也知道一二，只是没想到他会实心实意地帮助老人。庞德海想着再遇着赵先生时，对他表示感谢，没想到赵先生和陈洪夫却主动找上门来了。

之前因为工作的关系，又因为两人都是本地人，庞德海和陈洪夫很熟悉。陈洪夫带着赵教授登门，庞德海热情招呼让他们落座。陈洪夫开口说："庞书记，赵教授在村里调研了很长时间了。以为北东野村这个紧靠孔夫子出生的地方，民风应该比其他地方好呢，没想到这一番调研下来，发现咱村里存在着很多让人痛心的现象。"

庞德海听着，低头叹气，赵先生说的这些事，何尝不是他一直头疼却解决不了的问题。庞德海涨红着脸问："您是专家，对这些事有什么解决的办法没？"

赵先生说："村风败坏，道德缺失，目前这种现象在全国各地的农村都存在，要想解决这个问题，就要从根本上做，教育村民讲礼仪，行孝道，知廉耻，懂规矩。人心端正了，事情自然就好转了。"

庞德海挠着头皮说："赵先生，村里都是大字不识一个的老人，脑子都是老观念，给他们讲文化，估计行不通。"

陈洪夫说："咱们让学院的教授们给乡亲们讲道理，教导怎么做人，什么叫天地良心，让乡亲们懂得敬畏，知道孝敬是一个人该有的基础道德。"

庞德海问："不要讲课费？不要书本钱？"

陈洪夫说："什么都不要，只要村民们认真听课就行了。"

庞德海说："那咱们就试试，需要我做什么，您二位尽管安排就是了。"

## 二

2013年1月16日早上，天色还未大亮，北东野村委会大院里沉寂已久的大喇叭里，传出了村支部书记庞德海的喊声："各位乡亲，今天尼山圣源书院的教授邀请咱们老少爷们去学院听课，机会难得，请各位积极参加……"

喊声随着清晨的凉风回荡在村子的大街小巷里。那时的庞德海书记还没想到，他在这个早上的喊声，犹如雄鸡一唱天下白，把北东野村喊向了全国，让这个普通的小山村成为全国乡村儒学讲堂第一村。

时隔几年以后，庞德海面对接踵而至的媒体记者，他用欣慰的语气回忆他和学院的教授邀请村民们第一次书院听课的情景："那天早上，我在大喇叭里反复下了七八遍通知，嗓子都喊哑了，可是村民们没有一个人出门去听课，后来实在没办法了，我和赵法生教授挨家挨户去敲门，村民问大冷天的去学院听什么课。"

记者问："然后呢？村民们去听课了吗？"

庞德海眯眼笑了笑："村民们都不愿去听课，后来我就给村里的党员下命令，党员必须带头，带着老婆孩子亲戚朋友去听课。没想到赵教授的一堂课没讲完，很多老人就哭了。"

记者再问："赵教授讲了什么内容？"

庞德海说："那堂课教授讲了孝道，这个话题可是戳准老百姓的心口窝了。"

庞德海书记接受媒体的采访不久，记者就在报纸上发表了一篇通讯报道：

> 在尼山圣源书院，一群学者走进乡村义务讲学。他们不要报酬，自出经费，与村民面对面，传递传统道德的教化力量。一场乡村儒学建设试验正在孔子的出生地展开。如果传统文化是一股清泉，以尼山圣源书院为泉眼，汩汩甘泉正在干涸已久的山乡漾开。
>
> 二零一三年底，一批来自海内外的专家学者，在泗水县圣水峪镇北东野村试点开设"乡村儒学讲堂"，以孝道为切入点，每月两期，为村民讲授敬老爱亲、修身齐家等儒家思想，用传统美德教化群众，滋润乡村文明、劝导群众举止。优秀传统文化逐渐走进人们的生活。

目前，乡村儒学已在山东济宁、聊城、潍坊等地不断涌现，呈现燎原之势，波及北京、河南、湖北、江苏、黑龙江等省市，引起社会各界广泛关注。光明日报社和山东省委宣传部在当地联合举办了"山东乡村儒学现象"座谈会。"乡村儒学讲堂"被中宣部列为宣传思想工作典型案例。日前，记者走访了圣水峪镇的多个村落，探寻这独特文化现象背后的故事……

## 三

北东野村没有一间像样的教室，那就请村民们去书院听课，学院里的教室硬件齐全，有桌椅，有水喝，冬天有暖气，夏天有空调。2013年1月16日，庞德海在村委会的大喇叭里下过通知以后，又挨家挨户做工作，请村民们去听课，很多村民们听说去听课还发毛巾和洗衣粉，终于愿意去学院听课了。

庞德海和陈洪夫心里没把握，平日里习惯懒散的村民们在课上表现怎样呢？上午九点钟，教室里坐满了北东野村的村民。

陈洪夫走到讲台上悬挂着的孔子像下面，对村民们说："各位乡亲，请起立！咱们向至圣先师孔子行鞠躬礼。"

教室里的村民呼啦啦站起身，跟着陈洪夫的动作示范，拱手行礼。三鞠躬。村民们跟着学鞠躬，气氛庄重，神情肃穆，鞠躬之后，一百多口人坐下来。

教室里安静下来。

礼毕，赵法生教授走到讲台上，笑眯眯地说："各位乡亲，咱们坐在一起拉呱，大家有没有发现这种情况，有的人有钱不孝敬父母，但有些人没钱却愿意孝顺父母。"

台下听讲的人点头："是啊，有！有！"

"为什么会出现这种情况呢？有谁能说一说？"

一个面相憨实的男老者高声答："社会风气变了，很多人只认钱不认人了！"

"说得很对，现在是有这样的社会风气。因为钱，忘记了最基本的孝道。乌鸦都能反哺，对人来说孝顺更是人之常情。父母是孩子的榜样，现在的年轻人不孝敬老人，等你老了，你的孩子也不会孝敬你！"

赵教授从《孝经》讲起，讲了古代的孝道故事："从前有个儿子，不孝敬老人，老爹年龄大了，儿子觉得他是累赘，就想用推车把老爹推到深山里活埋了，在路上，走一段路，老爹就朝底下扔一个草棒，儿子好奇地问，你扔草棒做什么？老爹说，儿啊，我是怕你回来找不着回家的路，扔草棒给你做个记号，儿子一听，自己想把老爹埋了，老爹还这么心疼自己，他羞愧不已，就把老爹推回家里，从此安心赡养老爹。听完这个故事，在座的年轻人有什么感想，不妨到讲台上来说说……"

讲堂里发出一片唏嘘声。

第一节课，赵教授讲的是《弟子规》："我先念一遍：弟子规，圣人训，首孝悌，次谨信，泛爱众，而亲仁，有余力，则学文……"

讲堂里这些七八十岁的老人，有的平生一辈子没进过学堂，有的大半辈子只是守着围着灶台转，在泥地里摸爬滚打，此刻找到了做学生的感觉，满脸都是虔诚的神情。

赵教授讲得通俗易懂，从古讲到今，从远讲到近，结合身边事。教室里没有人说话，没有掌声，讲动情处，教室里有人哽咽。这堂课讲了一个多小时，讲课结束以后，村民们都围着赵教授不愿走。

村民朱伯宜是退休老教师，平日习读典籍，知书达理，听完这一堂课，朱伯宜对赵法生说："您讲得真好，有的老人回家之后，独自哭了个痛快，把多年憋在心里的委屈全部倒了出来。"

## 四

讲堂的反响这么好，庞德海和赵教授真是没想到。村里八十多岁魏德英老人，听赵教授讲着课时，情不自禁地走到讲台上，伸手给赵教授要话筒，她也要求讲讲心里话："人不孝顺，不如畜生，爹娘把你从小一把屎一把尿拉扯大，娶了媳妇忘了娘，恁不想想，没有娘哪有你呢？"魏德英这几句话，羞得在场的人鸦雀无声。那堂课讲完以后，很多人围着赵教授问："教授，您讲得太好了，下堂课什么时候讲？俺还想听呢。"

第二次讲课，是2013年农历的正月二十一，继续讲孝道，人数比上次还多，备用的凳子用完了，还有村民陆续赶来。本来这次准备每个村民发一只塑料盆，结束时，庞德海说："在这边乡俗里，有着人死之后在丧事上摔老盆的乡俗，这刚过了大年就发盆子，老百姓会觉得不太吉利。"陈洪夫也赞同庞德海的说法，干脆便没再发奖品，村民也没人再提意见。

第三次讲课有一百三十多人参加，男女老少都有，晚来的没地方坐，就站在走廊里听课。那时候庞德海才明白，赵教授说的那句话：以文化人，以德润心。这话真是太对了。

下课之后，庞德海兴奋地对朱伯宜说："老百姓没吃过肉包子，不知道肉包子香，这回知道有文化的好处了。"

## 五

儒学讲堂开课五次之后，赵法生抽出时间到书院附近的夫子洞和周庄两个村庄进行调研，向老百姓介绍乡村儒学讲堂，对于愿意参加的群众登记电话，并事先电话通知，将听课群众扩展到三个村庄。后来发现来听课的也有其他村庄的村民，他们是听了亲戚的介绍后主动前来的。经过一段时间的实验，儒学讲堂确定了半月一次的常态化制度，具体时间为每月中间和最后一个礼拜天，即使农忙时间也尽量不中断。并设立了点名制度，对于每次坚持听课的村民进行物质奖励。

讲课三个月以后，村风有了大改变，民心也有了新面貌，以前不孝顺老人的，甚至打娘骂老的，偷鸡摸狗拔蒜苗的，喝醉酒骂街的二赖子，这些丑事闹心事都没了，原来互不搭理的邻居，一起上过课之后互相说话了。大人教育小孩，不再张口就骂脏字。就连村委到村民里去调解矛盾，工作都比以前更好开展。

2014年1月3日上午，一位美籍华人教授向村民冯宝清打听去小河村的路怎么走。这位教授去尼山圣源书院开会，途中想看看中国乡村集市到底是什么样子。因为乡下没有出租车和公交车，村民冯宝金主动用自己的三轮车将他送到五公里外的集市，并且按照约好的时间又去将他接了回来。听说客人是去尼山书院开会的，冯宝金说："来书院的客人都是讲礼传道的，对俺老百姓有好处，俺一分钱也不能要。"

2014年大年初一，北东野村一位庞姓老太太走进支部书记庞德海家里，激动地对排行老三的庞德海说："他三叔，讲堂一定要继续办下去，俺可得劲啦，俺儿媳妇以前总朝我瞪眼，连该给的口粮都不给我。今年大年三十她请我到家里过年，摆上了酒菜还包了饺子。你说这事奇怪不？"

庞德海挠着头皮嘿嘿发笑，他也觉得奇怪，这些油盐不进四六不分的老百姓，居然真的开窍了。

忙完田地里的农活，赵法生和陈洪夫想对儒学讲堂的效果做一次检验，便发起了评选"好媳妇""好婆婆"的评选活动，于是通过全村村民一轮投票，村干部二轮筛选的方式选出了孝德模范四十余人，在村里张榜表彰并发奖品奖励。得到奖励的村民觉得脸上有了光彩，胸前别着大红花，笑得像是捡了大宝贝。

那次颁奖，出现了一个小插曲，北东野村有两个叫孔令英的老人，一个年龄大，另一个年龄稍小。两个孔令英同时出现在颁奖现场里，赵法生宣读获奖名单，通知上台领奖时，读到孔令英的名字，大孔令英应声起身上台领奖，一件夏季衬衫，一本《弟子规》，大孔令英笑意盈盈，满脸高兴。此时围观的人群却发出了一片唏嘘声，纷纷议论，怎么会给这个孔令英颁奖呢，她是全村有名的悍妇，早年因为家事给公婆闹矛盾，她公公去世时固执不去参加丧事，而且还阻拦家人不让去，因为这事被全村人指责，落下不孝的名声，现在给她颁发孝敬奖，村民们都看不下去了。

面对村民们的质疑，站在赵法生身旁的庞德海悄声说："俺村里有两个叫孔令英的，上台领奖的这个在村里是出了名的不孝，不能把奖颁给她。"

赵法生说："我不知道咱村里有两个孔令英啊，那怎么办？"

庞德海叹气说："那没办法，当着众人的面再把奖品收回来，孔令英就难堪了，将错就错吧。"

幸好奖品有多余的，赵法生只得再念了一遍孔令英的名字，另一位年龄小一些的孔令英上台领奖，人群里才响起一片掌声。大孔令英见状，才明白自己不该上台领奖。

颁奖结束以后，领错奖的孔令英觉得羞愧，对庞德海说："我以前不孝敬公婆，自从听了讲堂的课以后，我知道错了。这奖俺不该领，还是退给您吧。"

庞德海说:"不值钱的东西,你留着吧,知道错就行了,日子还得朝前看。"

孔令英回到家里,给在外地打工的儿子通电话,说起今天领错奖的事,孔令英哽咽着对儿子说:"我在讲堂学了一句话,觉得很有道理,树欲静而风不止,子欲养而亲不待。"

讲堂开课一年,庞德海请陈洪夫和教授们来村里,组织了一场背诵《弟子规》《三字经》比赛,目的是为了检验学习效果。比赛场地设在村委会大院里,几乎全村的人都来了,简直就像一个热闹的节日,比赛分为老年组、中年组和少年组,参加者从四岁的孩童到八十五岁的老人皆有。

村民们争先恐后上台背诵,有的背得很顺溜,有的因为紧张卡壳了,憋得脸通红,有的显然做了精心准备,语气从容,抑扬顿挫,场面不时爆发掌声和笑声。

三个组背诵之后,一对刚结婚不久的小夫妻,手牵手走上讲台,要求表演夫妻共同背诵《弟子规》:人之初、性本善;性相近、习相远……男一言,女一句,双方眉目传情,随着语调加手势,气氛达到了高潮。这一场比赛下来,原定一个小时的时间,居然推迟了两个多小时。

## 六

2013年11月26日,习近平总书记去曲阜孔府和孔子研究院考察时提出:中华民族伟大复兴需要以中华文化发展繁荣为条件。对历史文化特别是先人传承下来的道德规范,要坚持古为今用、推陈出新,有鉴别地加以对待,有扬弃地予以继承。

距离曲阜只有二十公里的北东野村,此时的乡村儒学讲堂正开展得如火如荼。学院的教授精心准备课程，制定课程表，由不同年龄和不同性别的学者讲课。孔为峰第一次给村民们讲课，村里人以为他是来传授养殖奶牛知识的专家，去了之后听说是讲儒学，很多人扭头就走，村委会的负责人好歹劝说村民留下来。一堂课孝道课讲完，村民们听得心服口服，围着他要联系方式，问他下次什么时间开课。

一位八十多岁的老太太，拉着他的手说："我不想活了。我的爹娘都去世了，孩子们也不用我管，我活着没意思。"

老人的话让他吃惊又心疼："老人家，孔夫子说的'天命'您知道吗？人活着，首先要好好珍惜自己的生命啊。如果您的孩子到了您这个年龄，想要了断自己的生命，您会愿意吗？"

老人听后，擦泪摇头。

冬日里，孔为锋讲课以后，与村民们围在一起喝大锅粥，他忽然想到：以儒学为代表的优秀传统文化，何尝不是手里的这碗粥？不仅养百姓的胃，暖百姓的身，而且健康、质朴、滋补，应当融入日常的精神食谱中，常食常养人。

年轻的张颖欣教授，每次去村里讲课前，都会从衣橱中找出一件最简单、最朴素的衣服穿上，她担心如果穿着太花哨艳丽，很容易让老乡们产生疏远感。就这样，经过一段时间的相处，村民看待学者们的眼光，从最初的新鲜与怀疑，到信任与亲近。赵法生走在北东野村街时，村民们遇见他，老远便会喊："赵教授来了，进家里坐坐喝碗茶吧。"

有年龄大的老人，看见赵法生，便对他招手："老赵，吃饭没？来俺家喝碗粥吧。"

赵法生听村民喊他老赵，比喊他赵教授、赵博士、赵秘书长高兴多了。他觉得心里热乎乎的，他和村民之间真正是兄弟爷们的感情了。这是赵法生愿意看到的场景。

赵法生在书院儒学讲堂的总结会上说:"给农民上课可比给研究生上课难多了,农民一旦听不懂你讲的东西,拿起马扎来就走,回家还有一地的活儿等他干呢!所以,给农民讲课主要是讲故事,尤其是讲乡村的事情,他一下子就领会了,这叫作'理在事中',更重要的是,让农民自己上去讲。每个人都有表达的欲望,只有当他敞开自己去表达的时候,他的心性才能被唤醒、精神才能开始生长。"

村民参与乡村儒学讲堂的热情,随着村民的好评和口碑朝四周散开,亲戚传亲戚,朋友转朋友,附近村子的村民赶来参加听课,就连住在县城的不少人也开车奔赴三十多公里来村里听课。人数最多的时候,北东野村从附近的村里借了四十多条板凳,让村民们坐在讲堂外的走廊里听课。附近村里的村支书给庞德海联系:"老庞,您请学院的专家来俺村里讲讲课吧。"

庞德海答应下来,给陈洪夫说起这事。陈洪夫说:"没问题,只要老百姓愿意听,我们学者们就去讲。"

乡村儒学的课一堂堂讲了起来。开始是一个村,三个月后,覆盖了周边六个村。讲堂的数量不断扩大,就要有足够的授课人员。原本由尼山圣源书院的教授师资显然不够用,当地政府及时制定政策和工作措施,主动联合尼山书院的师资优势,制定培训课程、培训规章要求,发起由退休干部、老教师、农民、大学生等不同身份组成的乡村儒学志愿者讲师,前赴后继走进了全县的乡村儒学讲堂。

自此,乡村儒学讲堂也完成了由书院的专家学者授课,到主要由志愿者讲师的转换。此后不到三年的时间,乡村儒学讲堂模式在山东省内遍地开花,并由此波及全国。泗水县北东野村,这个原本名不见经传的村庄,因为率先开办乡村儒学讲堂,在全国叫响了它的名字,有了"乡村儒学讲堂第一村"称号。

## 第三章：讲师

### 一

退休老党员王春做了十年讲师，小城子村的村民送给他一个"王大善人"的称号。这个称号没有证书，也没有物质奖励，却是小城子村的村民从内心里喊出的。

"王大善人在俺村里做的好事，三天三夜说不完，一火车皮也装不满。"面对媒体采访时，村民都这么说。

记者随即转问王春："乡亲们送给你这个称号，你是怎么想的？"

王春抬手擦了擦被泪水浸湿的眼角，浅笑不答。

年过七十岁的王春，在他大半辈子的工作生活中，他得过各种荣誉和表彰，还当选过县里的人大代表。对于过去的荣誉，他已记不太清了，第一次听乡亲们这么喊他时，他连忙摆手对乡亲们说："别这么喊，我可是不敢当。"

王春记住了村民喊他王大善人时，那满脸的真诚，他明白这是村民们对他的信赖，更是一种责任，还有一份沉甸甸的亲情和友情。

2012 年，王春从泗水县园林管理所退休。像大多数人一样，在工作岗位上忙活了半辈子，一下子清闲下来，还真是有些不适应，他摸起搁置很久的毛笔，试图重新开始研习中断很久的书法和绘画。他参加了县里老年大学的组织，在担任老年大学讲师的同时，还参加了各类社会公益活动。在一次去看望乡村孤寡老人的活动中，他听说了一件让他感到悲伤和震惊的事：

在某个村子里，一位老人竟然喝农药自杀了。这位自杀的老人姓杜，他常年在村里独居，身患各种老年基础病，没人照顾，治疗不及时。每次病重时，老人就以为自己撑不过去了，就给在外地打工的儿子捎信，让儿子回来准备举办他的丧事。儿子请假回来，可是老爹躺在床上，虽然疼痛难忍，神智却清醒。儿子见老爹没死，只得返回外地继续打工，这样反复折腾了好几回，就像喊狼来了，可每次狼总是不来。老爹又犯病时，儿子又从外地赶回来，可是三天过去了，老人还没死。儿子忍不住抱怨说："爹，你这样来回折腾我，什么时候才算完？我只请了三天假，我旷工一天少挣二百块钱呢。"老爹听了儿子的抱怨之后，悄悄喝了一瓶农药。

羊羔跪乳，乌鸦反哺，这些做人的基本道德常识怎么就消失了呢？那期间，王春在思考，为什么老无所养？为什么儿子对父亲如此薄情？追根到底，还是世道人心变了。

2013年期间，尼山书院陈洪夫副秘书长联系老年大学的钱玉珍校长，想通过老年大学的师资力量，组织培训一批乡村儒学讲堂志愿者作为讲师。王春和陈洪夫有着多年的交往，他听说此事以后，便主动联系报名，成为首批二百多名志愿讲师之一。在参加课程培训的过程中，他觉得自己找到了苦思不得的答案。人之初，性本善。以文化人，乡村文明教导是可行之路。

2014年冬天，儒学讲师培训结束以后，王春根据陈洪夫副秘书长的建议，接受了去泗水县小城子村开展乡村儒学讲堂的任务。小城子村隶属圣水峪镇管辖。村子地处龙湾套水库岸边，全村有一千三百多口人。像泗水县大多数村庄一样，村里的年轻人常年在外地务工，留守在村里的多是老人和儿童，村子距离县城有二十多公里，距离北东野村有十多公里。在王春没来村子之前，这个位置偏僻的村庄还没听说过儒学讲堂。

那时的王春也不知道，他以后会与这个村子产生十年的交集。

## 二

王春第一次来小城子村讲课，是在一个周六的上午。在准备在小城子村开设讲堂之前，陈洪夫提前协调了村里的小学老师，趁周末学生不上课的时机，借用学校的教师开展儒学讲堂。村委会派人在大喇叭里下了讲课的通知，又用手提喇叭在村街里吆喝，动员村民们去学校听课。

第一次讲课，只来了六个人。都是年迈的老人，手里牵着孩子，神情谨慎地盯着王春这个和他们差不多年龄的人。

王春笑着说："我是来给乡亲们拉呱的，我给你们讲讲孝道的故事。"

有老人问："你来俺村里讲课为了什么？政府给你发工资吗？"

王春说："政府不给工资，我是志愿者，自己愿意来的。"

村民们撇嘴，相互嘀咕，哪有白干活不给钱的事，傻子也不会这么干。

一个面容粗糙的中年男子在教室门口探进来半个身子，他瞄了一眼讲台上悬挂着的孔子像，大声说了一句："这不是孔老二吗？"

这个中年男子说着，从鼻孔里哧了一声，扭头走开了。

王春听着这个男子嘴里的"孔老二"，内心瞬间百味杂陈，一时间竟然不知道再怎么讲下去。有人尊称孔子为"孔圣人"，也有人蔑称"孔老二"，在这尊敬与不敬之间的称谓里，对儒学存在着两个极端的理解。王春沉默了片刻，转而讲他听过的一件事：在尼山圣源书院培训讲师期间，他曾经听颜炳罡教授说过他童年时经历的一件事："文革"时期，颜炳罡所在的小学里学校"批孔"，那时还是孩子的他只知道凑热闹瞎起哄。有一天放学回家，一路喊着从学校刚刚学会的"打倒孔老二"的口号，跑到正在摊煎饼的母亲面前。大字不识一个的母亲却正色道："孔子是圣人，怎么能打倒他呢？"在今天看来，当时不识字的母亲对孔子的尊敬，是从骨子里散发出来的。人们常说，父母是孩子最好的老师。虽然母亲目不识丁，但是母亲不经意间的言谈深深地影响着颜炳罡。

课堂里没人吱声。那次讲课结束以后，心情沮丧的王春给陈洪夫打电话："人太少了，村里人不愿来听课。"

陈洪夫说："万事开头难。即使一个人也要坚持讲，当年孔夫子讲课，就是采取一对一的方式，只要坚持讲下去，就会有效果。"

第二次讲课，来了十几个老人，不时有人进出教室，就像赶大集一样自由。半个小时以后，课堂上只有一个人在听。这个唯一留下来听课的人叫陈本义，六十多岁，年轻时做过木匠、民办教师，后来辞职，在村外和老婆办起了蛋鸡养殖场。陈本义平时爱读书看报，凡事喜欢琢磨，喜欢接受新事物。听说村里有人来讲儒学，他怀着好奇心来听课。这一节课听完，沉吟半晌，喊了一句："王老师，您讲得这些都在理，我听着顺耳朵。"

陈本义喊这一句"老师"，让王春差点掉下泪来。

陈本义说："快到晌午了，去俺家吃完饭再走吧。"

王春没客气，去村里小卖部里买了一些青菜和熟食，提着去了陈本义家里。两盘乡野蔬菜，一筐白面烙饼，王春和陈本义边吃边聊，说话慢悠悠的陈本义聊了很多村里的事，村里时常有人丢东西，生病的老人没人照顾，沿街叫骂也不罕见，村里发给老人的补助金，孩子们克扣下不给老人花钱。

陈本义边说边叹气，王春也跟着叹气。这一顿饭吃完，王春和陈本义成了朋友。陈本义说："下次再讲课，我给你喊人。"

下次王春去讲课前的那几天,陈本义在村里给村民做宣传:"多学习没坏处,人家王老师讲得有道理,听听心里舒坦着呢。再说,在家里闲着也是闲着,大伙趁讲课的机会一起说说话多好。"

村里的老人们以为,王春来讲课,也就是水过地皮湿,走走过场就算了。没想到他竟然又来了。第三次开课的时候,陈本义带头,先后有二十多口人来到了学校,在教室门口等着听课。不料教室的门却推不开了。之前每到周末,学校里的老师回县城之前,就把钥匙留给学校大门口的门卫,这次老师临走前却忘了留下钥匙。

众人站在教室门外发怔,有人提议把锁撬开了,有人反对,觉得撬锁不妥。有人提议给学校里的老师打电话,来学校开锁,可是老师们周末都回县城了,再跑二十多公里来学校开门,王春觉得劳累别人不好意思。后来陈本义提议说:"今天天气好,没风,也不冷,村街有棵一百多年的皂角树,咱们不如请王老师去老树底下去上课。"众人听着,都说老树底下凉快,是个听课说话的好去处。

王春同意了众人的建议,彼此相互吆喝着去老树底下。走了二百多米远,在村北头的水库岸边的高岗上,果然有一株皂角树,枝繁叶茂,树身四五个人都搂不过来。陈本义给王春搬了一个马扎,众人围坐在树底下。这间野外讲堂没有投影设备,没有笔记本电脑,没有喇叭,只有和煦的阳光,轻柔的微风,隐隐还有树冠里的鸟鸣。这是一座没有任何遮掩和阻挡的课堂,王春清嗓朗声讲起来,他问席地而坐的老人们:"孝这个字怎么写?"

没有人吱声,王春接着讲:"上边一个老,下边一个子,意思是什么呢?孝是两个人的事,老人需要儿子照顾,这才是孝。"

老人们定睛神思,神情投入,不时有人点头附和。王春讲课的声音在村街上回荡,不时有路人停下脚步,侧耳倾听,便不自觉地围坐下来仔细听讲。王春再接着讲下去："孝分为孝敬和孝顺，敬和顺是两回事，孝敬是指孝敬老人礼物，照顾老人衣食起居。孝顺是指多听老人的话。晚辈行孝，首先要从顺做起，如果没有原则性的问题，就顺着老人；即使有原则性的问题，也要注意自己的语气。老人年龄大了，会有自卑感，生怕自己成为孩子的累赘。"

村民们陆续从家里围过来了，有拄着拐杖来的，有瘸着腿来的，还有老人牵着孩子的手蹒跚走过来的，众人的神情惊奇又认真，都探头侧耳听王春讲："孝敬父母什么最难，是'色难'，就是不给父母脸色看最难。如果你流露出你的蔑视和不耐烦，这种孝心就是不到位的，因为这会让父母不安心。有人认为，给父母买东西，带父母去旅游，照顾生病的老人，这些就是孝顺父母。其实，真正的'孝'是应该有一颗恭敬的心，关心父母的精神生活，从内心深处发出微笑，让他们感到快乐、幸福。"

王春讲到这里，课堂里发出阵阵叹息声，原来只知道做人要孝顺，没想到孝还有这么多学问。讲课不时被听众的掌声打断，有个七十多岁的老人激动地站起来，颤声说："王老师，你讲得真好，俺们现在不敢想着孩子们孝敬，只求孩子别给俺脸色看就行了。"

另一位老人站起来，像是对王春说，又像是表达自己的悲愤："现在的年轻人，一门心思想着挣钱，挣了钱只图自己享受，哪里想着自己的爹娘哪。"

接着又有一位老人以近乎控诉的语气说："现在的年轻人，不孝敬爹娘也罢，最气人的是有些年轻人还想尽心思占爹娘的便宜，想着办法啃老。"

一时间，众人七嘴八舌，有人说着说着，忍不住低声哭了。

王春没再继续讲下去，他想让老人倒出苦水来，倾诉一下窝在心里的苦恼,这比讲课的效果要好得多。平日里,老人哪有这样的机会主动把这些糟心事说出来呢。

这一堂课的气氛出现了从未有过的热烈反响。得知王春进不去学校教室,转移在老树底下讲课的情况,陈洪夫副秘书长一行赶到小城子村察看情况,在老树底下见此热闹情景,陈洪夫感慨:"当年孔子在民间施教,也是坐在田野树下,两千多年后的今天,情景再现。真是让人感动。"

王春和义工们当即与书院请求,专门在村里寻找一间教室,作为儒学讲堂专用。

几天之后,义工们在村街路边找了三间常年闲置的房子,尼山圣源书院出资配备了简单的课桌和座椅。

有了专用的讲堂,村里来听课的人也逐渐多了起来。每到周六上午,村民便自发去讲堂听课。此时王春也在不断调整讲课内容,学习更多知识,把学到的知识转换成村民容易接受理解的讲课方式。比如开课时先对讲台上的孔子像拱手三鞠躬,强化讲课的仪式感,在讲课时注重插入古今趣味小故事,让听众不觉得疲倦。鼓励听众上台谈自己的听课感受和个人见闻,让听众演唱民谣、红色歌曲等,尽量让课堂互动起来,不拘泥形式的课堂氛围得到了村民们的喜爱。王春和村民之间的关系,慢慢从师生情谊演化成兄弟姊妹之间的亲情。

## 三

浇花浇根,交人交心。

初秋某次讲课时,七十多岁的老人陈本京正在村里的诊所打吊瓶,听说学校里又开课了,没等打完吊瓶,拔下针头就来了,他的手背上还贴着保护针眼的棉球团儿。王春看在眼里，记在心里。

那一堂课讲完以后，王春走到陈本京身边，询问他的家庭情况和他打针的病情，得知陈本京独自一人生活，王春当即拿出二百块钱，让陈本京买营养品补补身子。陈本京感动之余，回家拿了二十多个笨鸡蛋和从自家树上摘的梨子，执意要送给王春。

陈本京说："东西不值钱，别嫌少，您不要就是看不起我。"

陈本京这么一说，王春只得收下。那天王春临返回县城的时候，托人把陈本京送给他的鸡蛋和梨子转送给了村里一位生活困难的寡居老人。

秋天里，阴雨连绵，眼看地里的花生就要烂掉了。村民陈本京行动不便，难以把花生收拾到家里，正在陈本京心急如焚之际，王春听说此事，对村民们说："我建议今天把儒学讲堂换个教学形式，咱们到花生地里去上一堂劳动实践课。"听说要去帮助陈本京老人拔花生去。村民一致同意，十几个村民在泥泞的田地里，用了多半天的时间，把陈本京的花生全部收拾回家。

众人告别陈本京家，卢长英老人悄悄对王春说："我回家拿锄头时，俺家老头子听说去给陈本京家拔花生，把我数落了一顿，不愿意让我来。因为俺家前几年和陈本京家闹过架，他把俺的头都给打破了。我对俺家老头子说，王老师在课堂上讲过，邻里之间，礼之用，和为贵。我记住您的教导，咱不能记仇，冤家宜解不宜结，就要帮陈本京家拔花生。"

拔花生这事，让王春受到启发，村里大多数是留守老人，彼此相互照顾，相互抱团取暖，不正是以文化人的体现吗？

"咱们村里可以成立老人互助小组。一人有困难，众人来帮忙。"王春这个提议，得到了众人赞同。

## 四

从在小城子村开办儒学讲堂以后，每到春节前夕，王春就购买一些红纸和笔墨，组织县里的书法爱好者去小城子村写春联。第一年来村里写春联时，有的村民不等着晾干，便抢着往自己家里拿，墨汁顺着纸往下淌，拿家去也不能张贴。

这几年，春节时再写春联时，村民们准备好茶水和墨汁，帮忙裁好红纸，春联写好晾干后，先给行动不便的老人送去，没有出现争抢的现象。几个老人对王春说："经过咱们儒学讲堂的教育，村民素质确实提高了，要是在以前，白给的东西，老百姓早就抢没了。"

每年春节前的最后一天，儒学讲堂讲师志愿者们就在微信群里发出"除夕相约小城子陪伴老人过除夕"的名单接龙。除夕清晨，王春邀请一些志愿者，一行人带着鸡鸭鱼肉水果等年货，来到小城子村儒学讲堂，把屋里和院子打扫得干干净净，贴好红红的春联，在院子里摆好了饭桌，支起大锅，擀面皮，切菜，剁肉，包水饺。三四张饭桌，摆满色香味俱全的饭菜。

有人提议放鞭炮，噼里啪啦的鞭炮声中，大家围桌共坐，香喷喷的菜肴，浓浓的酒香，热腾腾的水饺，深深的祝福，伴随着老人们欢度祥和的春节。

2018年春节前夕，写完春联的那天下午，王春发现一位叫杨宁英的老人没来领取春联，便写了春联送去杨宁英家里，把春联贴在了她家的门框上。等王春开车返回县城时，发现车后备厢里多了一布袋绿豆和几十个土鸡蛋。他猜测应该是他贴春联时，杨宁英老人悄悄放在车里的。春节过后，王春去县城超市里买了一件棉袄，再去村里讲课时，送给了杨宁英。

杨宁英穿上王春送给她的棉袄，眼窝湿润。杨宁英之前信奉耶稣教，经常要去十几里外的耶稣教堂里聚会。自从听了儒学讲堂的课程后，杨宁英说："俺觉得王老师讲的课入情入理，比耶稣教受用呢，以后俺就不去耶稣教堂了。"

在杨宁英的带动下，村里之前十几个信奉耶稣教的老人，也成了儒学讲堂的忠实听众，不再参加耶稣教会的活动。

小城子村的儒学讲堂开办得风生水起，各级媒体前来采访，宣传推广小城子村讲堂的教学经验，县城里的很多志愿者也加入跟随王春来到小城子村，观摩学习，轮流授课，对老人们进行不同形式的帮扶。在老年大学工作的钱玉珍女士退休以后联系王春，也加入儒学讲堂的队伍，付出自己一分力量。小城子村儒学讲堂的成绩得到了镇政府领导的支持。2018年，镇政府出资在小城子村建设了一座二层楼房，成立新时代文明实践站，把儒学讲堂纳入其中，同时开展幸福食堂等福利项目，让村里的老人在食堂免费吃饭，开展文体娱乐活动，提升生活质量。"老吾老以及人之老，幼吾幼以及人之幼"有了真实温馨的生活体现。

自此以后，以小城子村委代表的乡村儒学讲堂，从传授优秀传统文化知识的精神层面上，转换到改造村民的言行身心，村民们以行动实践完成了从接受知识到成为儒学讲堂义工的过程，形成了村民互爱互助的和谐景象。

村里人对王春的称呼，也从十年前说"那个讲道的人又来了"，变成现在亲切地称呼"王大善人又来了"。

回顾过去十年在小城子村开办儒学讲堂的历程，王春说："我和小城子村的感情，已经成了亲人的关系，如果几天不去，心里就觉得空落落的。"

# 第四章：义工

一

陈修福是在小城子村儒学讲堂上第一个当众痛哭的男人。

冬天里，王春在课堂上讲《弟子规》，忽然听到教室里响起一阵呜呜的哭声，王春和众人回头看，原来是本村里六十多岁的陈修福坐在后边抱头痛哭。

王春问："你哭什么？"

陈修福边哭边擦泪："王老师，听您这一课，让我想起我冻死在雪地里的老爹，心里难受哇！"

陈修福这么一说，课堂上的老人们也跟着叹气。有人走过去劝陈修福："修福，你别难受了，咱村里都知道你孝顺，那年你爹死的时候，你在外边创业回不来，这事不怨你。"

陈修福哭着说："我是个不孝子，我心里觉得我有罪啊。"

众人劝说陈修福止住哭泣，王春鼓励陈修福走上讲台，把自己心里的感受说出来。陈修福早年在圣水峪镇政府做临时工，后来觉得工资少难以养家，便辞职去县城开了一家照相馆，却因经营不善，生意亏损，欠下了二十多万元的债务，事业陷入困境。无奈之下，陈修福去了哈尔滨投奔一个朋友，在一家照相馆里做摄影师。这一去就是十几年，因机缘巧合，结识了下岗女工人王凤玲。两个人相识以后，情投意合，在哈尔滨成家。为了照顾王凤玲在河北工作的孩子，两人辗转去了河北省某地工作四年，期间得知家中老爹无人照顾在冬天冻死在雪地里，陈修福决定带着老婆回到老家小城子村生活。

两人在五年前回到村里，陈修福在村里种地，平时做些零工，王凤玲有着三千元的退休金，两个人生活虽不算宽裕，但也过得舒坦。

陈修福来讲堂听课，平时不爱言语，听王春讲伦理孝道，内心认同，这次听王春老师讲到"亲有疾、药先尝，昼夜侍、不离床"时，他想起父母离世时没能守候在旁，心生愧疚。

他对王春说："王老师，您是来村里行善的，是教给我们学好的，我没能对父母尽孝，以后村里的老人就是我的父母，我要向对待父母一样照顾他们。我愿意给讲堂做义工，为咱们讲堂服务。"

## 二

疫情期间，为防止人群聚集传播疫情，儒学讲堂暂停了一段时间。原本每周一次在讲堂相聚的老人们不得不分开，各自独居在家。冬天的某日上午，陈修福去讲堂察看时，却见一位老人拄着拐杖坐在讲堂门口的台阶上，对着讲堂里面若有所思。寒风吹着老人的白发，老人冻得缩成一团。陈修福看着心疼，便问："婶，天这么冷，您坐在这里干什么呢？"

老人叹气答："我一个人在家太寂寞了，我想来这里坐一会儿，心里会好受点。"

陈修福默然不语，他理解老人孤独的心情，老人不识字，家里也没有电视，封闭在家，只能独自对着清冷的墙壁度日。陈修福回到家里，把自己的收音机送到了老人家里。

陈修福说："婶，收音机刚换的新电池，你拿着听个动静吧。"

老人说："大侄子，你干吗对我这个老妈妈这么好呢？"

陈修福说："我说过，我爹娘去世了，村里的老人就是我父母。"

老人怔怔地看着修福，嘴唇哆嗦着说："修福，咱听王老师讲孔圣人讲了好几年了，我还没去过曲阜呢，想去曲阜孔庙拜拜孔圣人。"

陈修福说："婶，我记着这事，等疫情过去了吧。"

疫情消停以后，陈修福和陈本义几个义工商量，村里有的老人这辈子连县城都没去过几回，真是有必要带着村里的老人出去看看。

陈本义说："村里八十多岁的老人十几个呢，他们年龄大了，再不出去就没时间了。"

陈修福把带老人去曲阜的想法给王春说了。王春表示支持，当即用微信转给陈修福一千块钱。钱玉珍女士听说此事，也捐出一千块钱，陈修福和陈本义几个义工共同筹集了一千块钱。王春在县城租了一辆小客车，拉着三十八位老人去了曲阜。曲阜三孔有规定，六十岁以上的老人免门票，这样就节省了很大一部分费用。

到了曲阜，进入孔庙参观时，其中一位老人忽然想起来，忘了把身份证带在身上，无法证明他的年龄在六十岁以上。陈本义和检票的工作人员商量不通，便又给这位老人买了一张门票。

下午参观回来，陈修福安排老人们在金庄镇饭店里吃饭。大蒸包、鸡蛋汤，老人们吃得很开心。从曲阜参观回来以后，老人们把在曲阜拜孔庙、逛孔府的情景说与几位因为残疾或因瘫痪导致行走不便的老人听。这些老人心生羡慕，给陈修福捎话说："俺们不去曲阜，去就近的县城逛逛，行不？"

"我这辈子去县城，就是去县医院看病，看完病就直接回来了，十几年没去过县城了，听说现在县城大变样了，真想去看看。"

陈修福答应了老人们的请求，为了节省费用，陈修福开着自己的三轮电动车，拉着四位老人去了县城。二十多公里的山路，用了一个多小时，终于到了县城外环路上。路人见陈修福用三轮车拉着老人的情景，有好心人提醒他，县城里车多人多，交警也不容许三轮车在车厢里坐人。陈修福正在为难之际，王春联系陈修福，让他们在外环路等候，等他开车去接老人们。进入县城，王春带着老人们逛泗河北岸的新城景区，讲解新城变化。有的老人行走困难，只能搀扶，有的老人走累了，陈修福和王春弯腰背着老人逛了多半天。

游览完县城新面貌，王春在饭店里摆上一桌饭菜，请老人们吃饭。吃饭时，有的老人说，他的孩子就在县城工作，买了房子，孙子孙女们已经在县城生活。老人们说这话时，满脸欣慰，甚至带着一些不加掩饰的骄傲。

没人责问这些老人的孩子，在县城安家工作，为什么就平时就不带老人来县城看一看呢？

有的老人说："孩子们都忙，到年到节回村里看看俺们就不错了。"

有的老人说："儿女大了，各过各的日子，咱不给孩子们添麻烦。"

吃完饭后，王春开车把几位老人送回村里，陈修福骑着三轮车尾随其后。车子驶出县城时，老人们眼睛盯着窗外，满眼是留恋和不舍。

老人们回到村里以后，在讲堂上相聚，说起去曲阜和去县城的感受，感谢陈修福和几位义工的辛劳付出。陈修福的老婆王凤玲听着，心里百味杂陈，老人只是去了县城和曲阜就这么高兴，他们这辈子要是能去大城市看看，那才没有遗憾呢。

2021年春天，王凤玲跟陈修福商量："我想让老人们去北京看看，那是祖国的首都，老人们肯定想去啊。"

陈修福说："这事好是好，可是去北京要花费不少钱呢。"

王凤玲说："我一个月的退休工资三千块钱，我这个月省吃俭用不花钱了。"

陈本义听说王凤玲这个想法，当即表示自己拿出一千块钱。王春听说这事，也转给了陈修福一千块钱。

"穷家富路。多带点钱，以备急需。"

陈修福让在县城工作的儿子联系了旅游团。最便宜的老人旅行团，来回三天的时间，坐大巴车去北京，每个人三四百块钱的费用。好吧，那就这么定了。请老人去北京的消息在村里传开了，先后有十几个老人报名想去，最终挑选了十个身体情况好些的老人，平均年龄在六十五岁以上。

为了保证老人吃好，陈本义煮了一盆鸡蛋，王凤玲烙了一摞面饼，其他义工准备了其他熟食，一切准备好，陈修福和陈本义随旅行团去了北京。

在北京三天的时间，逛长城，看奥运村，进故宫，在天安门广场照相。这些一辈子生活在乡野山地的老人们，在首都北京度过了人生中最有意义的三天。

从北京回来后，还剩了一千五百块钱。本来说好了是王凤玲资助去北京的，陈修福想着把剩下的钱还给陈本义和王春。不料两人坚决不要，要把这钱给王凤玲作为补贴去北京的费用。陈修福提议，那就把剩下钱用在咱们的幸福食堂吧，咱们买米买菜用。

2018年11月，国际儒联第十一次普及工作座谈会在尼山圣源书院举行，陈修福作为乡村儒学讲堂的义工代表在会议发言，他用朴实又真诚语言道出了自己的心声：

  小城子村的儒学讲堂，从开始创办到现在，历尽种种波折，经历了重重困难，终于摸索出一些成功的经验，也汲取了不少教训，五年来的事实证明，乡村儒学讲堂绝不是可有可无的，乡村儒学讲堂的建立，正在唤醒人们的良知，恢复人性本善的一面。

在农村，老百姓忙于挣大钱，盖房子，娶媳妇；也有的挣大钱，离开农村，进城买楼享受，老的没人养，小的无人教，金钱至上，道德沦丧。

这样一种社会状况，当然小城子村也不例外，人们只想到利益，不讲仁义；只顾自己幸福，心无他人疾苦；在这种观念的驱使下，要组织大家一起学习曾经被批判过的孔孟之道，谈何容易，人们抵触，想不开有情绪，如果说学习挣钱的本领嘛，兴许有几个人听听，可是，偏偏是去学习老掉牙的东西，有人去听吗？当时，每两周一次，持续了两个月，听课的人逐步减少，三五个，七八个人，后来我看到这种情况，主动承担起这份责任。赵法生教授、陈洪夫主任亲自登门多次，不厌其烦地给我讲开办儒学讲堂的重大意义，给我鼓劲，并且说"做义工就要有付出，有牺牲"。

从此，我发下大愿，为了国家民族，为了俺村的百姓，我甘愿付出，豁出后半生，一定做好这项神圣事业。我开始肩扛大音箱，沿街喊，挨门叫。有人对这一举动不理解，说我不正常，"干啥这么痴迷，你都什么年纪了，还那么官儿迷"。还有人问"听课给钱不"，我听到最多的一句话就是"给你多少钱"。在我心里，只有谨记孔老夫子一句教诲"君子喻以义，小人喻以利"。

小城子村儒学讲堂不为讲课而讲课，是以践行而授课，给别人讲课而自己受教育。作为讲堂的义工，首先自己做到，再感化别人，我们讲堂不是教育，更不是教训别人的，而是以自己的言行去感化，去带动别人，不做空洞的说教，身教重于言教……

## 三

陈本义说:"我是儒学讲堂的受益人。"他讲起自己的亲身经历,欣慰之情溢于言表。有一年,十里八乡的养鸡场都出现了鸡瘟,随着蛋鸡数量消减,物缺为贵,鸡蛋的产量随之减少,鸡蛋的价格自然随之上涨,由原来的每斤三块二毛钱,上涨到每斤四块多钱,一些养鸡场趁此机会将鸡蛋涨价。亲戚朋友遇见陈本义便说:"鸡蛋价格上涨,你发财的机会到了。"

陈本义没有这么做。他记住了在讲堂上听的话,诚信为本。"只要鸡饲料不涨价,养鸡的成本没增加,我的鸡蛋就不涨价。"

一位常年购买陈本义鸡蛋的王姓客户,主动对陈本义说:"现在鸡蛋都涨价了,你不涨,我心里过意不去,这样吧,以后每斤给我涨三分钱。"

每斤鸡蛋涨价三分钱,每筐就多挣三十块钱。陈本义拒绝了这位客户的请求,他觉得做人要本分,他要是这么做了,良心上说不过去。到手的钱不赚,很多人都说陈本义真傻啊。

2020年疫情期间,根据疫情防控政策,减少人流交集,货运车辆出行受到疫情政策限制,市场交易也随之受到影响,没有人来养殖场购买鸡蛋,很多养殖场的鸡蛋积压严重,甚至出现了销毁鸡蛋的事情。鸡蛋销量下降,一些商贩趁机压价,让养殖场赔钱交易。陈本义的养殖场的鸡蛋也出现了滞销,主动对前来购买鸡蛋的客户提出降价。与陈本义常年保持交易的客户小刘对陈本义说:"我记得之前你对我说过,趁人之危不可取。养鸡成本没降,我不能要求你降价。"

陈本义备受感动,通过鸡蛋涨价和降价之间的交集,陈本义与小刘成了好朋友。小刘再来小城子村购买鸡蛋时,忙里偷闲,与陈本义聊天。

陈本义说:"俺村里现在已经达到了夜不闭户、路不拾遗的境界。我现在白天出门,家里根本不上锁。"

小刘相信陈本义说的话,他跟着说起另一件事。他去邻村听另一位养殖大鹅的养殖户说,前段时间,这位养殖户丢了六只大鹅,六只大鹅的价值要在六百元左右,真是心疼又郁闷,在附近村里找了两天都没找到,后来陈本义主动找上门来,说在自己村里有六只大鹅,村里的义工已经养了两天了,轮流给大鹅喂米喂白菜。确认是这家养殖场丢失的之后,陈本义就用笼子装了六只大鹅,送到了邻村的养殖场。丢鹅的养殖户惊喜感动,问:"听说你是小城子村的义工?"陈本义答:"义工不是一个人的名字,是一群行善做好事的人。"

听小刘说起这件事,陈本义说:"你说的这事,是陈修福和他老婆王凤玲做的,我亲眼见证了。他夫妻俩拔了白菜轮流喂那六只鹅。王凤玲当年从哈尔滨跟着陈修福来俺村里生活,她担心自己是外地人,村里人瞧不起她。其实她多虑了,俺小城子的村风,这几年真是变好了,说人人向善都不为过。去年冬天,王凤玲赶集时,遇见一位穷得连棉袄都没有的老人。王凤玲从集上扯了棉布,买了棉花,做了一件棉衣托人送到老人家里。这些年,俺村发生的好人好事,其实都归功于儒学讲堂教化的功劳。"

小刘听陈本义说起儒学讲堂的兴奋劲儿,心生好奇,也想去儒学讲堂听课,陈本义便约着他去讲堂。到了讲堂以后,看见讲堂里坐满了一屋子老人。小刘坐在最后边的座位上听王春老师讲课,憋着不敢喘大气。

王春讲课结束后,村民前后上台谈感受,第一个上台的是一位叫宫延寿的老人,他攥着话筒,语速缓慢地说起他参加儒学讲堂的感受:"王老师刚来咱村开课时,我不太感兴趣,城里人来给老百姓能讲什么课呀?我认为老师们来讲课,是有收入的第二职业。我以为王老师掏钱给困难户,也是公家提前给他的钱。当初我老伴从开课时就一直坚持来听课,后来讲堂开了幸福食堂,她在食堂为乡亲们做菜包水饺,我还不待见她,嫌她不顾家。后来因为我会木匠,我老伴让我帮幸福食堂磨菜刀,磨完刀我便听了听,王老师讲仁义礼智信,这是教我们要做善事,当好人。我在这里表个态,以后我也要做咱讲堂的义工,给咱老百姓服务。在外地工作的儿子给了我两千块钱过年,我全部拿出来,我买了五百斤面条,咱大伙都别客气,拿一捆回家吃,也算我对咱讲堂表示个心意。"

课堂上的四十八位老人,每人领到了宫延寿分发的十斤面条。

小刘听完这堂课,悄悄对陈本义说:"我有个感受,讲堂上这些老人,别看都是满头白发了,可是他们的表情和眼神,跟我在别的村里见到的老人大不一样。"

陈本义问:"怎么个不一样,你说说。"

小刘说:"很多老人到了这个年龄,眼神呆滞,不愿动弹,这些老人不一样,让人觉得很舒服,只是我文化浅,说不好怎么来比喻。"

陈本义想了想:"你想说的,应该是像讲堂说的一句话,腹有诗书气自华。"

## 四

小城子村的儒学讲堂有了以陈修福、陈本义、宫延寿三个人为代表的讲堂义工,负责每次讲课之前,召集村民,下通知听课,打扫讲堂卫生,提前整理讲课用的投影等电子设备,提供热水等事宜。每次讲堂开课不久,村里一些体力较好的老人去幸福食堂做饭,蒸馒头,炒菜,等讲课结束以后，村民们聚在一起吃饭聊天，对于老人们来说，这是每周一次的节日。

固定每周六讲课以后，村民们没了相聚交流的机会。很多人提议说，讲师们走了以后，咱们也可以自己讲课，每个人都是老师，每个人也是学生。孔夫子说，三人行，必有我师。于是固定每个周三、周五的晚上，村里的义工们组织开课，课堂上的内容不拘泥形式，每个人都可以上台讲，有人谈过去自己经历的事，有人说自己的生活感悟，有人喜欢唱歌，有人愿意讲民间故事，儒学讲堂的价值意义得到了深层次的拓展和延伸。

前来观摩参观的学者和专家越来越多，陈修福和陈本义等义工也有了更多与外界交流心得的机会。赠人玫瑰，手有余香，人生最可贵最幸福的事，就是把自己的价值体现在公众群体里。几位义工对此深有感触。

生活在村里的大多数都是孤寡或独居的老人，年轻人常年在外务工或去城市生活工作，改变不了现实环境，那就改变自己。让年龄小的老人帮助比自己大的老人，用自己的能力尽可能帮老人们化解生活中面临的困难。

这个想法与陈修福、陈本义为代表的义工们的打算不谋而合。他们制定了详尽的帮扶计划。比如相互帮助孤寡老人收种庄稼、修缮房屋。定期带行走不便或瘫痪在床的老人去镇上的澡堂洗澡，每个月给老人理一次头发，帮助不会使用银行卡取款的老人去银行取出低保补助金，用手机微信让老人给在外地的孩子们视频聊天，给行动不便的老人去诊所拿药。

陈修福对村里的义工们说："咱们要给乡亲们多干活、多办事，乡亲们不是听你说得多好听，更多的是看你干得什么样呀！"

冬天里，有一位孤寡老人的屋门坏了，四处漏风。陈修福找了一家做铝合金门窗的商家，去给这位老人换上铝合金门。去安装门扇的店主对陈修福说："你给老人安装这么好的门，现在这么孝顺的儿女真难得。"

陈修福解释说："我不是老人的孩子，我和老人是邻里关系。"

这位店主听了，深受感动，当即表示："我不加钱了，只收成本钱。"

常年在外务工的年轻人，因为村里有了这一支帮扶老人的义工们，可以安心在外地务工。在村里的微信群里，时常有在外务工的年轻人对村里的义工表示感谢。

2021年的春节前夕，陈修福骑着三轮车带着瘫痪多年的陈本京老人行驶至村口，恰巧遇见陈本京在外务工的儿子和儿媳回村过年。小陈见自己的老爹坐在陈修福的三轮车上，慌忙赶过去询问，得知陈修福带着自己的老爹去镇上的理发，陈本京儿媳妇登时掉下泪来。

"谢谢您，俺这当晚辈的没做到的事，您做到了。"

那一年春节期间，小城子村的儒学讲堂里济济一堂，坐满了全村的男女老少，他们共同过了一个和往年不一样的春节，众人齐声朗诵南宋大儒朱熹的名句："胜日寻芳泗水滨，无边光景一时新。等闲识得东风面，万紫千红总是春。"

# 第五章：公众

一

2021年7月，习近平总书记在庆祝中国共产党成立100周年大会上发表重要讲话，指出："坚持把马克思主义基本原理同中国具体实际相结合、同中华优秀传统文化相结合。"这一重要论述，拓展了马克思主义中国化的内涵要求。中华优秀传统文化为马克思主义在中华大地深深扎根和创新发展提供了丰厚土壤。

如何让优秀传统文化从"传下去"到"活起来"，当地政府一直没有停止思考和创新。2016年，泗水县成立泗水县优秀传统文化传承发展办公室，归口县委宣传部管理，负责乡村儒学讲堂各项工作的推进、联络、服务，指导各镇街乡村儒学讲堂的运行。

在推进"乡村儒学讲堂"品牌基本实现常态化、规范化、制度化的同时，依托新时代文明实践站的平台，创新工作模式，整合扩纳讲学内容，将党史教育、红色文化、非遗文化等纳入儒学讲堂，扩大讲堂听众的受众层次和知识视野。将学党史作为重点宣讲内容，把乡村儒学讲堂作为党史学习教育走进百姓身边的平台，充分利用儒学志愿者讲师这支队伍，在儒学讲堂开展党史宣讲，是儒学讲堂扩展内容的重要板块之一。

儒学讲师李杜勇老师为了讲好党史故事，重读了党史书籍，去抗日先烈的后代家里去采访，收集第一手鲜活的资料，再去抗日英雄坟墓前祭拜先烈。

在苗馆镇东故安村乡村儒学讲堂里，讲师李杜勇带领村民们演唱歌曲《没有共产党就没有新中国》，讲述发生在泗水金庄镇戈山厂的那场抗日战斗：戈山厂村民全力抵抗，死守村寨，终因众寡悬殊，最后失守，村民冒死突围，转向南山……

通过李杜勇一个多小时的生动讲授，村民们重温了共产党百年史的起源和发展。

## 二

儒者，在朝则美政，在野则美俗。

儒学讲堂从乡村进入城市，延伸到机关、社区、家庭、企业，开展了社会各个层面全覆盖的中华优秀传统文化"六进"活动。儒学讲堂在城区的文化广场开办第一期广场儒学讲堂时，讲的内容是孝悌文化，听众对"孟母三迁""孔融让梨""百里负米"等孝道和儒学故事，心生共鸣。

讲课结束后，一位老大爷叫住了为讲堂服务的工作人员，略带埋怨地说："之前这个讲堂怎么没发布开课通知呢！讲得这么好，俺就只听了一半，怪可惜的。虽然讲的内容也有听不懂的，但就是想听。"

针对偏远地区留守儿童的教育问题，儒学讲堂借助社会公益组织，在儒学讲堂固定每个周末给留守儿童开设课本补教和传统文化课目，以寓教于乐的形式提高了留守儿童的学习兴趣，对孩子健康成长有着显著的效果。

某次，当地宣传部的工作人员在陪同时任光明日报社总编辑何东平去农村调研时，恰逢一对七八岁姐弟俩在村街上边玩耍边演唱《跪羊图》："古圣先贤孝为宗，万善之门孝为基，礼敬尊亲如活佛，成就生命大意义，父母恩德重如山，知恩报恩不忘本……"

一行人闻听，惊喜之余，便想考考他们对《跪羊图》歌曲的理解，何东平总编问："《跪羊图》唱的是什么意思，你知道吗？"

那个作为姐姐的小姑娘说："讲的是要做孝顺的孩子，要学会感恩父母，感恩老师。"

何东平再问那个男孩子："如果姐姐不孝顺，你该怎么办呀？"

男孩说："如果姐姐不孝顺，以后我就不保护她了。"

众人大笑。

何东平又问小姑娘："如果弟弟不孝顺，你又该怎么办呀？"

小姑娘想了想说："如果弟弟不孝顺，我就好好教育他。告诉他，爸爸妈妈养育我们不容易，我们要好好孝顺他们，让他们也要感受到当孩子的快乐。"

姐弟俩质朴的回答，道出了孩子们心中对孝的诠释，感动了在场所有人，也看到了儒孝文明潜移默化的影响力。

## 三

乡村儒学讲堂从无到有，从一个小山村发起到波及全国，在乡村儒学讲堂发展的历程中，也见证了无数人的自身成长。

泗水县老年大学退休干部钱玉珍女士，她的母亲王在英女士生前是全国劳动模范，优良的家风影响着钱玉珍女士的工作和生活，她在一篇文章里写道："参与儒学讲堂是学习提高的过程，是一个境界升华的过程，是一个点亮心灯的过程。"

青年教师柏桂月感触最深的是何为人生的真谛，她在接受媒体记者采访时感慨："最美好的生活方式不是饱食终日，无所用心，睡到自然醒，而是和一群志同道合、充满正能量的人一起朝向阳光，奔跑在追逐理想的路上。"

乡村儒学名师王国强老师在乡村儒学讲堂的收获是自身价值的体现，因为付出而感到发自内心的快乐。通过传播优秀传统文化感受到村民和他之间鱼水关系的融洽。

作为学校专职教师张学勇老师，在课堂上谈及传统文化对家风的影响时，他感慨："如果说家庭是一台复印机，那么家长就是原件，孩子就是复印件。要想有一个高质量的复印件，首先要有一台高质量的复印机，也就是说要有良好的家庭环境。"

## 四

"优秀乡村文化能够提振农村精气神，增强农民凝聚力，孕育社会好风尚。乡村振兴，既要塑形，又要铸魂，要形成文明乡风、良好家风、淳朴民风，焕发文明新气象。"

此时已卸任北东野村支部书记两年的庞德海，在报纸上看完这段话后，他拿着报纸去村里的儒学讲堂里，找到了正在给村民们上课的李杜勇老师。

庞德海说："报纸上的这段话，真是说到咱们心坎上了。"

那一天上午，庞德海坐在儒学讲课的教室里，他和李杜勇聊了很多话。

转眼到了2023年，小满过后，老友再次相见。李杜勇说："庞书记，我记得你做的红烧肉不错，过几天等学院的教授再来村里时，我们去尝尝你的厨艺。"

庞德海说："那当然好啊。很多外国友人还在我家吃过饭呢。"

世界各地的专家学者在来尼山圣源书院研讨交流期间，赵法生带着他们去北东野村走访，目睹农村的风土人情。

庞德海和家人在自家的农家院里，做了独具风味的农家饭，不同肤色的学者们围坐一堂，说着不同的语言，却是其乐融融，甚是热闹。

李杜勇问："你还记得那些外国友人在你家说了些什么吗？"

庞德海想了想说："嗯，他们离开我家时，有个外国友人握着我的手说了一句《论语》里的话：四海之内皆兄弟也。"

# 尼山之光

济宁『两创』：十年十问

逄春阶

逄春阶，山东安丘人。中国作协会员，中国报告文学学会会员，山东省报告文学学会会长。现为大众报业集团培训委总监、高级记者。从事新闻采写32年。两次获得中国新闻奖，十余次获得山东省新闻奖一等奖。

1986年开始发表文学作品，先后在全国各类报刊发表小说、散文、报告文学、杂文、文艺评论。其中，《坟上葵花开》获得老舍散文奖。有《人间星话》《人间星话二辑》《国家使命》《家住黄河滩》《一个人的桃花岛》等书出版。长篇乡野小说《芝镇说》第一部、第二部单行本由济南出版社出版。

> 惊醒了
> 五千余年的沉梦
> ——瞿秋白

若干年前,我听到新闻界前辈说过这样的话:"在改革的过程中,不仅要向前看,也要向后看。好比坐着轮船在海上航行,旅客总是埋怨船走得太慢,只有经常回头看看,才会发现自己离原来的出发地已经很远,离目的地已经越来越近了。"

回头看,就是在回望历史,回望在经过时间沉淀后的历史可以看得更加清晰;回头看,就是在咀嚼细节,一个个细节在不断追问和挖掘中慢慢被激活;回头看,就是在体味故事,把一段段零碎连缀成一个整体。

十年,不过是历史长河里的一瞬,但有时又是那样意味深长。一棵大树的年轮,在风调雨顺的日子,留下的痕迹深浅不同。

习近平总书记视察曲阜并发表重要讲话已整整十年。十年来,中华文化的"一池春水"被彻底激活。征鼓催人,时不我待,如今的济宁,可谓政通人和、民风淳朴、儒风习习,优秀传统文化的创造性转化和创新性发展的美好画卷正徐徐展开。

三夏收获时节,笔者到济宁各地采访,感受着以"两创"的生动实

践为主题的精彩瞬间应有的热度、气度和格局。

## 一、总书记视察曲阜发出了什么信号？

2013年11月26日上午，本是一个平凡的时间点。可是因为习近平总书记的到来，这个时间节点刻印在许多人的脑海，甚至改变了好多人的命运。

那天上午10时50分，刚刚主持完十八届三中全会和政治局集体学习的习近平总书记轻车简从走进了坐落在曲阜的孔子研究院。研究院在曲阜市中心孔庙向南的延长线上，与东侧的《论语》碑苑结合在一起，构成与孔庙南北对应的城市格局。

跨过洙泗桥，站在辟雍广场，习近平总书记详细了解孔子研究院的筹建、发展以及现状，当听到研究院总体设计将儒学"仁""和"的观念融入其中，借鉴"洛书""河图"和"九宫"格式，充分表达了孔子的文化思想内涵，体现了民族性、时代性和纪念性时，他连连点头。他边听边看，一路谈论，走向展览大厅。

在仿西汉礼制建筑，以"高台明堂"为圆形的主楼二楼展厅，习近平总书记首先走向了正面的"山高水长"木雕壁画和"四子侍座"青铜雕塑，在听过时任孔子研究院院长杨朝明的简短介绍后，直接走向右侧的孔子研究院科研成果展台，来到孔子研究院成果陈列室。桌子上摆放着展示系列研究成果的书籍和刊物，他一本一本饶有兴趣地翻看。"总书记指着《孔子家语通解》和《论语诠解》说：'这两本书我要仔细看看。'我激动地回答：'太荣幸了！'总书记问我是哪个学校毕业的？我说，曲阜师范大学。"杨朝明说起跟总书记接触的那段往事，依然很激动。

由此开始，《孔子家语通解》和《论语诠解》一夜畅销，并且成为书市上的长销书。"围绕这两本书，发生了很多故事。有好多外地人到曲阜来，买了这两本书，让我签名，有老人，也有年轻人，还有的家长带着孩子来。让我感到欣慰的是，原来乏人问津的《孔子家语》，受到了越来越多学者的认知，许多年轻人也自发组织起来读儒学经典，有人还把《孔子家语》的故事一段一段发到群里分享。"杨朝明说。

潜心儒学研究42年的杨朝明，正进入自己的学术收获期。这位朴实的学者说："总书记说要仔细看一看这两本书，按我个人的理解，其实是总书记对《孔子家语》和《论语》的重视，是对孔子思想学说的重视，因为这两本书分别是对《孔子家语》和《论语》的注解和诠释。总书记选这两本书，也可理解为给大家一个信号，提醒我们要认真读书，认真读中华元典，回到我们文化的精髓中。"

杨朝明说，习总书记到孔子研究院来参观考察，这显示的是对传统文化的一种态度，就是以实际行动明确告诉世人，我们要大力弘扬优秀传统文化。中国共产党自成立之日起，就是中国优秀传统文化的忠实继承者。如果了解"五四"时期的"批孔"真相，就会深切体会到，这是不容置疑的历史事实。陈独秀、李大钊都说得很清楚，打倒孔家店不是打倒孔子的店，是打倒后世人打着孔子招牌开的假店。张申府也说，打倒孔家店，救出孔夫子。

习近平总书记到山东曲阜视察，对继承和弘扬中华优秀传统文化，弘扬中华传统美德，振奋中华民族精神，发表了重要讲话。习总书记提出"四个讲清楚"、文化的创造性转化和创新性发展，打通了历史与现实、马克思主义与儒学、中华传统文化与中国特色社会主义的路径。

十年来，杨朝明成了一个忙碌的学者，他成了全国政协委员，又成了全国人大代表。杨朝明更加自觉地致力于孔子、儒学与中国传统文化的普及传播，先后为社会各界讲授孔子、儒学与中国传统文化上千场。在历次的学术讲演、讲座与报告中，他总会谈到中华文化经典的深厚底蕴与当代价值，强调经典研读、诵读的意义和必要性。关于如何做好孔子思想、儒家学说等传统文化的弘扬，杨朝明认为要从两个方面来实施：一个是登峰，一个是落地。

所谓"登峰"，即必须认识到儒学的博大精深，了解中国文化几千年的形成过程。只有了解了这一点，才能对儒家经典抱有温情和敬意，真正把握其精神，找到中华民族五千年来和谐、和睦的深层原因，在此基础上才可以更好地继承和发扬。

所谓"落地"，就是接地气。杨朝明认为，研究者如果在象牙塔里，其研究就不能真正走到大众心中。孔子讲："道不远人，人之为道而远人，不可以为道。"真正的"有道"之人，会明白道离每个人都很近。

上下五千年，中华文明如浩荡江河，滋养泱泱华夏；纵横九万里，创新创造如熠熠繁星，汇聚煌煌文脉。

总书记的号召，在山东省、在济宁全市引起强烈反响。作为中华文明的重要发祥地、儒家文化的发源地、运河文化的集聚兴盛地的济宁，牢记殷殷嘱托，肩担神圣使命。市第十四次党代会把实施文化"两创"战略作为重点实施的"九大战略"之一，确立了"建设全国一流文化名市、打造世界文化旅游名城"的奋斗目标。加强顶层设计，成立由市委、市政府主要领导任主任的文化"两创"工作专班，统筹实施文化"两创"先行示范区建设、美德健康生活方式、"山东手造·济宁好礼"推进工程、公共文化服务、运河文化经济带建设、文旅资源整合宣传等六大工程，推动文化"两创"融入经济、社会、生活各个领域,全力打造文化"两创"济宁样板。

"人人彬彬有礼、户户和和美美、处处平平安安"的民风,"爱、诚、孝、仁"的社风正在形成。"彬彬有礼道德城市"曲阜、"爱满泉乡"泗水、仁义任城、端信兖州、孝贤鱼台、德润微山、上善汶上、诚信金乡、忠义梁山等特色品牌越擦越亮。

同时,深入研究以儒家思想为代表的中华优秀传统文化,努力做好研究阐发、传播交流、文化普及和转化创新文章,全力把总书记的重要指示要求转化为新时代现代化强市建设的生动实践。高质量举办中韩儒学对话会、"孔子的世界"国际学术高峰论坛、国际青年儒学论坛等高端论坛,开展中华传统文化与两岸社会发展研讨会、"圣域论麟经"、孔子形象与两岸一家亲研讨会、"《孔子家语》与中华文化新认识"学术研

孔子文化节祭孔大典

尼山圣境——六小舞展演活动

讨会等活动，承办"2022年山东社科论坛——中华优秀传统文化'两创'的理论探索与山东实践"研讨会，聚焦理论创新、实践探索，深入开展学术交流。连续举办或承办了每年一届的国际孔子文化节、8届世界儒学大会、8届尼山世界文明论坛，成功承办了2018央视春晚、2018央视秋晚、2020中国网络诚信大会、2021"一带一路"年度汉字发布、2022山东省旅游发展大会等重大文化活动。

作为光明日报社山东记者站站长的赵秋丽也敏锐地意识到，习近平总书记视察曲阜，这是一次非同寻常的举动，这一天注定会被永远载入史册。她时刻盯着济宁在文化"两创"中的一举一动。"习近平总书记的重要讲话，向全党全社会发出了大力弘扬中华优秀传统文化的伟大号召，体现了党中央弘扬优秀传统文化、建设社会主义核心价值体系的坚定决心。"赵秋丽说,"这是在中国特色社会主义进入新时代,世界正在出现前所未有的巨大调整、动荡、变革的关键时刻的一个重大事件,弘扬中国优秀传统文化由此进入一个新的历史阶段。"

赵秋丽第一时间向光明日报社编委会汇报,在2013年12月22日,光明日报社和山东省委宣传部,在全国率先举办了"学习习近平总书记在山东(曲阜)考察时关于弘扬中华优秀传统文化重要讲话精神座谈会",时任光明日报社总编辑何东平致辞,赵秋丽做了《根植传统文化 弘扬时代新风》为题的发言。《光明日报》头版刊发了消息《用优秀传统文化滋养中国精神》,在《论苑》版刊发了整版座谈会摘要——《发掘中华民族最深厚的文化软实力》。

从此,光明日报社和山东省委、济宁市委紧密配合,每年一个主题,策划纪念总书记视察曲阜的报道,营造文化"两创"的浓厚氛围。赵秋丽作为亲历者,她说:"济宁的'两创',十年有了新气象。"

## 二、必要的仪式背后,增加的是什么?

"你是曲阜人吗?"

"我是安丘人。"

"那你的身份证号怎么是370823……"

"我……"

这是最近我在曲阜采访,曲阜宾馆服务员跟我的对话。我的身份证是在曲阜上大学时办的。当时户口跟着学籍,从安丘迁到了曲阜。从身份证上看，我就是曲阜人。身份证像胎记一样跟随着我，我竟然没发现这个秘密。其实，曲阜这座小城，在我心中一直与别处不同。

三十多年前，我感觉孔庙、孔府、孔林，不过是一个花5块钱就能进去的旅游景点，当时没有导游，也没看出什么名堂。我更多的是喜欢那些千年柏树。那被风吹得扭曲了的苍劲枝干，你都想象不出它们站在这里已经一两千年了，它们就那么站着，默默无言。

二十多年前，我到曲阜采访，在孔庙、孔府、孔林门前，遭到假古董贩子的围攻，还有宾馆粗暴拉客的人，乱哄哄的，顿生"斯文扫地"之叹。但我一直关注着这座小城，关注着这里的一点点变化。

而今三孔还是三孔，给人的感受却又不同。用几个词来描述就是：井然有序、彬彬有礼、宾至如归、斯文在兹……曲阜变了。

我跟游客一起参加了晨钟开城仪式。

6月21日7点半，我来到曲阜万仞宫墙下时，这里已经坐满和站满了人，艳阳高照，坐在地上的孩子满脸是汗。他们都是来等着看晨钟开城仪式的。

8点整，万仞宫墙上的晨钟敲响，悠长深远的钟声在小城上空回荡。晨钟开城仪式准时上演，古老的城门徐徐打开。八面战鼓、十把长号配合浑厚的音乐声，万仞宫墙城门徐徐打开。开城司礼官在四名古装仕女的陪同下从城内走出。司礼官宣读迎宾词："天地玄黄，烈祖拓荒／她从苍茫的远古走来／凤凰来仪，礼乐煌煌／她从璀璨的商周走来／金戈铁马，风中吟唱／她从激荡的春秋走来／文采郁郁，气象泱泱／她从厚重的鲁国走来……"

仪式结束，众游客涌向万仞宫墙的大门。这人群中就有山东聊城二中的700名游学的学生。裴少笛同学擦着满脸的汗和我说："这个庄严仪式，仿佛是翻开了历史课本的某一页，很震撼。城门缓缓打开的时候，

晨钟开城仪式

我好像穿越回千年之前。"

　　三孔文旅公司的郑学伟对我说:"曲阜有3000多年建城史,城名最早见于《礼记》。东汉学者应劭称:'鲁城中有阜,委曲长七八里,故名曲阜。'我们这是明故城开城仪式,融合吉时晨钟、乐舞迎宾、嘉宾入城等三项传统礼仪内容,开城仪式强调程式感、模式性、队列化特点,重现明朝守城军队护卫明故城、举行队列仪式和迎宾仪式的历史场景。作为日常明故城景区旅游演艺活动,既保持了明代开城仪式的基本程序,又具备一定的观赏性、体验性和互动性。"

　　一个开城仪式,就把好多喧嚣挡在了门外。它用20分钟的表演告诉世人:这不是一个普通景点,而是一个向先贤致敬之地、文脉充盈之地、神圣之地、温馨之地,是过滤掉心中尘埃之地。

　　心生敬畏,我必庄严。

　　必要的仪式能增加内容的分量。仪式感就是使某一天与其他日子不同,使某一时刻与其他时刻不同。仪式感,能涤尘,能触动心灵。

　　我忽然觉得,我的带有曲阜信息"370823"的身份证也有了分量。

　　6月18日,曲阜师范大学举行2023年毕业典礼暨学位授予仪式。曲阜市委书记李丽应邀致辞:"无论山高水长,你们是曲阜最想留住的幸运。借此机会,我也向大家宣布,从今年开始,为曲阜师范大学等驻曲阜高校新入学的学生,我们要实行赠票游三孔,对驻曲阜高校历届毕业生,实行免费游三孔。"

　　消息一出,李丽书记顿时成了网红。

　　曲阜师大87级校友、山东明德物业管理集团董事长刘德明感慨:"李书记这个态度,一下子就把学校和驻地融为一体了。一家人的感觉多好,温暖。曲阜师大历届校友不过百万人,但是百万人背后是几百万、几千万人。曲阜师大的历届校友,将成为曲阜的宣传员,他们现身说法,这是多大的社会效益。当然,背后还有更大的经济效益。文化'两创'就在我们身边,就看我们的态度。从小处入手,从'点'上突破,曲阜市委、市政府这一招高。"

## 三、"两创"的主力军在哪里?

偶然总是不经意间来敲门。2005年春节前夕,正撕扯在事业和家庭之间的郝秋霞偶然打开了母亲尘封多年的老柜,一件件花花绿绿的鲁锦映入眼帘。那是她出嫁时,母亲亲手织的鲁锦嫁妆。那些跳跃的花纹,一下子把她拉回了她儿时在母亲身边的日子,那一刻,她思绪万千。她读懂了鲁锦中经纬交错的信息,看到了一个个中国女性的喜怒哀乐,她们的美好、聪颖、智慧,化作母爱,以艺术的形式织进了鲁锦。她暗下决心,不能让母亲的艺术尘封在柜子里,要让鲁锦获得新生。

那年春节过后,郝秋霞清掉济宁产业,回到嘉祥老家建立春秋源鲁锦手工坊。

看到习近平总书记视察曲阜的新闻,郝秋霞有了一个大胆的想法,将老家的院子改成了一个可以互动的春秋源鲁锦博物馆。说干就干。如今的春秋源鲁锦博物馆成了中国地方印象的一张名片。鲁锦的艺术理念成了一种生活方式,自然、质朴、温暖、敦厚,温润了她,也温润了这个时代的躁动与不安。

一经一纬鲁锦写春秋,一阴一阳盘扣显乾坤;一针一线锦绣养坤德,上衣下裳布衣以载道。郝秋霞聘请鲁锦国家非遗传人赵芳云为顾问,把鲁锦工艺传下去，更重要的是让鲁锦为天下所知，让更多的母亲成为幸福生活的设计师，这又成了郝秋霞的使命。

十年来，我参加了四届孔子文化节和祭孔大典，我收藏起的绣有孔子像的黄色绶带，原来就是鲁锦。

无独有偶，13岁时，杜运伟就和哥哥杜运标一起做了嘉祥县的标志性雕塑——麒麟。三十年来，从搞石雕，到玉雕，再把玉雕、石雕工艺完美结合，把嘉祥石雕升级为"嘉祥墨玉"，让石雕作品由粗狂转向细腻，由实用性向工艺性转变，极大实现了石雕作品的价值，为玉石家族增添了"新成员"。

把没有生命的石头，变成会说话的石头。让每一件石雕作品都有灵魂，是杜运伟追求的目标。他相信，嘉祥石雕非遗项目的传承和发展，能让民间艺术工匠的石雕工艺在新时代依然发出铿锵之声。

目前，杜运伟投资1.5亿元的石文化博物馆，已经进入装修阶段，集体验、展示、鉴赏、经营为一体的石文化深度挖掘中心即将亮相。

杜运伟还在醉心写着自己的"石头记"。

在嘉祥中国木梳艺术馆，满目木梳，让人目不暇给。我感受到了中国千年的梳礼文化。"一梳为礼，结发同心""一梳梳到底，二梳白发齐眉，三梳子孙满堂"……

周广胜，济宁市非物质文化遗产传承人。近三百年的匠心传承，铸就了周广胜精雕木梳的精湛工艺和匠人情怀。木梳作为一种日常生活用品，决定了它有巨大的市场潜力，生日、纪念日、情人节、母亲节、七夕节、中秋节、教师节，一个个节日都成为木梳销售的热点。如今，周广胜成立的木雕公司，为全国百家实体店、数十家知名网络平台供货，并提供研发定制服务，周广胜在领着他的团队专注于木雕艺术的极致，以木之美融入生活，从本质上说，是实践着木雕生活美学。

用志不分，乃凝于神。郝秋霞倾情鲁锦的美，杜运伟倾情于石雕、玉雕的美，周广胜倾情于木梳的美。他们是创造创新的主体，大师在民间，高手在民间，大美在民间。他们像散落在大海里的珍珠一样闪闪发光。万物有所生，而独知守其根。济宁不断激发普通人的创新创造热情，不断拓宽拓深中华优秀传统文化长河的新时代河床，接古源、开新渠、汇新流、蓄新能，使中华文明长河以新的气象滚滚向前。

## 四、数字时代如何传承优秀传统文化？

为纪念习近平总书记视察曲阜十周年，山东美猴文化创意集团正在紧张制作《大哉孔子》十集原创动漫故事片，采用高清数字技术，以"美猴王"的变幻，幻化出至圣先师的可亲、可敬、可爱的形象。

"传承中华优秀传统文化，不是简单的复古，而是辩证取舍、推陈出新，用现代信息技术手段实现传统文化的新呈现、新表达。"科技部中国火炬创业导师、山东美猴文化创意集团股份有限公司董事长陈洪庆表示，传统企业可以借助数字技术，改变传统图书出版发行和阅读方式，实现优秀传统文化的新呈现、新表达。

近年来，陈洪庆所在的美猴集团创新利用数字技术，推出系列创作动漫作品。其中，《〈论语〉名句故事》《孟母教子》《中医药的故事》的衍生图书被列为全球孔子学院课外阅读辅助教材，在全世界四百多所孔子学院、七百多所孔子课堂推广使用。

陈洪庆认为，日新月异的数字技术让中华优秀传统文化高质量地

"活起来""火起来"。要紧抓前沿数字科技,不断赋予文化以新的技术和形态,讲好、讲新中华优秀传统文化故事。

豆神动漫是济宁高新区一家文创企业,最近,豆神动漫技术团队正在研发《走近孔子》文旅立体书2.0版本,将在原有的基础上增加数字交互功能,融入AR增强现实技术,让立体书真正动起来、活起来、飞起来、立体起来。山东豆神动漫有限公司二维总监白林冲:"AR增强现实的一大特点就是视觉冲击感强,通过这种技术把孔子相关的一些小故事展现出来,效果会很好。"

"两创"新伟——《画意济宁》,让山水画流动起来,以数字沉浸式技术展现了济宁运河两岸的风光,包含了玉堂酱园、河道总都衙门、玉带桥、声远楼、太白楼、铁塔寺等古建筑文化群。通过这种技术,游者可以走进去,身临其境感受济宁的文化氛围。

山东豆神动漫有限公司影视总监唐闻捷说:"《画意济宁》是豆神动漫助力文化'两创'的诚意之作。依托我们自己核心的数字技术,然后积极挖掘本土优质文化资源,不断推动数字技术与文化的有机融合,让更多人感受到传统文化的魅力。"

中国印,是中华文明的精神标识之一。"印者,信也。"中国印章篆刻承载着深厚的文化内涵,从重实用性的凭证,到具备审美价值与收藏价值的艺术品。孔府印阁依托互联网,乘风起势,将方寸印章做出了大文章。

我在孔林边上的孔府印阁总部见到了印阁当家人刘鹏,是个85后小伙。他领着1200名员工,平均年龄30岁,最小的生于2005年。一群地地道道的年轻人,他们在撬动一个古老的手艺:印章。

深入挖掘优秀传统文化的经世智慧,不断创造新模式、壮大新业态,打造一批既现代又古老、既具有现代科技含量又富有传统文化特色的产业形态，离不开年轻人，当然也离不开老一代传承人。

与篆刻结缘还是家传，孔府印阁首席篆刻师孔令佳对幼时的记忆仍历历在目。和许多老林前村人一样，他的爷爷长年累月以在孔林摆摊刻章、写字为生。每到放假，孔令佳就会到孔林去给爷爷送饭，也会帮忙做些紧纸、磨料之类的活计。在爷爷的熏陶下，对于篆刻的热爱在他心里生了根。

自20世纪80年代始，林前村的篆刻手艺人们到孔林景区里摆摊为游客制章，这为他们带来了第一桶金，林前村的刻章产业越来越红火。但时过境迁，随着游客购买意识变化，加之旅游景区秩序的逐渐规范，市场空间渐渐萎缩，手艺人们只好走薄利多销的路子，无法获得满意的收入。

事情在2007年发生了变化。这一年，孔府印阁在淘宝网上开设了同名篆刻店铺。当时，网销篆刻印章市场是一片空白，没有现成的行业标准和销售渠道。经过多年努力，孔府印阁制定的网销篆刻印章的行业标准和订购流程开始被大众认可和接受，越来越多的篆刻师傅开始向孔府印阁学习网销经验。

孔府印阁团队将互联网经营模式在曲阜市推广开，开始帮助曲阜当地的篆刻师傅们开设并管理线上店铺，共同运营。项目已培训和代运营篆刻类店铺超过200家，带动就业800多人。现在，项目每日接单超过2万单，发出印章超3万枚，年销售印章近1000万枚，扶持上下游配套产业20多家，形成了完整的印章产业链条。

同时，孔府印阁根据市场反馈定向开发文创产品。"我们将结合中国的金石文化拓展更多的产品，让更多朋友了解金石文化。"孔府印阁文化传播有限公司负责人孔祥全说，通过销售渠道创新，金石篆刻以互联网为媒介走进了千家万户，而未来，通过文化创新金石篆刻文化也将展现出全新的魅力。

刘鹏说，孔府印阁目前日产印章2.5万枚左右，设计了儒家经典等千余种主题，通过电商平台，篆刻印章产品占全国市场份额的30%，石印产品网上销量全国第一，并远销日本、韩国、新加坡等多个国家。

我在孔府印阁看到了系列主题产品，30多枚习近平用典闲章，观之可喜。沂蒙精神主题印章，"沉浸式"传承红色基因，让人耳目一新。另外还有二十四节气闲章、十二生肖闲章，有的是挂件，有的是钥匙扣，都成为市场的抢手货。

"对印章篆刻的喜爱其实深藏在每个人心中。"刘鹏说，"从古代的玉玺到现在书法作品印章，从小学生喜爱的功能印章到装饰挂件等，都蕴含着我们对这一传统技艺的喜爱。"

印章还走进了大学校园，曲阜师大毕业生发放大学校徽印章，中国人民大学、同济大学、湖南科技大学、浙江师大、成都大学等伴手礼选择的也是孔府印阁的印章。

孔府印阁产业链条不断拉大，从矿山取材，到一步步加工，二十多道工序，每一道都与小小的印章牵扯，采用新技术、新理念，让小印章充满了现代气息。

## 五、"鲁源三省""省"来了什么？

"鲁源是千年古村，旧时称昌平乡。春秋时期孔子的父亲叔梁纥在此任鲁国昌平陬邑大夫。近代名人康有为手书'古昌平乡'石碑仍立于鲁源旧村。"鲁源东村党支部书记刘树成对我说。

三十五年前，我来过这里。同学用自行车带着我，从我的母校曲阜师大出发，一路往南，两个小时才能抵达孔子诞生地——尼山鲁源。故地重游，面目一新。我都怀疑自己，是不是真来过这里。

鲁源新村北依尼山，南邻尼山圣境鲁源游客中心，东有鲁源河环村而过，依山傍水，风景迷人。昔日道路坑洼的偏远山村，摇身一变成为了远近闻名的"别墅村"。鲁源新村周边基础设施实现跨越提升，建成滨河大道，从曲阜城区直通鲁源新村，车程仅有半小时。村庄东面和南门建成300多亩的绿地公园，成为游客和村民休闲游憩的好去处。

鲁之西南，济水之宁。那些丰富的历史遗存真的值得再次深入观赏，而我不由得会在观察中体悟这里正在发生的巨大变化，渴望读出这片土地在经济、社会、文化等各个方面所取得的进步和飞跃。

无论如何，2500多年前，博大精深的儒家思想萌发于此，在时间长河的浇灌之下根深叶茂，成为中华民族最深厚的文化积淀。看山东人的精神面貌，看山东未来的发展潜力，这片古老的土地不但具有独特性，而且具有优秀传统文化创造性转化和创新性发展的标本意义或代表性。

尼山镇党委书记宋卫锋说，《论语》中有"吾日三省"，鲁源新村为了更好地为村民服务，结合支部、干部、党员，也搞了个"鲁源三省"：

支部：

一省班子强了吗？二省集体富了吗？三省群众笑了吗？

干部：

一省自身净了吗？二省自身正了吗？三省自身硬了吗？

党员：

一省入党的初心和使命是什么？二省入党后发展了什么？三省入党后带动了什么？

老百姓致富，关键看支部。"鲁源三省"，首先是支部"三省"，新村大力开展党组织阵地标准化建设，构建基层组织"桥头堡"。鲁源新村实行网格化管理，77位党员划分77个网格，每个党员负责几户群众，村民的大事小情都找党员解决和反映，充分发挥党员划片定岗的作用。

今年，鲁源新村被纳入中华优秀传统文化"两创"示范点，持续深入挖掘中华优秀传统文化时代内涵，让美德健康新生活在全村蔚然成风。新时代文明实践站设置了尼山书屋、书法室、和为贵调解室、红色记忆馆、健身室等八个功能室，村民经常性地在这里开展剪纸、泥塑、面人制作等特色体验项目。同时，通过新时代文明实践积分奖励机制、表彰"好媳妇·好婆婆""最美家庭""文明卫生示范户"，以榜样力量激励群众崇德向善，营造健康向上的村风民风。探索"老年公寓+幸福食堂"

鲁源新村　李晖摄

的新型农村养老模式,开展"早晚问候队""相约黎明"志愿服务活动、"知礼·明礼·行礼"春节礼仪推广活动,营造浓厚的文化"两创"氛围。

鲁源新村共有120多家民宿,古籍、古琴、茶道、书法、中式家具等成了鲁源民宿的标配,一家家民宿则成了展示鲁源新村"文化范儿"的窗口。为了让村里的民宿规范发展,村里成立了民宿发展联盟。联盟负责人孔凡玲告诉我,民宿联盟主要是面对不会上网的老年妇女,青年志愿者帮助她们把民宿挂在网上,增加了收入。民宿联盟成立一年多来,民宿的收入高了,运行也更规范了,网上没有出现一例差评。

可以说,同深厚博大的儒家文化一样让我感到激动的是,萌生于两千多年前的"三省"精神,在尼山重新被挖掘、被传承,并被赋予时代新内涵,放射出夺目的光芒。更让我感奋的是,他们把"三省"精神的

鲁源新村夜景　魏浙民摄

清醒，很自然地融入干事的豪情、奋斗的热情、创造的激情、为民服务的真情之中，融入"走在前、开新局"的生动实践之中。

## 六、龙湾湖"党建联盟"联通了什么？

"胜日寻芳泗水滨，无边光景一时新。等闲识得东风面，万紫千红总是春。"这是南宋著名理学家朱熹写的《春日》。他是唯一非孔子亲传弟子而享祀孔庙，位列大成殿十二哲之一的大儒。朱熹写这首诗时，长江以北已经落入金人之手。朱熹没有到过泗水，那么，他为何想象自己到泗水寻春，而不是江南？他是借景抒发心中的意象和期盼。诗中，他想象自己寻芳，来到孔子讲学的泗水之滨，无边的光景一时新，让"万紫千红总是春"成为点睛之笔。

新时代的泗水人，打造"党建联盟"模式，恰恰与《春日》的主旨精神相契合。

原来东仲都村、西仲都村、南仲都村等18个村自然禀赋近似，但各自为政，泗水县成立龙湾湖示范区党建联盟，北部以夹山头村、东仲都村等4个村为核心，重点发展农文旅产业；中部以鹿鸣厂村为核心，重点发展现代高效农业；南部以北东野村为核心，重点打造优秀传统文化"两创"示范区，全力推进乡村振兴示范创建。

"党建联盟"以组织振兴为核心和关键，夯基础、建队伍、兴产业、促发展，激活乡村振兴最强"红色引擎"，带动村集体经济发展和村民增收，打造"一村一品"特色，共筑服务群众"同心圆"。

东仲都村通过"乡村振兴合伙人"模式，为村庄注入新鲜活力，通过各方筹集资金1000余万元，探索共赢新模式，建设有龙湾书房、鲁班记忆工坊、陶朱工坊、艺舍、方寸园、七间民宿等，同时与鸿福源农业、济宁桑蚕企业的合作种植也已完成，形成了专业非遗传统文化体验、林果种植、产品展销输出等空间与相关业态，东仲都村入选全国乡村旅游重点村。

南仲都村经过3年集中打造，由贫困村成长为远近闻名的富裕村、省级美丽乡村、集体收入达到153万元，已初步形成"特色产业鲜明、生态环境宜居、乡村治理高效、乡风文明进步、群众生活富裕"的美丽宜居、业兴人和、颇具山区特色的乡村振兴泗水发展路径。

"党建联盟"让龙湾湖片区真正出现了"万紫千红总是春"的面貌。2021年片区村集体收入全部达到10万元以上，农民工资性收入达到

等闲谷艺术粮仓夜景

24304元，较示范区外临近村庄高出26.4%。其中，位于"两创"示范区核心区的阅湖尚儒研学基地，是泗水县乡村文化振兴的重要阵地，是中华优秀传统文化"两创"示范点之一，突出"优秀传统文化引领乡村振兴"主题，主要包括文创、培训、研学三大板块。基地依山傍水，风景优美，保留乡村风格的现代化建筑与湖畔静美的景色交织在一起，无处不体现着人文与自然的充分融合。基地内配套设施齐全，功能空间与山水湖田交相辉映，特有的在地性文化及丰富的业态空间，让这里成为中国乡村旅游创客示范基地、省级中小学生研学实践基地。一幅"看山望水忆乡愁"的美丽画卷正在徐徐展开。

泗水龙湾湖我来过三次，每一次来都有新感受，龙湾书房、鲁班记忆木工坊、云贵扎染工坊、陶朱工坊、"虎咬瓜"文创店、"山东手造·济宁好礼展示展销中心"、艺舍、方寸园、龙湾书院等多个空间业态相得益彰，这幅自然生态与文化艺术融合的乡村振兴画卷正徐徐展开，而这幅画卷的底色，就是"党建联盟"赋予的。

一个人的梦想单打独斗，很难实现，而多个人的梦想则能形成合力。这就是"联"的魅力。

## 七、让老人有"生趣"的秘诀是什么？

过去看《聊斋志异》的《祝翁》，看到人老病后，"寒热仰人，亦无复生趣"没有感觉。随着年纪的增长，我看到那么多无助病人的眼神，突然就想到了这个句子，我触摸到了蒲松龄写这几句话的深意。依靠他人伺候，病人就觉得没了"生趣"，我体会到了一种悲凉。

十年前，我在济宁采访，听到这样一个故事。一个酷暑天气，一对夫妇正在挥汗如雨建房子，5岁的孩子在一旁喊饿，闹着回家吃饭，母亲训斥道："你就知道饿，还不到十一点半呢！没看见我和你爸爸正在盖房子吗？"孩子问："妈妈，我们不是有房子吗？为什么还要盖新的？"妈妈说："孩子，没看见你爷爷奶奶吗？他们年纪大了，又聋又脏，还常生病，以后就放到这里来，让他们自己住，咱们好省心！"这其实就是常说的"老人房"。那孩子说："妈妈，我不饿了，你们好好盖吧，盖结实一些。"妈妈问："盖这么结实干吗？"儿子回答："等你们老了，我把你们也送过来。"孩子的回答让他的妈妈心惊肉跳。这不是现世报吗？

要让老人有尊严，有"生趣"，得提高精神抚慰的质量。

曲阜阮家村，72岁的胡玉坡得了脑梗，原来他跟孩子一起过，但住楼房不方便，下楼一次费很大劲，他因此整天愁眉苦脸。住进一楼的颐养之家，他终于有了笑脸。他说："不光锻炼方便，其实跟孩子分开住更方便，不是说孩子不孝顺，孩子很好，但是两代人在一起，毕竟不方便，在这里，可以进幸福食堂，也可以跟老伴商量，愿意吃什么就做点什么。在颐养之家，我们这些老伙计相处了这么多年，也有话题，知根知底，说了上句，下句就能接上。孩子呢，平时忙，星期六星期天过来，一起吃个饭，多好，互不打扰。"阮家村的颐养之家，结合老人的实际生活需求，创新开展"相约黎明"志愿服务活动。村里投资200余万元，建设1500余平方米，配套设施齐全的颐养之家，目前已有22位老人入住。志愿者每天为老人测量血压，定期开展健康查体、爱心义剪等志愿服务活动。颐养之家同时配设幸福食堂，让老人住食无忧。重阳节、老人生日等特定时间节点，村里专门为老人开展形式多样的庆祝活动，丰富老人的精神文化生活，真正做到"老有所养、老有所依、老有所乐、老有所安"。

在济宁我参观了十几家幸福食堂，我感到很温馨。什么叫老吾老以及人之老啊，这就是。在武家村幸福食堂，我看见食堂外面，村民有的在打太极拳，有的在唱戏，而食堂里已是饭菜飘香了。

居安稳，食安心，这是武家村照顾老人的质朴共识。村党支部书记武波说："那厨师找谁来当？外聘需要资金，显然与其公益属性不符。我为这事犯愁的时候，村里的志愿者纷纷加入进来，轮流做饭，这个问题就迎刃而解了。"

幸福食堂开张了，一天5块钱，荤素搭配，量足质优，让很多习惯了糊弄着吃饭的独居老人吃上了营养均衡的热乎饭，再加上同步启用的老年活动室、洗浴室和日间照料中心，最需要关怀的困难独居老人得到了一站式的全方位照料。

在齐李村幸福食堂，也是一天交5块钱。村党支部书记牛中兴说："早餐保证一人一个鸡蛋，两天喝一次纯牛奶。一共是七十多个人来吃饭。"

在齐李村，紧邻幸福食堂的是老年幸福菜园，这里过去是一片建筑垃圾堆放地，夏天，这里西瓜皮、过期饮料到处都是，弄得臭不可闻。随着美丽乡村建设不断推进，村里不断加大对环境卫生的整治力度，盘活闲置土地，让昔日拖村集体后腿的荒芜角落变身成了"蔬菜宝盆"。"我们村召开支部委员会，研究决定把村西这3亩多地开垦出来，作为村里幸福食堂的后花园，专项负责幸福食堂的食材供给。这幸福菜园不但让老人吃上了纯天然无污染的蔬菜，还为我们村节省了不少开支，真是一举多得的好方法。"村党支部书记牛中兴说，"我们村是搬迁村，2019年5月，村民陆陆续续都搬迁到新楼上了，2020年我们把老村复垦，种上小麦、玉米，每年能获得20万左右的村集体收入，这部分资金我们专项用到幸福食堂上来。加上食堂现在蔬菜、馒头都能做到自给自足，我们村的幸福食堂资金还是能够保证的。"

在齐李村幸福食堂里，90岁的孔李氏乐呵呵地说："咱这个食堂里的菜特别好吃，有滋有味还整天不重样。以前，在家做顿饭要弄半天，还经常吃剩菜，年龄大了，住着楼，更不敢用天然气。现在好了，顿顿不用自己动手都能吃上营养实惠的饭菜了。"

村党支部书记牛中兴说："我们村要评选好媳妇，有个硬条件，要当好媳妇，必须不定期到幸福食堂来干活！目的无他，就是培养孝老爱亲的习惯。"

## 八、有等待种子发芽的足够耐心吗？

金乡县实验小学教育集团有家长反映，学生演完京剧下台后，不舍得卸妆，宁愿在家里的沙发上睡，也不洗去脸上的戏妆。小孩子们通过戏曲，发现了传统艺术的美，更可贵的是发现了自己的美。这爱美的种子就这样悄悄种下了。

7月4日下午，我们来到金乡县实验小学，在排练厅，欣赏了四年级学生程夕若、张译萌、季雨阳、周子涵演唱的《红灯记》选段，四个小朋友唱得有板有眼、有模有样。在另一个排练厅，孩子们正在练习打击乐，司鼓是10岁的丁禹辰，小家伙气定神闲，指挥若定，颇有大将风度。我还看了京胡演奏的教学场面。

学校组织教师从金乡当地千古流传的诚信典范故事"鸡黍之约"中汲取灵感，编创少儿京剧《鸡黍之约》，在全国范围内属于首例，参加了在北京长安大戏院举办的全国传统文化进校园成果展演。

为传承红色基因，培养孩子们的爱国主义和英雄主义情操，教学团队根据金乡籍英雄人物王杰同志的事迹组织创编京剧《英雄王杰》。该节目受邀进京参加了中国教育电视台《一堂好戏》特别节目的录制，并荣获全国第26届中国戏曲集体节目"小梅花"金奖。

学校根据《语文课程标准》中推荐的75首古诗词，创编了易于学生传唱的京韵古诗，丰富了京剧教育课程资源，该原创作品计划于2023年10月正式发行推广。

京剧进校园活动目前已使万余名学生深受其益，有5位学生被知名京剧专业院校录取，学生们通过国粹京剧的学习，对中华优秀传统文化产生了浓厚的兴趣，变得更加阳光自信。

学校以中国戏曲学院、清华大学京昆艺术传承基地、山东省艺术学院戏曲学院、山东管理学院4所高校帮扶为推动，聘请了20余位高校专家担任京剧顾问或校外辅导员，还特招了4位艺术老师，专门指导学生们。

学校把目光聚焦于提高京剧普及率和人才储备率，按照低段培养"京剧小观众"、中段培养"京剧小票友"、高段培养"京剧小艺术家"的渐进式、成长式育人理念，分学段厘清小学阶段京剧教育目标定位。"人人懂京剧、人人爱京剧、人人学京剧、人人传唱京剧"的愿景正在实现。

金乡县实验小学教育集团总校长赵莉说："等待艺术种子发芽，我们有足够的耐心。"

不光是金乡县实验小学，济宁市各中小学积极把优秀传统文化纳入校园文化建设，突出经典文化特色，设计布置一些能体现传统文化精髓的代表性建筑、文化走廊、人物塑像、园林景观等，曲阜市形成了"校校孔子像、班班论语章、处处经典句、园园溢书香"的校园文化特色；邹城市部分学校设计制作了具有乡土特色的壁画、雕塑、宣传橱窗，在学校设立了"孟母三迁""择邻教子"等铭文图画，创造了进行传统文化教育的良好环境；嘉祥县实验小学建造了以《论语》名句为主要内容的"润心廊"，以曾子故事为主要内容的"孝德墙"，以《三字经》为主要内容的"三字经广场"等；汶上县第二实验中学的"儒雅"楼宇文化、长廊文化，让传统文化"进院上墙、登堂入室"，达到"每面墙壁都说话，一草一木都育人"的教育效果。

## 九、好的邻里、干群关系是怎么来的？

在曲阜市小雪镇武家村，有一面信息墙，墙上公布着各家各户的生活用具，比如螺丝刀、钳子、小推车、药罐子等，上面有电话，可以互通有无。这面墙成了老百姓的方便墙、连心墙，武家村也成了远近闻名的文明村。这个村支部书记武波说："千金买马，万金买邻，远亲不如近邻，近邻不如对门。""好邻居都是麻烦出来的，干群关系也是麻烦出来的。"高手在民间啊，这就是管理智慧，往大了说，这就是政治智慧。

麻烦在那里摆着，要耐烦，这就是能耐。

在济宁市各县市区都有一个"和为贵"社会治理中心。公安、检察院、法院、综合执法、应急管理等部门实行"三集"：集中办理、集约管理、集成服务。每月周一到周五都有一名县级干部来接访。

6月20日上午，我来到曲阜"和为贵"社会治理中心，正巧碰上市委政法委书记武凡明来接访，他第一个接访的就是一起交通事故久拖不解决的问题。武凡明现场办公，半个小时就把问题的症结找到了，然后进入具体办理之中。

我在济宁各县市区的"和为贵"社会治理中心采访，看到治理中心的楼道里面的一级一级阶梯上，都有关于讲"和"的名言警句，抬脚登楼，低头看到的全是劝和的名言，诸如"君子成人之美，不成人之恶""二人同心，其利断金""和以处众、宽以接下、恕以待人，君子人也""己所不欲，勿施于人"。这种无所不在的浸润式样劝和方式，让人感到温馨和古雅。

## 十、济宁干部政德教育学院到底有多大?

四年前的4月,我第一次到济宁干部政德学院学习,这个幽静的修身之地,给我留下了深刻的印象。我记了一段日记:"4月16日早晨,在干部政德学院的小河旁,几朵鸢尾花映入眼帘。一指宽的大叶子簇拥着那么几朵,如紫色蝴蝶落在叶子尖儿上,抖动着。有一朵含苞待放,花苞紧裹,像小孩子削好了的蜡笔。我蹲下,嗅到了一股很淡很淡的清香。站起时,看到霞光打过来,紫色鸢尾花被镶了一层金边。湛蓝的天空下,两只喜鹊在楷树上叫,没有人,就我和鸢尾花在听。培训了四天,我欣赏了四次紫鸢尾,都在早晨,一个人。花开得一天比一天多。天还有些凉,但绽放着的花,都很舒展。"

济宁政德教育干部学院

好多人可能没注意，在学院门口有两棵楷树。楷树，又称黄连树，它的树干疏而不屈，刚直挺拔，自古是尊师重教的象征，寓意"春风化雨，教书育人"。相传孔子逝世后，子贡在墓旁"结庐"守墓六年，并从卫国移来楷树苗植于墓前，天长日久长成挺拔大树。孔林之中现立有"子贡手植楷"一碑。这两棵树，也应该看作是学院的灵魂之树。

济宁干部政德教育学院为落实习近平总书记视察曲阜而建，全国唯一一处创新运用优秀传统文化教育培训干部、唯一一处以"政德教育"为办学主题的干部学院。面积并不大，但是我觉得它很大，它的教室遍布济宁各个县市，现场教学点上的老师们的讲解解渴、提气、凝神。

孔府内宅照壁上那个状似麒麟的动物，其名为"贪"，是传说中的贪婪之兽。尽管在它的脚下和周围全是宝物，连"八仙"的宝贝都为它所有，但它仍不满足，很多学员会在照壁前驻足凝视：一只猛兽，贪婪至极，妄想吞日，一跃而起，坠海而卒。

"以古人之规矩，开自己之生面。"课堂教学、现场教学、体验教学、礼乐教学——"四位一体"教学方式在实践中不断打磨、调整、提升，越来越成熟，也越来越受欢迎。

济宁干部政德教育学院到底有多大？从空间上说，跟济宁一般大，凡是济宁境内所有可以当教学点的都是学院的"教室"。目前，依托曲阜三孔、邹城两孟等传统文化资源，孔子研究院、孔子博物馆、孔子大学堂等现代文化设施，以及金乡鲁西南战役纪念馆、王杰纪念馆和微山铁道游击队纪念园等红色文化纪念地，济宁干部政德教育学院打造了30多处现场教学点，让学员在实景实情中领略"修齐治平"智慧。

现场教学点的教学中，我印象最深刻的是在孟庙，当时一树流苏洁白如雪，而讲解老师殷延禄先生也是白发满头，他的讲解深入浅出，妙趣横生。他讲的是一个"儒"字，我专门给他录了音："'儒'，描绘的是人洗澡的样子,'儒'在孔子之前是一种职业,工作内容就是为贵族主持祭祀及婚丧嫁娶等日常仪式。儒者有个良好的职业习惯:每次工作前,都要斋戒沐浴。后来,就有了'儒有澡身而浴德'的说法。'澡身'就是洗澡、清洗躯体;'浴德'就是戒斋、寡欲、清心。描写人沐浴的字,加上单立人就成了'儒',成了这一行当的专用名。'儒'的行当到了孔子那里,发生了质的变化。经过孔子的努力,'儒'渐渐脱离了单纯的谋生职业,被赋予了道德和思想的担当,也从此有了'君子儒'与'小人儒'的分别。'君子儒'志向远大,他们立志'为天地立心,为生民立命,为往圣继绝学,为万世开太平'。我们各个干部,都应该立志做'君子儒'。"

习近平总书记指出:"我们从哪里来?我们走向何方?中国到了今天,我无时无刻不提醒自己,要有这样一种历史感……中国有坚定的道路自信、理论自信、制度自信,其本质是建立在5000多年文明传承基础上的文化自信。""如果没有中华五千年文明,哪里有什么中国特色?如果不是中国特色,哪有我们今天这么成功的中国特色社会主义道路?"实现文化的创造性转化和创新性发展就是在树立文化自信。十年来,济宁市十年的发展证明了这一点。

6月25日晚,尼山圣境花灯璀璨,美轮美奂,孔子形象熠熠生辉,光影舞动于圣水湖,主题光影秀"天涯若比邻"震撼上演。光影秀结合光影艺术、喷泉特效、无人机等元素,以"数实融合"的现代观念,用历史求索、我们与世界相连等五个篇章,演绎了儒家文化中的"天涯比邻、命运共同、万物互联、天下大同"的思想。这是济宁人民给世界互联网大会数字文明尼山对话的一份礼物。

世界互联网大会在济宁举办,充分显示了济宁市发挥文化和资源的优势,以数字技术赋能,激活儒家文化"源头活水",打造中华优秀传统文化创造性转化、创新性发展先行示范区,在服务国家文化战略上的"济宁担当"。

济宁市委主要负责同志表示,数字文明尼山对话既是一场触摸历史、拥抱未来的深邃思考,也是一场跨越时空、超越国界的碰撞交流。济宁将与数字文明尼山对话一起,以"网"为翼、以"数"为擎,推动中华优秀传统文化走进大众、走向世界。

"两创"依然在路上。斯文在兹!

# 声　明

《尼山之光——文化"两创"的济宁答卷》在编纂过程中，根据实际内容采用了部分摄影作品，但由于摄影者甄别难度系数大，虽经出版社和编者尽心联络，仍有部分摄影者未能取得联系，我们向这些摄影者表示诚挚的谢意。请有关摄影者见书后及时与济宁市委宣传部联系。

联系电话：0537-2348373

邮箱：jnwyk@163.com